당신만 모르는 이야기

박재현 장편소설

gasse·가쎄

'시작하기 전에'

이 글은 저의 이야기를 바탕으로 한 소설이 아니라 **저의 이야기**입니다

당신만 모르는 이야기

ⓒ박재현 2012

초판 1쇄 인쇄 2012년 5월 14일
초판 1쇄 발행 2012년 5월 14일

글 박재현

펴낸곳 도서출판 가쎄 [제 302-2005-00062호]

주소 서울 용산구 이촌동 302-61 jeil 201
전화 070. 7553. 1783
팩스 02. 749. 6911
인쇄 정민문화사

ISBN 978-89-93489-22-4

값 9,800원

당신만 모르는 이야기, 시작합니다.

1

그는 자신을 형사라 소개했다.

자신을 형사라고 소개하는 사람을 계속해서 문밖에 내버려 둘 순 없었다. 그는 혼자가 아니었고 뒤에는 그의 부하로 보이는 이가 서 있었다. 나는 그들을 집안으로 들였다. 느긋이 음료를 대접할 분위기는 아니었다. 정중히 소파로 손짓했는데, 그들은 그것을 보지도 않고 마치 눈에 익은 후배의 집에라도 온 듯 자연스럽게 소파로 걸어갔다. 그런 그들과 시선을 마주하기 위해 나는 부엌에 있던 나무의자를 가지고 나왔다. 적당히 자리를 잡자마자 계급이 높은 쪽의 형사가 말을 꺼냈다.

"유다희 씨 남자 친구 분 되시죠?"

일주일 전까지는 그랬기 때문에 어떻게 답을 해야 할까 고민했다. 그 시간이 길었을까. 형사는 나를 은근히 노려봤다. 나는 그 눈매에 적잖이 당황하고 말았다. 절대 당황해선 안 될 상황일수록 더욱 그런 법이다. 나는 소리가 거의 들리지 않을 정도로 숨을 한 번 들이쉬고 대답을 했다.

"네. 그랬었죠."

형사는 가렵지도 않은 자신의 목 아래를 엄지손가락으로 긁으며 말했다.

"지금은 아닌가 보죠? 유다희 씨가 어제 사체로 발견되었습니다."

어떠한 감정의 이입도 허용하지 않겠다는 듯, 형사는 틈을 주지 않고 말을 이었다.

"어제 뭐 하셨습니까?"

나는 뭘 했을까. 공원에서 산책을 하고 지역의 작은 신문사와 가질 인터뷰를 위해 출판사엘 갔다. 그리고, 그리고 다희의 집엘 갔다.

"어제 공원에 갔다가 출판사에 갔습니다. 그리고 저녁엔 다희 집에도 갔습니다."

나는 덤덤하게 대답했다.

"아, 맞아. 박재현 씨. 보니깐 글 쓰시는 분이더라고. 그건 그렇고 어제 유다희 씨랑 뭐하셨습니까? 아까 헤어졌다는 말 아니었나, 근데 거긴 왜 갔을까."

직업정신이 투철한 형사는 나의 직업엔 그리 관심이 없어 보였고 시비조의 말투로 은근히 말까지 놓는 것이 날 유력한 용의자로 이미 지목을 해놓은 듯한 느낌을 주었다. 참 생경한 기분이 들었다. 나는 미간을 찌푸리고 잠자코 있다가 초점을 잃어갔다.

"왜요? 아아, 유다희 씨 없을 때 갔단 말이에요? 맞아요? 주거침입죄 이런 거는 그냥 넘어가 줄 테니깐 솔직하게 말해 봐요. 그럼 그 집에 갔을 때 유다희 씨는 없었어요?"

계급이 낮은 쪽의 형사가 처음 입을 열었다. 그의 상관보다 대구 사투리가 조금 더 심했다.

"네"

"혹시 저녁 시간에 갔었나요?"

그랬다.

"네. 일곱 시쯤 갔습니다."

"음, 출판사에 확인해 본 시간이랑 얼추 비슷하네요. 아직까진 저희한테 거짓말은 안 하고 있다는 말인데, 저희한테 거짓말하면 정말 큰일 납니다."

그는 오른손으로 목을 긋는 시늉을 했다. 그리고 계급이 높은 쪽의 형사가 말을 이었다.

"음, 보자. 그리고 동시에 유다희 씨가 집으로 돌아간 시간이랑도 비슷한데…… 유다희 씨가 마지막으로 학교에서 오후 늦게까지 연습을 하고 갔다고 하니깐. 집으로 가는 길에 뭘 했는지도 모르고 다른 분들도 더 조사를 해 봐야 알겠지마는. 뭐 어쨌든 그렇습니다."

그는 수첩을 테이블 위로 가볍게 던지며 말했다. 마침 테이블엔 그곳에서 가져온 LP인 송창식의 「슬픈 얼굴 짓지 말아요.」가 놓여 있었다.

"거기서 뭘 했는데요? 아무도 없는 집에서."

그래도 처음보다는 이제 나를 조금 믿어보겠다는 표정이었다.

"사실 이게 제가 제일 아끼는 음반인데 지난달에 다희가 빌려 갔었……"

　나는 테이블에 놓인 LP판을 가리키며 말을 하다 잠깐 멈췄다. 그럴 수밖에 없었다.

　"어우, 잠시만요. 정신이 없네요."

　정말 정신이 없었다. 나는 고개를 숙이고 팔을 들어 잠깐 기다려보라는 시늉을 했다. 그 사이 그들은 내가 들리지 않을 소리로 얼마간의 대화를 나누고 있었다. 그 시간은 꽤나 길고 무거웠다.

　다행히 다시 정신을 차리고 말을 이을 수 있었다.

　"며칠 뒤에 인터뷰가 있는데 그때 가장 아끼는 음반을 들고 사진을 찍기로 해서, 뭐 그래서 가지고 왔습니다."

　그때 계급이 높은 형사의 바지춤에서 벨소리가 터져 나왔다. 요란한 마림바 연주 소리는 넓은 거실 전체를 가득 울렸다.

　"크흐흠, 잠깐 실례 좀 하겠습니다."

　그는 베란다로 향하더니 빨래가 널려 있는 러닝머신 위로 올라가 통화를 했다. 자연스럽게 휴식이 주어졌다. 남아있던 형사는 다리를 떨며 주위를 꼼꼼히 살폈다. 미세한 먼지마저도 담아두겠다는 시선이었다. 자신을 관찰하는 내 눈빛을 느꼈는지 그는 싱겁게 말을 걸었다.

　"기분 이상하죠?"

　이상하기만 했을까. 여러 생각이 겹쳐져 왔는데 거기엔 순서가 없어 정렬도 정리도 어려웠다. 한마디로 지끈했다. 계급이 높은 쪽의 형사는 계속해서 큰 소리로 통화를 하고 있었다. 무언가 떠들썩했지만 발음의 문제인지 정확히 알아들을 순 없었다. 그 통화내용이 이 사건과 연관이 짙다는 것 외에는 정말이지 내가 알아낼 수 있는 정보가 하나도 없었다.

마침내 그는 통화를 끝내고 자리로 돌아왔다. 기다림 끝에, 자신 있게 그에게 말할 수 있었다.

"어디서부터 다시 얘기를 시작하면 되겠습니까? 그러니깐 전 거기서 LP판을 가지고 왔고 그리고……."

그는 마치 기다렸다는 듯이 크게 심호흡을 한 번 하더니 내 말을 자르고 대답을 해주었다.

"일단은 됐습니다. 지금은 무엇을 하든 충격이 클 거라 생각됩니다. 오늘 저희가 확인해야 할 건 모두 한 것 같네요. 지금 여러모로 조사 중이니 앞으로 협조 좀 부탁합니다. 마음 단단하게 먹으셔야 할 겁니다. 박재현 씨가 유다희 씨와 가장 가까운 사이였던 건 아시죠?"

그럴까. 나는 그것이 아니라는 것을 잘 알고 있었다. 최근 일주일간은 정말 그랬다. 일단 이들을 밖으로 내보내고 싶었다. 다행히 그들은 바빠 보였다. 계급이 높은 쪽의 형사가 손목의 시계를 보더니 그의 부하에게 고갯짓을 했다.

"당분간 자주 좀 뵈어야 할 것 같네요."

그들을 보내고 나자 다리의 힘이 쭉, 빠져 버렸다.

2

다희를 처음 알게 된 것은 넉 달 전의 일이었다. 나는 사실 그녀를 만나기 전부터 이미 그녀를 알고 있었다. 다희는 희수의 친구였고 희수는 나와 가장 가까운 여자애들 중 하나였다. 그러니깐 처음 다희를 본 것은 희수의 미니홈 피에서였다. 뻔한 말 같지만 그녀의 눈은 컸고 코는 오뚝했다. 남자든 여자 든 종족 번식의 욕구가 있지 않은가. 더 멋지고 더 어여쁜 사람을 찾는 것은 필연적이다. 나 또한 부정할 수 없었다. 사실 그보다 더 나를 그녀에게로 이 끌었던 것은 그녀의 미니홈피에서 흘러나오는 음악이었다. 그녀 역시 송창 식의 음악을 느낄 줄 아는 위인이었던 것이다. 난 사실 쎄씨봉이 뜨기 전부 터 그의 충성스런 팬이었다. 그가 예전만큼 다시 주목을 받아 들뜨기도 했지 만 뭔가 나만 알고 있었던 음악을, 세계를 침범당하는 것 같아 괜히 시무룩 해지기도 했다. 그녀가 고른 곡은 〈사랑이야〉였다. 송창식 특유의 그루브에 매혹 당할 수밖에 없는 곡이었다. 클래식을 전공하는 그녀가 그의 음악을 좋아하는 건 어쩌면 당연한 것일지도. 그도 처음엔 성악을 전공했으니.

　그녀의 전공은 피아노였다. 나와 나이는 같았지만 아직 대학교를 졸업하지 못한 상태였고 재수에, 어학연수가 이유라고 했다. 그녀는 처음부터 무엇이든 자신 있게 말했다. 사실 그런 당당한 그녀를 처음 마주한 순간, 나는 약간의 실망감을 가질 수밖에 없었다. 이유는 단순했다. 사진 속에서 봤던 그 친구는 도무지 찾을 수가 없었기 때문이었다. 그렇다고 완전히 다른 사람은 아니었지만 사진 속의 완성도를 따라가진 못했다. 사진보다는 턱이 조금 나왔고 쌍꺼풀이 없었다. 그렇지만 여전히 매력이 있었다. 성적 긴장감이 느껴질 만큼 눈이 갔던 것이다. 그 긴장감이 유지되며 우리는 자연스레 가까워졌다. 나는 처음부터 그녀에게 어느 정도 관심이 있었지만 그것을 쉽게 드러내진 않았다. 괜한 부담을 줘 오히려 멀어질 수도 있을 것이라는 괜한 걱정과 또 흥미 없어 하는 나의 모습에 그녀가 먼저 이끌려 나오기를 바랐기 때문이었다. 이것은 실로 성공적이었다. 그녀는 이런 나와 친해지길 원했고 항상 먼저 나에게 연락을 해왔다. 후에 내가 이 얘기를 꺼내면 다희는 착각하지 마라며 나에게 핀잔을 주고선, 당시에 그건 순전히 친구로 친해지고 싶어서였을 뿐이라고 강조했다. 하지만 친구사이치곤 꽤나 그녀의 연락은 잦았다. 어쩌다 한 번 내가 전화를 받지 않을 때면 그녀는 세, 네 개의 문자를 연달아 보내고 조금 불안해하기도 했으며, 내가 메신저에 접속이라도 하면 꼭 말을 먼저 걸고는 나를 오랜 시간 컴퓨터 앞에 앉혀놓았다. 나는 그런 그녀가 조금은 의아하기도 해서 처음 가졌던 내 관심이 턱을 잡고 고개를 갸우뚱하기도 했지만, 난 그런 다희가 마음에 들었다. 덕분에 나는 1년 만에 다시 학교를 나가게 되었다. 다시 입학을 했던 것은 아니고 그녀와 함께 호흡하며 마주하기 위해 그녀가 있는 곳에 친절히 가게 된 것이다. 한동안 집에서만 글을 써왔기에 이런 환경적인 변화가 나 스스로에게도 더없이 좋았다.

나의 모교이기도 한 K 대학은 여전했다. 첫 학기가 시작할 때면 볼 수 있는 풍경들이 팀을 맞추기라도 한 듯 눈앞에 나타났다. 와자지껄하지만 다소 경직된 분위기, 새 계절이 올 것 같은데도 여전히 차기만 한 공기. 일 년 전과 다를 것이 없었다. 모두 같은 미용실을 다니는지 더벅머리의 남학생들은 어찌나 많은지. 그래서 더욱 정겨웠을지도 몰랐다. 지나가는 서로를 훑고선 자신의 시선은 아무렇지도 않게 얼른 은닉하고 그것을 또 탐하는 것 또한 빠뜨릴 수 없었다. 그것이 이 학교의 정서로 보였다. 물론 내 눈에 들어오는 여학생은 없었다. 짧은 핫팬츠 밑으로 보이는 얄팍한 살갗에 종종 눈이 가곤 했지만 고백하건데 저 학생 뒤를 쫓아가 봐야겠다, 할 정도의 여학생은 없었다. 물론 그런 교수 또한 없었다. 학교엔 짐짓 어두운 표정의 근엄한 교수들만 가득했고 나는 배우자와 침대 위에서도 저럴까 상상하며 그들을 지나쳤다. 학교 아니 캠퍼스엔 일명 'CC'들이 많았다. 내가 학꼴 다닐 때 난 CC를 청춘의 줄임말이라 생각했었다. 하지만 청춘이라고 하기엔 꽤나 무기력한 내가 씨씨를 하게 됐으니 그 줄임말도 최소한 나에게 있어선 이제 명을 다한 셈이었다.

남녀 사이에 있어서 잦은 연락과 잦은 만남은 둘 중 하나의 결과를 낳게 되는 법이었다. 동성보다도 더 가까운, 둘도 없는 말동무가 되거나 어깨를 걸치는 연인이 되거나. 난 후자가 되길 원했다. 사실 분위기상 이미 나는 승리에 들떠 있었다. 그래서 나는 늘 그래왔듯 글로써 내 마음을 표현해 마침표를 찍기로 작정했다. 그럴 수밖에 없었다. 내가 만약 목공이었다면 손바닥보다 큰 목각인형을 만들어 인형극을 펼쳤을 것이다. 사실 이전부터 그랬다. 재주는 이럴 때 써먹는 법이니깐. 또한 이십 대의 여자들은 돈도 좋아하지만 여전히 그들의 감성을 건드려주길 원하고 있으니깐. 이전에는 아예 상대방과 나를 주인공 삼아 짧은 소설을 하나 써서 고백 아닌 고백을 한 적이 있었다. 물론, 성공적이었다. 여기서 중요한 건 달달한 원액의 엑기스를 팩 하나에 꼭꼭 눌러 담듯 진심을 꾸역꾸역 넣어야 한다는 점이다. 그러면 상대방 마음의 문은 어느 순간 열려 버린다. 아니 세콤 직원이 손도 못 쓸 만큼 아예 그 문짝을 부숴버릴 수 있게 된다. 그러면 아무런 방해도 없이 암행어사 출두하듯 그곳에 쉽게 들어가 버리면 되는 것이다. 하지만 다희에게는 소설을 써줄 수 없었다. 그것이 어느 정도의 시간을 필요로 하는 작업이었거니와 소설을 보고 눈물을 보였던 전 여자친구를 앞에 두고 다른 여자에게는 안 써먹겠다고 스스로 다짐을 했기 때문이었다. 어느 정도의 긴 시간을 소모하며 고통받아도 될 만큼, 그 다짐을 깰 만큼 다희를 좋아한 건 아니었던 것이다. 대신, 전에 일본의 어느 현대미술관에서 샀던 비싼 엽서에 내 마음과 함께 시를 쓰기로 했다. 시는 썩 자신이 없었지만 그래도 어떡하겠는가. 여자가 걸린 문제라면 무엇이든 해냈던 나는 변함이 없었다. 나는 그렇게 고백을 시도했다.

그러나 결과는 참담했다.

평소와 다르게 조금 쭈뼛거리긴 했지만 결과엔 자신이 있었음에도. 나 자신을 아는지 모르는지 다희는 확답을 하지 않았다. 확답을 하지 않은 것 이전에 사실 내 의중을 잘 모르는 것 같았다. 내 시가 그렇게 이중적이거나 함축적 이진 않았는데 내 뜻을 반대로 알아먹은 듯했다. 설명하는 것도 우스운 일이 었지만 어쩔 수 없이 부연을 하고 의사를 쉽게 풀어 얘기해주니 다희는 그제 야 잠깐 생각을 좀 해봐야겠다고 했다. 섣부른 예단은 금물이지만 정말이지 그다음의 일은 대충 예상이 되었다.

역시 그랬다.

"재현아. 넌 참 좋은 사람이고 그걸 나도 잘 아는데, 내가 지금 누굴 만날 입장이 아니야. 누굴 만나기엔 나 스스로가 너무 부족하기도 하고 지금은 그 럴 시기도 아닌 거 같애."

나는 생각했다. 난 좋은 사람인가. 분명 아니었다. 화장실 바닥의 갑작스 러운 미끄러움 때문에 불같이 화를 내기도 하고, 현관의 신발을 제대로 정리 하지 못해 아직도 아빠에게 꾸지람을 받는 못난 청춘이었다.

나는 말해주고 싶었다. 넌 날 잘못 봤다고.

그렇지만 그렇게라도 봐줘서 고맙다고 해야 할 노릇이었기에 잠자코 있었 다. 그러다 허탈함에 그만 이내 입을 열고 말았다.

"내가 그럼 남자로 안 보이니? 전혀?"

목이 마른 목소리였다.

"아니, 솔직히 그건 아니야. 남자로 느껴져서 나도 더 고민했어. 네가 말하 기 이전부터. 안 그래도 너한테 말을 꺼내려고 했었는데. 그냥 우리 친구로 더 잘 지내면서 만나면 안 될까? 응? 난 너 참 좋은데 정말. 그런데 연애할 입장이 아니야 내가. 미안해."

무슨 말인지 잘 몰랐지만 이때 나는 그녀를 알아봤어야 했다.

그리고 그녀는 덧붙여 말했다.

"너 내가 이러면 나 이제 안 볼 거지? 그러기 없다 진짜. 응?"

그녀는 나를 곁에 두고 싶어 했다. 싫으면 시원하게 보내주든가 하지.

다희의 행동이 나를 자신의 손바닥 위에 올려놓고 장난 쳐보는 건가 고뇌했지만 그녀의 말투나 표정을 봐서 그런 유의 장난은 아니라는 것을 알아챌 수 있었다. 그녀는 진심으로 혼자만의 어떤 문제가 있어 보였다. 하지만 그 실체를 말해주진 않았다. 나는 그것이 과거와 관련이 있다고 확실히 단정할 수 있었다. 어쩌겠는가. 나는 대신, 일단은 만나보며 생각해보자고 했다. 친구고 남자고 괴물이고 일단 그런 선을 긋지는 말자고. 그냥 편하게 보면서 좋으면 좋은 거고 아니면 마는 거라고. 원래 그런 거라고. 나보다 그런 것을 훨씬 잘 알 것 같은 그녀에게 설명했다.

그리고 이어 말했다.

"여태 내가 마음을 뒀던 사람 중에 결국 나를 좋아하지 않은 사람은 없었어. 그러니깐 너도 결국 날 좋아하게 될 거야. 그럼 난 너 때문에 너무 피곤해지겠지. 농담 같지? 그런데 정말 그랬어."

다희는 깔깔댔다. 나도 웃으며 말했지만 그 말이 거짓은 아니었다. 항상 시기가 좀 엇갈렸을 뿐이지 내가 마음에 품기만 하면 결국 그들의 마음의 작대기는 나를 가리켰다. 그래서 자신이 있었다. 몇 시간 어색하게 되었지만 우린 다시 쓸데없는 농담을 하며 연신 웃어댔다. 평소 다희는 나의 말을 재미있어했다. 난 다희의 말에 그리 큰 재미를 느낄 때가 많이는 없었지만 그래도 대화 자체에 늘 즐거움이 묻어 있었다. 다희는 나의 실없는 헛소리에 눈이 자주 동글려지며 웃곤 했다. 그중에서도 성적인 농담을 몹시 좋아했다. 이는 나를 더욱 자극했고, 가끔 해서는 안 될 수위의 농담마저 나는 실수로 내뱉곤 했다. 그럴 때마다 그녀는 나를 가볍게 때리며 꾸짖는 척했지만 사실 그녀의 입꼬리가 올라가는 것을 나는 늘 목도하고 말았다. 그때 직감했다. 그녀가 나만큼 '육체' 적이라는 것을. 그것은 후에 나에게 흥분과 낙담을 동시에 가져다주었다.

  다희의 육체는 매력적이었다. 큰 골반 아래위로 가느다란 상체와 늘씬하게 뻗은 다리가 부드럽게 이어져 있었다. 다만 볼륨감이 부족했다. 엉덩이는 납작했고 가슴은 성장이 멈춘 고등학생 같았다. 대신 아랫배가 조금 나왔는데 난 그런 것이 더욱 마음에 들었다. 꼭 미국 드라마에 나오는, 몸매에 크게 신경 쓰지 않는 키 큰 백인 같은 느낌이랄까. 다희는 내가 만난 여자 중 가장 키가 컸다. 백칠십이었다. 높은 힐이 있는 구두를 신지 않아도 내가 팔을 올리기에 알맞았다. 내 키가 백팔십삼인 것이 새삼 다행스러웠다. 나는 다희에게 말했다. 너의 큰 키가 좋다고. 정말 좋았다. 이제껏 상대방의 키에 대해 그리 깊이 생각해본 적이 없었고 중요치도 않았다. 하지만 다희를 만나서 전엔 없던 생각이 생겨버리게 되었다. 그러니깐 기존에 쓰던 장갑이 편하고 좋아서 다른 걸로 바꿀 생각이 크게 없었는데 더 큰 장갑을 선물로 받아 써보니 그 포근함과 따스함을 이제야 알아버렸다는 것이었다. 그녀는 그런 소릴 자주 듣는지 내 말에 큰 반응이 없었다. 이어 나는 나 역시 작은 키가 아니라며 어필했다.

"야, 너도 나만큼 큰 사람 만날 수 있을 거 같아? 이 학교에서만 해도 잘 없던데. 넌 정말 좋겠다. 이렇게 키 큰 남자 만나서. 귀한 줄 알아야 해. 귀한 줄."

이 말에도 큰 반응이 없었다. 그녀는 단지 몇 마디 나직이 내뱉을 뿐이었다.

"응. 뭐 키 큰 사람이 진짜 오랜만이라 좋긴 하네."

그 말에 기분이 썩 좋을 리가 없었다. 그냥 좋다고 가볍게 대답해 줬다면 등에 앉힌 채 팔굽혀펴기라도 했을 텐데. 나는 그녀 위에 올라타 그녀에게 팔굽혀펴기를 명령하고 싶었다. 그녀가 최근에 얼마나 작은 사람을 만났을 지 또 그 이전엔 나보다도 훨씬 큰, 어떤 거인들을 만났을지 생각하고 싶지 않았다. 하지만 여러 인간 군상들이 스쳐 지나갔다. 나는 억지로 '침묵'이라 는 희고 고요한 단어를 떠올렸다. 나는 조용하기로 했다. 오히려 충고하는 것은 늘 내가 아니라 다희였다.

"야, 너 이상해. 왜 웃거나 옆에서 걸을 때마다 은근히 내 팔을 만져?"

그 말을 듣고 생각을 해보니 내가 조금 그랬던 것 같긴 했다.

"난 있지, 조금이라도 그러면 안 돼. 난 그런 쪽에 정말 약하단 말이야. 네 가 자꾸 그러면 네가 더 남자로 느껴질지도 몰라. 내가 그때 말한 제일 친한 남자애 있잖아. 왜 인호라는 애. 걔도 장난으로라도 절대 내 몸에 손 못 대. 그러니깐 너도 조심해!"

그러니깐 다희는 자신이 육체적이라는 것을 스스로 고백한 셈이었다. 앞 으로 더 그렇게 해달라는 말인지 정말 그러지 말라는 것인지는 몰랐지만 나의 행동 방향에 대해 더 확고해질 수 있었다.

　4월 초의 대구 날씨는 따뜻할 것만 같지만 꼭 그렇지도 않았다. 저녁이 되면 온도가 낮은 바람이 늘 우리에게 쫓아와 달라붙곤 했다. 그러면 다희는 마치 자신의 충고를 어떤 식으로 거슬러야 하는 것인지 보여주는 사람처럼 내 두꺼운 카디건에 팔짱을 끼거나 카디건에 형식적으로 난 작은 주머니에 꼭 손을 넣었다. 그때 옆에서 물리적으로 느껴지는 '존재'가 더없이 좋았다. 그 존재감이라는 것은 어떤 것보다도 두껍고 묵직했다. 그것을 의식하면서 우린 도서관으로 향했다. 전공인 클래식뿐만 아니라 철학과 문학에도 관심이 많았던 다희는 나와 함께 책을 고르는 일이 잦았다. 그래서 나는 책을 추천해 주기도 하면서 그녀의 어깨에 손을 슬쩍 올려보기도 했다. 이에 다희는 마치 낙엽 따위가 떨어졌다는 양 아무런 반응이 없었다. 그것이 일종의 반응이었다. 그러다 그녀의 골반에 손을 올리기도 했는데 역시나 같은 반응이었다. '이것 봐라?'라는 생각이 안 들 수가 없는 순간이었다. 그러다 보니 나는 글을 쓰다 말고 함께 책을 고르는 일에 흥미가 생겨버렸다. 밥을 먹고 순서처럼 도서관엔 가는 순간이 되면 나는 으레 문학 코너로 그녀를 데리고 가게 되었다. 누군가 나와 같은 생각을 하고 있다면 조언을 해주고 싶다. 문학 중에서도 러시아 고전이 있는 책장 앞으로 가라! 그곳엔 톨스토이의 평화만이 부유하고 있다. 아니 그 평화마저도 느낄 수 없을 정도의 진공이 당신을 기다리고 있을 것이다.

　나는 결국 톨스토이와 도스토옙스키와 투르게네프 앞에서 그녀와 입을 맞추었다.

3

한동안 정신이 없었다.

마음을 안정시키기 위해 티브이를 켰다. 이미 중반이 지난 뉴스가 나오고 있었다. 꽤나 익숙한 미장센이 눈에 들어왔다. 다희의 집이었다. 혼자 사는 그녀의 작은 집을 뉴스에서 시청할 줄이야. 현장엔 노란색 줄이 쳐 있었고 몇 명의 경찰과 기자가 조금씩 움직이고 있었다. 아나운서의 또렷한 목소리만이 화면을 가득 채우고 있었는데, 현장의 소리를 직접 송출하더라도 크게 시끄러울 것 같진 않았다. 아나운서는 시신이 발견된 시간은 여덟 시였으며 안방에서 발견된 피해자의 사망원인은 뒷목과 귀 사이의 급소 타격에 인한 뇌출혈이라 전했다.

나는 담배를 꺼냈다. 그리고 라이터를 찾았다. 나는 담배와 라이터를 따로 두는 습관이 있었다. 바지 양쪽 옆 주머니를 차례로 뒤졌다. 하지만 라이터는 나오지 않았다. 생각이 났다. 라이터는 전날 입은 남방의 오른쪽 주머니에 넣어 두었었다. 소파에 얹힌 남방을 바로 들어 확인했다. 하지만 천의 가벼움만 느껴질 뿐이었다. 라이터는 어디로 갔을까.

맙소사!

이번에야말로 정말 생각이 났다. 분명한 기억이었다. 라이터는 전날 그녀의 안방에 들어갔다가 흘린 것이 분명했다. 빨리 집을 벗어나야겠다는 생각에 그만 줍는 것도 잊은 채 방을 나선 것이었다. 사실 LP는 거실 바닥에 있었지만 안방에도 들어갈 수밖에 없는 노릇이었다. 그럼 왜 형사는 나에게 라이터에 대해선 묻지도 않았던 것일까. 여태 발견하지 못해서? 그럴 리는 없었다. 어쩌면 그것은 현장에서 가장 먼저 눈에 띄는 물건이었을 것이다. 형광의 초록은 어느 바닥에 붙어 있건 자신을 긴급히 알릴 테니깐. 또한 수사를 진행할 형사는 분명 나를 비롯해 여러 주위 인물들에게 많은 것을 물었을 터였다. 그러자 다희의 윗집에 살던 주인아줌마가 떠올랐다. 정확히 하자면 일주일 전 그녀와 심하게 싸우던 날, 주인아줌마가 맹렬하게 계단을 뛰어 내려와 그만 싸우라며 호통을 치고 나를 쫓아냈던 기억이 떠올랐다. 아줌마는 분명 증언 아니 확언했을 것이다.

"그 멀쩡하게 키만 커다란 그놈이 그럴 줄 알았어. 내 그놈 싹을 봤다니깐."

혹시나 그 여자가 자리를 비워 사건 당일에 조사를 받지 못했다면 오늘 오후가 다 지나기 전에는 반드시 진행될 것이라는 계산이 가능했다. 이제 내가 수갑을 차도 전혀 어색하지 않은 상황이 된 것만 같았다.

등이 후덥지근해지는 것이 느껴졌다. 식은땀이었다. 나는 차 키와 지갑과 휴대폰을 챙겼다. 하지만 위치정보를 친절하게 서비스해 줄 생각은 없었기 때문에 불편하겠지만 휴대폰은 없는 것이 낫겠다고 생각했다. 과학의 발달은 가끔은 이렇게 삶을 위태롭게 하기도 한다. 휴대폰을 빼니 어딘가가 허전했다. 날씨는 전날과 다르게 무더웠지만 나는 남방을 들고 나갈 채비를 했다. 그때 형이 방에서 천천히 나오고 있었다. 막 잠에서 깬 듯 부스스한 얼굴이었다. 형은 서두르는 내 모습을 보더니 문 앞에 그대로 서서 주인공이 혹여나 빠뜨리고 가는 것은 없는지, 불안해하는 영화 관객처럼 나를 바라봤다. 나는 그 시선을 애써 걷어내고 신발을 채 다 신지도 않은 채로 문을 열고 나왔다.

"나, 잠깐 어디 좀 갔다 올게!"

나는 엄마의 유산인 그랜저 TG에 몸을 실었다. 텁텁했다. 살갗에 닿는 시트도 뜨거워져서 이대로 조금만 있으면 이내 땀이 날 것 같았다. 6월의 대구는 벌써부터 습기를 머금고 있어 여러모로 의기를 꺾어 버렸다. 나는 사방의 모든 창문을 열고 차를 조심스럽게 뺀 뒤 아파트 입구를 재빨리 빠져나왔다. 목적지는 정하지 않은 채였다.

오디오를 켰다. 마이클 잭슨의 〈thriller〉 앨범이 1번 트랙부터 흘러나왔다. 가히 1억 장이 넘게 팔린, 기네스 기록을 갈아치운 앨범다웠다. 신이 난 건 아니었지만 혼란스런 마음을 잠시나마 접을 수 있었다. 까딱까딱하는 그의 다리가 문득 보고 싶었다. 또한 그는 아직 죽지 않았고 빚을 갚기 위해 일부러 죽은 척을 했다고 믿고 싶었다. 그리고 어디선가 자신 때문에 울고, 플래시 몹을 하는 팬들을 보며 미안하지만 어쩔 수 없다는 표정을 하고 있을 것이라 상상했다.

엄마도 생전에 마이클 잭슨의 팬이었다. 그래서 종종 그의 실황 콘서트 영상을 나와 함께 시청하곤 했었다. 엄마는 내가 당신의 젖을 물고 있을 때, 그의 음악을 자주 보고 들었다고 했다. 그 때문인지는 모르겠지만, 나는 항상 그의 음악을 들으면 반사적으로 뒤꿈치를 들고 다리를 떨게 되었다. 그래서 밥 먹을 때 이따금 내가 다리를 떨고 있으면 엄마는 야단을 쳤지만 나는 이건 다 엄마 때문이라고 능청을 떨며 더 얄궂게 박자를 맞추곤 했다.

엄마는 그의 춤을 처음 보고 감격스러웠다고 했다. 흑인 특유의 리듬과 탄력은 아무도 흉내 낼 수 없는 것이라며 앞으로 나에게 밥 먹을 때만큼은 다리를 떨지 말라고 했다. 시인이었던 엄마는 그에 대한 시를 써서 발표하기도 했었다. 반응은 꽤 괜찮았다. 다만 작가 스스로만 만족을 하지 못할 뿐이었다. 그게 시인으로서 엄마의 가장 큰 장점이었다. 여태껏 단 한 번도 스스로 만족을 한 작품이 없었을 만큼 항상 완벽을 기했고 어느 단어 하나 허투루 적어 내려간 적이 없었다. 그런 엄마의 삶과 마이클 잭슨의 삶은 어쩌면 너무나도 비슷했다. 엄마는 알았는지 모르겠지만 엄마와 마이클 잭슨은 같은 해에 태어나 같은 해에 죽었다.

다만, 차이가 있다면 자살과 타살로 각각 생을 마감한 점이었다.

오디오는 이제 거의 마지막에 도달하고 있었다. 다음 곡이 이 앨범의 마지막 곡이었다. 문득 내 삶의 마지막 트랙도 이렇게 미리 알 수 있다면 더할 나위 없이 좋겠다는 생각이 들었다. 낭비하지 않고 미리 그곳으로 가버릴 수 있는 삶. 그늘 밑에서 야자수나 실컷 빨아먹다가 때가 되면 홀연히 자리를

어떻게 감당하랴.

다행스럽게 더 이상 그런 불쾌한 울림을 느낄 필요가 없었다. 그는 차를 지나쳐 화장실로 걸어 들어갔기 때문이었다. 순간 땀이 났고 그것이 덥혀진 차의 기온 때문인지 경찰 때문인지는 알 수 없었다. 땀을 흘리고 식히기를 반복해서 시금털털한 냄새가 났지만 주위에 누구도 없어 다행이었다. 나는 다시 핸들을 붙잡았고 차는 고속도로에 진입했다.

그러니깐 나는 다시 속도를 느끼기 시작했다.

말수가 급격히 줄어든 것을 이제야 의식할 수 있게 되었다. 말할 상대가 없어서 그런 것만은 아니었다. 만약 누군가 옆자리에 있다 해도 아무 말도 하지 않았을 것이다. 오디오에서 흐르는 음악 이외에 어떤 형태로든, 나에게서 잉태되는 소리 자체를 내고 싶지 않았다. 그러자 형을 조금 이해할 수 있을 것만 같은 기분이 들었다.

어느 모임엘 가면 꼭 말없이 묵묵히 커피를 홀짝이거나 묻는 질문에만 간단하게 대답하며 시간을 죽이는 사람이 있다. 형이 바로 그런 유의 사람이다.

처음부터 그랬던 것은 아니었다. 형은 어른들이 보면 얄미울 정도로 활발한 아이였다. 걷는 것보다는 뛰어다니는 시간이 더 많았고, 늘 검은 떼를 묻히고 온 동네를 들쑤시고 다녔다. 형은 코흘리개들이 즐겁게 뛰어놀 수 있는 새로운 놀이 따위도 곧잘 만들어내어 많은 아이들의 관심을 한몸에 받았다. 물론 그런 관심을 받는 아이의 필수조건인 운동과 싸움은 누구에게도 지지 않았다. 낯을 가리고 부끄럼만 타던 나는 그런 형이 부럽기도 하고 한편으론 얄밉기도 했다. 그저 푸근하고 인상이 좋기만 한 나에 비해 더 곱상하고 더 비상해서 더 그랬는지도 모르겠다. 사실 형이 어른이 되면 인류사를 바꿀 고고학자나 로보캅 같은 경찰이 될 줄 알았다. 물론 예상은 보기 좋게 빗나갔지만.

나는 당시 유행하던 프로레슬링을 보고 꼭 나에게 써먹는 형의 기술에 늘 당하기만 했다. 도저히 빠져나올 수가 없는 기술이었다. 어린아이들의 세계에서 두 살 차이는 실로 어마어마했다. 머리 하나 치가 더 있는 형을 어떤 식으로도 넘어뜨릴 수가 없었다. 그럼에도 단 하나, 형과 함께할 수 있는 것이 있었는데 그것은 바로 야구였다. 나의 포지션은 포수, 형은 투수였다. 환상의 배터리까지는 아니었지만 꽤나 호흡이 잘 맞아 동네를 호령하는 정도는 되었다. 스트라이크도 제대로 넣기 어려운 동네 야구에서 형은 불세출의 에이스였다. 형은 공도 빨랐지만 내가 손짓하는 곳에 그대로 공을 잘 넣어 상대팀의 탄식을 사곤 했다. 십 점은 예사로 뽑아내는 동네 야구에서 삼 점도 채 주지 않았으니 말 다했다고 보면 된다. 그런 형과 가끔은 다른 팀이 되어 서로를 상대할 때가 있었는데 그때마다 우리보다는 주위 사람들이 훨씬 흥미로워했다. 돈을 걸고 내기를 하기도 했고 둘 중 하나를 응원하기도 했다. 형의 우세가 점쳐졌기 때문에 응원 자체가 거의 나를 향한 것이었다. 결과는 사람들의 예상대로 형의 압승이었다. 간혹 빗맞아서 안타가 되거나 유격수의 실책으로 살기도 했지만 대부분이 허공에다 방망이질을 해 죽어버리기 일쑤였다.

그러다 단 한 번, 여태껏 살면서 정말 단 한 번, 내가 형을 상대로 홈런을

뽑아낸 적이 있었다. 아직도 그 순간을 잊지 못한다. 당시 어린애들의 동네
야구는 홈런이라는 게 운동장 저 멀리 있던 벽을 넘겨야 하는 것은 아니었고
운동장 거의 끝쪽에 있던 씨름장까지 한 번에 가면 되는 것이었다. 그 근처
에서 바운드가 되어 굴러간 적은 많았지만 그렇게 한 번에 가는 것은 정말이
지 보기 드문 광경이었다. 그것도 내가, 그것도 형을 상대로였기에 그것은
매우 충격적이었다. 공이 모래가 많은 씨름장에 떨어져 거의 움직임을 멈추
자 많은 사람들은 다들 말이 없었다. 얼이 빠졌다는 표현을 여기에 쓰는 것
이 맞는진 모르겠지만 아마도 그 표현이 가장 적합했을 것이다. 사람들은 소
리를 지르지도 형을 놀려대지도 않고 멍하니 공이 있는 쪽을 쳐다보기만 했
다. 공을 주우러 가는 사람은 아무도 없었다. 공을 주우러 가는 대신 형은 글
러브를 던지고 집으로 향해 걸어갔다.

"에이, 씨발."

고학년의 초등학생이 할 수 있는 가장 심한 욕이었다. 그날 게임은 그렇게
끝나버렸다. 후에 형 친구들은 물론 어느 누구도 여기에 대해 다시 얘기를
꺼내지 않았다. 나는 가끔 입이 근질거렸지만 참을 수밖에 없었다.

그 일이 있고 난 이후 형은 야구를 다시 하지 않았지만 마치 그날은 기억
에서 누락이라도 되었다는 듯이 나를 전과 마찬가지로 살갑게 대해주었다.

형은 여자들에게도 인기가 많았다. 형이 장난을 걸면 싫은 척하면서도
여자들은 부끄러워하며 그 장난을 반겼다. 밸런타인데이가 되면 집안은 형
이 받아온 초콜릿으로 어질러져 있었다. 세상엔 참 다양한 종류의 초콜릿이
있다는 걸 그때서야 처음 알게 되었다. 흰색에, 오렌지 맛에, 술까지 들어

있다니. 형의 유머와 쾌활함 그리고 노랗게 물들인 머리가 여자들의 관심을 끈 가장 큰 이유였겠지만 형에겐 그런 유의 애들이 꼭 가지고 있는 모난 성격을 가지고 있지 않았다. 형이 더 얄미웠던 건 바로 이 부분이었다. 성격까지 좋다는 것. 그는 어렸을 때 이미 철이 든 사람이었다. 자신을 넋 놓고 보는 수많은 여자들 중 몸집이 커 놀림을 받고 따돌림을 받는 여자애에게마저 친절했고 아무도 형에게 뭐라고 할 수 없었다. 형은 그런 사람이었다.

그런 형이 변했던 건 중학교엘 입학하면서부터였다. 완전히 말이 없어진 건 아니었지만 차츰 그 수가 줄어들어 갔다. 당연히 나와의 대화도 부쩍 줄어들었다. 필요한 말 이외에 가끔 농을 하기도 했지만 예의 그 쾌활함이 묻어 있지 않은 채였다. 사람들은 이런 걸 사춘기라고 하나, 생각했다. 여전히 철이 없기만 한 나는 그런 형을 이해할 수 없었다. 그렇다고 형은 싸움을 하고 다닌 것도 아니었고 불량한 친구들을 만나 회색 연기를 뿜어내는 것도 아니었다. 분명 학교에서 무슨 일이 있었을 것이라고 엄마는 혼잣말을 했다.

엄마가 그렇게 말한 것은 형의 성적도 어느 정도 작용했다. 늘 일등만 하다가 언젠가부터 반에서 오등 정도를 하고 있는 모양이었다. 그리 나쁜 성적은 아니었지만 예전의 형을 떠올린다면 부모 입장에선 턱없이 부족한 성적이었다. 부모님은 차라리 저 밑으로 떨어지면 이해라도 하겠다는 표정이었다. 내가 생각하기에 형은 따로 공부하지 않은 채 시험을 보는 모양이었다. 그래도 부모님은 형을 잘 알기에 가만히 내버려 두었다.

개인용 컴퓨터 그러니깐 PC가 가정마다 하나씩 소유하게 되고 삼국지와 하드볼 게임을 할 무렵, 나 역시 컴퓨터를 하나의 놀이로 삼아 시간을 보냈다.

전원을 누르면 마치 저 멀리 있는 우주의 어느 별에서 누군가 검지를 들어 신호를 보내는 듯 본체엔 띠리릭 띠리릭 요상한 소리가 나고 바탕화면엔 익스플로러가 아니라 넷스케이프가 자리하고 있는 시대였다. 학교 컴퓨터실에서 히스테리가 있는 젊은 여선생 몰래 우리가 유일하게 아는 주소인 'www.sex.com'을 치고 다 같이 낄낄대는 그런 시대.

그 시절 어느 순간, 나는 가족 중 유일하게 형과 내밀한 사이가 되었다고 생각한 적이 있었다.

그때 난 컴퓨터를 내 또래 사이에서 꽤 잘 다루는 편에 속했는데, 그런 나보다 훨씬 더 앞섰던 형은 정말 컴퓨터에 일가견이 있었다. 씨 드라이브에 있는 불필요한 파일들을 모두 휴지통에 버리고 또 가끔 그것을 비우기도 하며 디스크 조각 모음을 정기적으로 하던 것을 차치하더라도 형은 컴퓨터라는 물체의 비위를 누구보다도 잘 맞춰줄 줄 아는 사람이었다. 덕분에 컴퓨터는 항상 신진대사가 활발해 크게 나를 답답하게 하는 일이 없었다.

그러던 어느 날이었다. 무심코 '내 컴퓨터'를 더블 클릭하니 몇 개의 드라이브가 나타났고, 그 중 이 드라이브에 시디가 들어 있다는 사실을 알 수 있었다. 제목은 따로 없었고 열 몇 자리의 숫자가 죄수의 낙인처럼 표시되어 있었다. 나는 그것을 열어 보았다. 그랬더니 윈도우 미디어 플레이어 창이 중간 크기로 나타났다. 감각 중 가장 먼저 반응을 한 것은 귀였다. 눈치라고는 전혀 없는 우직한 스피커에선 미리 맞춰진 소리의 크기로 탄성이 흘러나왔다. 그 탄성은 곧 괴성이 되어버렸다. 엄마가 낮잠을 자고 있었던 것이 유일하게 이 상황을 긍정적으로 바라볼 수 있게 해 주는 부분이었다.

나는 창의 오른쪽 위에 있는 '엑스'를 클릭하는 대신 '음소거' 버튼을 클릭했다. 화면에 나온 배우들을 좀 더 지켜보기로 한 것이었다. 이 작품을 보기 전에 내가 봤던 작품의 수준들은 항상 상체만을 벗고 그것을 작위적으로 흉내만 낸 정도에 불과했었다. 그러니깐 그들은 가식적으로 웃고 가식적으로 고통스러워하며 땀을 쏟는 것이었다. 위선적이며 동시에 위악적인 배우들. 하지만 그 순간 내가 본 것은 완전히 다른 세계의 사람들이었다. 그들은 아무것도 입지 않고 실제로 그것을 했으며 마치 학생, 섹스는 이런 거야, 놀랄 거 없어, 하는 얼굴로 태연자약하게 몸을 움직이고 있었다. 근육질의 서양인과 가슴이 더럽게 큰 서양인의 만남은 나를 충격으로 몰기에 충분했다. 내가 기존에 생각했던 섹스는 그런 것이 아니었다. 부드럽게 서로의 옷을 벗기고 부드럽게 서로를 껴안는, 아담과 이브 정도만이 할 수 있는 그런 행위였다. 이토록 격렬하고 고통스러운 것일 줄이야. 꼭 투명인간이 되어 살인사건의 현장을 눈앞에서 볼 때의 기분과도 같았다. 실제적이면서도 허구적인, 그리고 자극적이면서도 역겨운. 타락한 아담과 이브를 눈앞에 두고 어찌할 바를 모르는, 힘없는 신이 된 나는 가슴 속 저 깊은 곳 어딘가가 부웅 뜨는 것이 느껴졌다. 나는 이것을 보려고 친구에게 어떻게든 애써 빌렸을 형의 모습을 상상하며 속으로 그런 형을 욕하기도 하고 동시에 그런 형에게 고마움을 느끼기도 했다.

내 마음을 알았는지 그때 형이 문을 열고 들어왔다. 나는 깜짝 놀라 당황한 나머지 '엑스'를 누르지 못하고 옆에 있는 '최대화'를 클릭해 화면을, 일을 더 크게 만들어 버렸다. 형은 뒤통수를 한 대 세게 때리고는 다시 방을 나갔다. 묵직한 울림이었다. 어린 내가 보면 안 될 걸 봐서 때린 건지 형이 비밀리에 소유하고 있는 작품을 내가 알아버린 것이 부끄러워서 때린 것인지는 알 수 없었다.

그날 이후로 형의 일부를 알아버린 것만 같았다. 앞으로 형과의 관계가 변하게 될 것 같다는 생각마저 들었다. 말은 하지 않았지만 남자들의 세계에 편입된 걸 축하한다는 암묵적인 신호가 느껴졌다고나 할까. 하지만 얼마 지나지 않아 그런 생각 중 조금이라도 맞아 들어갔던 것은 하나도 없었다는 걸 알 수 있게 되었다. 형은 여전했다. 티브이에서 야구중계나 열린음악회가 방송될 때 가끔 거실로 나와 소파 구석에 자리한 뒤 조용히 시청하는 게 전부였다. 나에게 가끔 던지는 말도 상투적인 것뿐이었다. 차라리 안 하는 편이 더 나았을 정도였다. 그런 형과는 반대로 나는 중학교에 입학하면서 예전의 형이 가졌던 그 특유의 쾌활함을 가지게 되었다. 형과 나의 성격 그래프를 시간의 순서에 따라 그려 놓으면 그것은 정확히 'X' 자를 형성할 것이었다. 그러니깐 크로스!

부모님은 그런 형을 크게 걱정하지 않았다. 당연히 그 당시엔 사춘기라고 여길 수밖에 없었을 것이었다. 아마도 누구라도.

엄마는 외부의 모임이 있으면 꼭 형을 데리고 가려고 했다. 그럴 때면 형은 조금 거부하다 무표정한 얼굴로 엄마를 따라나섰다. 사실 나는 형이 완강하게 뿌리칠 줄 알았다. 방으로 쏙 들어가 대답도 하는 둥 마는 둥 하며 일별하고 마는. 그래서 형이 더 이상했다. 형에겐 질서가 없었다. 나는 뭐 저런 인간이 다 있어, 하고 속으로 크게 꾸짖곤 했다.

　부모님의 여러 모임 중 연례행사처럼 가족 모두가 꼭 가야만 하는 모임이 있었다. 모임의 장소는 경북 김천의 지례면이었다. 그곳은 아빠, 엄마의 고향이었다. 약속은 주로 여름 휴가철에 잡혔다. 2박 3일 정도의 일정으로 전국에 흩어졌던 아빠의 친구들과 그들의 자녀들이 함께하는 모임이었다. 형은 어땠을지 모르겠지만 나는 그 모임이 매해 기다려졌다. 매년 키가 많이 컸다는 찬사를 듣고 싶었던 것도 이유였겠지만 대구를 벗어난다는 것 자체에 지레 흥분을 했던 것 같다. 그 흥분에 보답처럼 그 모임엔 늘 정겨움이 흘렀다. 어른들은 어른들대로 삶의 고단함과 옛 추억을 들먹거리며 술을 홀짝이고, 애들은 애들끼리 짓궂게 장난도 치고 자리에 앉아 간단히 할 수 있는 게임을 하며 부대끼고. 그리고 운 좋게 노래방 기계가 있다면 어른들은 구슬픈 트로트를, 애들은 최신 유행가나 휴가철 인기곡을 부르며 세대가 하나로 어우러지기도 했다. 사실 나는 그러한 가무가 좋기도 했지만 내가 가장 아끼는 순서는 역시 물놀이였다.

　우리가 늘 가던 곳은 지례면 상부리(上部里)의 어느 냇가였다. 그 동네 사람들끼리 부르는 명칭이 따로 있었지만 기억이 나진 않는다. 그곳은 차가 두 대 정도 지나갈 수 있는 다리 밑에 위치하고 있었다. 지나가는 차도 사람도 거의 없는 곳이어서 여러 사람이 함께 부대껴도 크게 어수선하지 않았다. 나는 항상 그곳에 도착하면 다리 위에 서서 물을 확인했다. 두 손을 허리춤에 올린 폼이 꼭 물의 흐름을 확인하는 이순신 장군 같았지만 나는 그저 물을 바라보기만 했다. 언제나 다리 위에서 보면 물은 옅은 암녹색을 하고 있었지만 막상 물에 들어가면 물은 색을 감추고 투명하기만 했다. 그 의문을 스스로

푼 것은 중학교 2학년이나 되어서였다. 내가 다리 위에서 물 구경을 하고 있을 때 형은 다른 아이들과 달리 어른들이 차에서 힘겹게 꺼내는 짐을 묵묵히 나르고 있었다. 그건 형이 고등학생이 되고 난 뒤부터였다. 고등학교에 입학하면 피서지에서 눈치껏 지켜야 할 행동강령이라도 가르쳐 주는 모양이었다. 형이 땀 흘리고 있는 사이에 나는 다리 위에서 여유를 부리고 있자니 모종의 우월감 같은 것이 느껴졌다. 넌 그런 거나 열심히 해! 하지만 이내 미안함에 형을 도우러 갈 수밖에 없었다.

그날도 찌릿한 햇볕에 피부를 내어주고 있었다. 코와 팔에서 얇은 각질이 벗겨질 만큼 그날의 볕은 유독 강했다.

이제 애들이라고 하기엔 꽤나 성장한 학생들은 물에 들어가서 암묵적으로 한 명을 찍어 오랫동안 빠뜨리고선 각기 비슷한 쾌감을 느끼고 있었다. 그러면 또 복수하고 복수는 또 복수를 낳고 그러다 보면 허기가 지기 마련이었다. 뭍에서는 그런 우릴 위해 고기가 구워지고 있었다. 드럼통을 세로로 잘라 눕힌 곳 위의 석쇠에서는 고기가 금세 익고 있었고 얼굴이 뻘게진 아빠들은 한 손엔 소주와 한 손엔 젓가락을 들고 흐뭇한 얼굴을 하고 있었다. 나는 먹어도 먹어도 헛헛함을 지울 수 없었다. 타버린 것도 많았지만 그런 것을 가릴 새가 없을 정도였다. 형도 역시 배가 많이 고픈 모양이었다. 평소와 달리 뜨거운 것을 혀를 내밀며 식혀가는 모습에서 한없이 펼쳐진 식욕이 느껴졌다. 얇은 자갈 위에 쳐진 텐트에선 긴 팔을 입은 몇 명의 엄마들이 땀을 흘리며 밥과 찌개를 하고 있었다. 훈감한 냄새가 슬며시 퍼져 올라왔다. 나는 내가 그 한가운데에 있다는 사실에서 느껴지는 소속감이 더없이 좋았다.

하지만 배를 채우고 나니 노곤함이 밀려왔다. 그래서인지 물에 젖은 옷이 더욱 차갑고 무거웠으며 이질적으로 느껴졌다. 꼭 몽정을 하고 잠에서 깨어났을 때의 기분 같았다. 몸이 조금 서늘해졌지만 여전히 햇볕은 시리도록 강렬했다. 다시 물이 매혹적으로 느껴졌다. 물에 몸을 넣자 기분이 안온해졌다. 물은 그렇게 차갑지 않았고, 뭍에 있는 것이 몸을 더 서늘하게 만든다는 사실을 체득할 수 있었다.

누군가 공기를 넣어 팽팽해진 수박 모양의 공을 공중에 던지며 들어왔다. 자연스럽게 편이 나뉘고 우린 공을 주고받기 시작했다. 그러다 공이 공중에 떴고 떨어지는 방향이 꼭 내가 지키고 있는 곳일 것 같았다. 고갤 들어 공을 쳐다보니 하필이면 공이 태양과 같은 선상에 있었다. 눈이 너무 시어 눈을 심하게 찌푸릴 수밖에 없었다. 결국 공은 내가 쳐내지 못했고 상대편이 점수를 얻고 말았다. 그때였다. 눈을 찌푸린 그 짧은 순간, 형이 생각났다. 그리고 아무리 애써 봐도 수중 배구를 하는 형의 잔상은 떠오르지 않았다. 우리 편에도 상대편에도 형은 없었던 것이다. 그것이 왜 그때 생각났는지는 알 수 없었지만 나는 간절히 형을 찾기 시작했다. 하지만 눈을 뜨자 앞이 너무 밝기도 하고 너무 어둡기도 해 어느 것 하나 제대로 볼 수가 없었다. 그러다 시각이 회복되어 얼른 주위를 둘러보았다. 역시나 형은 우리 편에도 상대편에도 없었다. 나는 뭍으로 얼른 고개를 돌렸다. 식은 고기를 맥주와 함께 먹고 있는 아빠들의 모습이 보였고, 텐트 안에서 깔깔거리는 엄마들의 모습이 보였다. 그러니깐 형은 어디에도 보이지 않았다. 불길한 예감이 엄습해왔다. 다들 멍하게 서 있는 나를 쳐다보았다. 나는 속이 좋지 않다는 말을 남기고 자리를 벗어났다. 그러자 표면 위에서만 붙어 있던 불안감이 안으로 파고들어 왔다. 물속에 있는 애들은 내가 물 밖으로 나왔는지, 나와서 무얼 하는지 크게 관심이 없었다. 차라리 다행이라는 생각이 들었다. 아무런 방해 없이 형을 찾을 수 있을 테니깐.

나는 다리 위로 올라갔다. 물에 흠뻑 젖은 샌들은 회색의 콘크리트 위에 조금씩 자국을 남겼다. 정신이 없었지만, 천천히 꼼꼼하게 사위를 살펴보기로 했다. 역시 텐트가 있는 쪽과 공놀이를 하는 쪽에선 형의 자취를 전혀 찾아볼 수 없었다. 그래서 시선을 다리를 기준으로 완전히 반대편으로 옮겼다. 그때였다. 꽤 먼 곳에서 누군가 급하게 허우적대고 있었다. 중요한 것은 팔의 움직임이 서서히 줄어져 가고 있다는 것이었다. 나는 그 사람을 형이라고밖에 생각할 수 없었다. 아니 정확히 하자면 '차라리' 형이었으면 좋겠다는 생각이 들었다. 그러면 아직 기회가 남아 있는 셈이었으니. 나는 더 시간을 지체할 수 없었고 그곳으로 달려갔다. 물에 완전히 젖은 티셔츠를 벗어가면서였다. 내 딴에는 티셔츠를 밧줄의 용도로 사용해 형을 끌어낼 작정이었는데, 옷은 몸에 찰싹 달라붙어 생각대로 쉽게 벗어지지가 않았다. 마음이 급하니 더욱 그랬다. 급할 때는 처음부터 돌아가라는 말을 저주하면서 티셔츠를 완전히 벗을 수 있었다.

역시나 가까이서 보니 형이었다. 형은 체력이 많이 고갈되어 있었다. 입술의 색깔만 봐도 그랬다. 형에게 가까이 갈수록 수심은 점점 더 깊어졌고, 나는 강렬한 결단력이 필요했다. 어른들을 부르자니 그들은 너무 멀리 있었고 내가 직접 들어가자니 쉽게 자신이 생기지 않았다. 그러는 와중에 중학생이 되기 전, 동네 스포츠센터에서 두 달간 배웠던 수영교실이 생각났으며 더불어 중학교 2학년이었던 내가 형보다도 이미 5센티미터나 더 컸다는 사실을 일부러 상기시켰다. 몸무게 역시 말할 것도 없었다. 그렇게 생각하니 일말의 가능성이 간신히 수면 위로 떠올랐다. 형을 끌어낼 수 있을 거라는 생각이 꽃피기 시작했던 것이다.

나는 더욱 형에게 가까이 갔다. 조금씩 발이 바닥에 닿지 않는 것이 조금은 나를 망설이게 했다. 멀리서는 못 느꼈지만 가까이 갈수록, 눈앞에서 형을 제압하고 있는 게 소용돌이라는 것을 인식할 수 있었다. 갈수록 바닥이 깊이 패어 있었고 물이 세차게 빙빙 돌고 있는 중이었다. 형의 얼굴은 점점 얼어붙어 갔다. 그 와중에 무언가 할 말이 있어 보였는데, 형의 입에서는 아무 소리도 나지 않았다. 하지만 나는 형의 표정 하나만으로도 의사소통이 가능했다. 형은 일단 두려움에 떨고 있었다. 그리고 살고 싶어 했다. 그것도 간절하게. 아직은 죽을 때가 아니라고 말하고 있었다. 그러면서 한편으론 나에게 가까이 오지 말라고 말하고 있었다. 다시 돌아가라고, 나를 저 멀리 밀어내고 있었다. 그런 형의 마음을 읽자니 나는 형에게 가지 않을 수가 없었다.

숨을 크게 한번 들이마시고 물속으로 들어갔다. 그곳은 미생물이 많은지 눈을 조금도 못 뜰 정도로 혼탁했다. 물살 역시 거셌기에 쉽게 전진할 수가 없었다. 나는 최대한 형에게 가까이 간 다음, 티셔츠를 꽉 잡은 채 최대한 멀리 던졌다. 하지만 그 작전은 실패하고 말았다. 티셔츠는 한곳에 머물러 있지 않고 이리저리 내팽개쳐질 뿐이었다. 지금 생각하면 참으로 아찔한 선택이지만 나는 좀 더 깊이 물속으로 들어가기로 마음먹었다. 그래서 상체를 완전히 물 밑으로 넣기 위해 발끝으로 점프 아닌 점프를 했다. 한 번의 임팩트로 가까스로 물속으로 들어갈 수 있었지만 역시나 앞으로 가는 것이 문제였다. 나는 시간을 지체할 수 없어 어떻게든 애를 써보았고 팔을 마구 휘저어보았다. 그때 바닥에 있는 몇몇의 미끄러운 돌이 손에 잡혔다. 참으로 다행이었다.

수중에 떠있는 형의 몸체가 보였다. 다리에는 힘이 거의 다 빠져 느슨해진 것 같았다. 나는 돌을 하나씩 잡고 엉금엉금 기다시피 해서 형에게 겨우 다가갈 수 있었다. 하지만 그 안도감으로 인해 인내의 뿌리는 썩어갔고 더욱 조급해져만 갔다. 숨이 가득 찬 것이었다. 일단 형을 밀어내고 다음을 생각해보기로 했다. 내가 가까이 가자 형은 나를 무지막지한 힘으로 붙잡기 시작했다. 덕분에 운 좋게 나는 몇 번의 숨 쉴 기회가 있었지만 그것은 나를 더욱 곤혹스럽게 했다. 극소량의 숨만 내뱉은 채 다시 물속으로 들어가길 반복하니 더 미칠 노릇이었다. 그러다 겨우 형의 손을 뿌리치는 데는 성공했는데, 그 덕에 형은 물속에 잠기는 시간이 더 많아졌다. 나는 마지막이라는 생각으로 형을 밀어 던지기로 작정했다. 그때, 나는 '힘'이라는 단어의 심리적 영상이 새로이 생겨났다. 정말 그때부터였다. 그 후로 나는 과학 시간에 '힘'이라는 용어가 나오면 그 물속의 내가 잔상으로 떠올랐다. 아니 희미한 잔상이 아니라 그것은 바래지 않은 명확한 실체로 떠다녔다. 나는 물속으로 다시 들어간 뒤 형의 엉덩이에 두 손을 갖다 대고 정말이지 온 힘을 다해 형을 밖으로 밀어 던졌다. 그것이 수포로 돌아갔다면 나는 이 글을 쓸 수 없었을 것이다.

그 이후의 상황은 내 기억에 없다. 물을 갑자기 많이 들이켰다는 것 이외에는.

눈을 뜨니 작고 조악한 응급실이 시야에 들어왔다. 특유의 소독약 냄새가 미미하게 풍기고 있었다. 아빠와 엄마를 보고서야 안도감이 들었다. 엄마는 울음을 터뜨리고 말았다. 다행스럽게도 나는 몸에 크게 이상이 없다는 것을 인식할 수 있었다.

형을 밀어내고 나는 물에 빠져서 기절했던 모양이었다. 아빠는 천만다행이라며 조금만 늦게 발견되었어도 상황이 나빠졌을 거라고 했다. 나를 구한 건 아빠의 가장 친한 친구인 영국이 아저씨라고 했다. 나는 그가 자신의 이름처럼 진정한 젠틀맨이라 생각되었다. 아빠는 이어 거긴 왜 들어갔냐며 나를 부드럽게 채근해왔다. 그 물음 자체에서 여러 상황을 추측할 수 있었다. 그러니깐 내가 형을 구하다 그 지경에 이르게 되었다는 사실을 아무도 모르는 모양이었다. 일일이 설명을 하는 것도 귀찮았고 형이 굳이 말을 하지 않았다는 사실에서 형을 존중해줘야만 할 것 같은 일종의 책임감 같은 것 때문에 얼버무리며 아빠의 시선을 피했다. 그때 누군가 빠른 걸음으로 다가오고 있는 것을 귀로 느낄 수 있었다. 형은 큰 이상이 없어 보였다. 다행이었다. 형은 겨우 말을 꺼냈다.

"괜찮아?"

말에는 떨림이 있었다. 나는 싱긋, 웃어줬다. 이에 표정이 조금 밝아진 형은 아무 말도 없이 계속해서 내 눈을 바라보았다. 그렇게 형과 오랫동안 눈을 마주한 것은 정말 처음이었다. 짜릿한 경험이라고도 할 수 있을 만큼 강렬했다. 나는 아직도 그 눈을 잊지 못한다.

　정말이지 따뜻했다.

　차를 다리 위에 세웠다. 돈가스가 소화가 되지 않았는지 속이 더부룩하기만 했다. 냇가는 마지막 힘을 쏟아내는 햇빛을 산산이 부숴주고 있었다. 쪼그려 앉아 한 곳만을 응시하려고 애를 쓰며 시간을 보냈다. 시선이 몇 번이나 분산되었지만 그럴수록 더 초점에 힘을 실었다. 그러는 사이에 어떤 사고가 솟구쳐 오르는 것이 느껴졌지만 그것의 실체는 가늠할 수 없었다. 그것은 표면을 드러내지 않고 분절되기만 할 뿐이었다. 그럼에도 분명히 한 가지 확실하게 느낄 수 있었던 것은 마땅한 내 존재에 관한 것이었다. 누군가는 죽고 또 누군가는 극적으로 살아나지만 그것과는 상관없이 나는 이만큼의 방종을 누리고 있다는 데에 더할 나위 없는 평안함이 느껴졌다. 물론 슬픔이 부재한 것은 아니었다. 미안한 얘기지만 그럼에도 나는 나로서 여전히 존재하고 있다는 사실을 말하려는 것이다.

　물의 흐름을 이제는 귀로 느끼기 시작했다. 그러자 시각으로 인지했을 때보다 훨씬 더 큰 욕구가 밀려왔다. 나는 뭍으로 걸어갔다. 잡초가 작은 돌 사이로 이리저리 뻗어 있었다. 메뚜기도 이리저리 자리를 옮기고 있는 것이 달콤한 향수를 불러일으켰다. 나는 옷을 벗기 시작했고 마침내는 팬티마저 내리게 되었다. 나체가 되니 자중심 따위는 어디에도 뻗어나 있지 않았다. 이 상태라면 어느 깊은 곳에라도 흔쾌히 빠질 수 있겠다는 생각이 들었다. 나는 결국 만끽했다.

타이어에 짓눌린 육중한 자갈 소리를 들으며 차를 세웠다. 식당 앞 주차장은 워낙 널찍해 지레 피로감을 줄여줬다. '지례 대자연 한우'라는 스티커가 크게 박힌 문을 밀자 에어컨의 냉기가 훅 달려왔다. 모쪼록 청량한 기분이 들었다. 좌석은 모두 좌식이었다. 손님에게 상추를 더 내어주던 외삼촌이 나를 보자 깜짝 놀랐다.

"야! 너 웬일이라?"

김천사투리가 정겹게 들려왔다. 대구에 살아도 이상하리만큼 사투리를 안 쓰는 나라서 더 그리 들렸던 것 같다. 김천사투리는 더 억세고 끝이 올라가는 게 가끔은 북한말 같기도 하다.

"오랜만에 한 번 들렀죠. 삼촌 보려고."

나는 웃으며 대답했다.

"너, 저녁 안 먹었제? 여기 차려줄 테니깐 얼른 먹어."

지례는 흑돼지가 유명한 동네였지만, 외삼촌은 한우를 전문으로 취급했다. 역시 외삼촌다운 발상이었다. 마블링이 훌륭한 치마살을 외삼촌이 들고 다가왔다.

"외삼촌은 크게 늙지도 않나 봐요."

예나 지금이나 외삼촌의 가운데 머리는 앞에서부터 반쯤 벗겨져 있어 단단한 이마가 눈에 들어왔다. 거기다 입술은 두툼했고 눈 아래로는 작지만 명확한 점이 자리를 차지하고 있었다. 그래서인지 외삼촌에게서는 늘 강인한 남성미가 풍겼다. 비단, 겉모습뿐 아니라 생물학적으로도 정력이 꽤나 셀 것 같았다. 만약 외삼촌의 국적이 프랑스였다면 그는 수줍은 처녀들을 꽤나 희롱

했을 것이고 그 여자들은 멋모르고 응당 신음했을 것이다. 나는 확신한다.

"그르냐? 나도 마이 늙었지. 오는데 힘들었제?"

"아뇨, 차도 안 막히던데요. 뭘."

김천에 진입했을 때도 도로는 한적했다. 그때 외숙모가 끓고 있는 된장을 들고 다가왔다.

"잘 지냈어? 얼굴이 새카맣게 탔네?"

"네, 외숙모. 제가 연락도 없이 괜히 들른 거 같네요."

"에이, 무슨 소리야. 잘 왔어. 여기 있는 거 다 먹어. 또 더 가지고 올게."

손님은 두 테이블밖에 없었고 누군가 또 외숙모를 찾았다. 고기는 먹음직스럽게 구워지고 있었다. 핏빛이 약간 돌고 있는 것을 집어 먹었다. 물에 들어갔더니 금세 허기가 졌나 보다. 체면을 차릴 것도 없이 계속해서 젓가락질을 하게 되었다. 외삼촌은 천천히 먹으라며 물을 다시 채워주었다.

"저, 외삼촌. 저 하루만 신세 좀 져도 될까요?"

나는 최대한 순진한 얼굴을 한 채 말을 했다.

"아, 물론. 오랜만에 왔는데, 푹 쉬다가 가여. 하루가 웬 말이라. 한 일주일 푹 있다가 가."

"아, 아니에요. 저도 볼 일도 있고, 헤헤. 그럼 하루만 좀 있다가 갈게요."

나는 만족스럽게 히죽 웃으며 대답했다.

"더 있다 가라 캐도. 저기 정열이 방 비었으니깐 거기서 자면 될 거라."

"정열인 아직 서울에 있나 보죠? 이제 군대 갈 때 됐겠네요?"

"응, 뭐, 올해 간다고 하는데 잘 몰라. 나중에 전화도 한 번 해주고 해여."

정열인 한창, 캠퍼스의 낭만 따위는 없다는 걸 깨닫고 입대를 하기 전 마지막 여행을 하고 있을 것 같다는 생각이 들었다. 아니면 철없는 어린 여자애를 만나 억울한 심정으로 달래주고 있거나. 어쨌든 그가 사는 세계엔 살인이나 죽음과 같은, 소설 속에나 나오는 용어들이 기다리고 있진 않을 것이었다.

외삼촌은 정열일 자랑스러워했다. 정열이가 서울의 일류대학에 들어간 것은 아니었지만 서울에서 대학을 다닌다는 것 자체에 큰 자부심을 느끼고 있었다. 외삼촌은 그것을 잘 드러내지 않으려고 했지만 보통 사람이라면 다 알아챘을 정도로 그쪽으로는 좀 서툰 게 사실이었다. 그만큼 정열일 특별히 아꼈다는 말이었는데, 그런 삼촌은 겉모습과는 달리 외숙모에게나 정열이에게나 무척 다정다감했다. 그래서 강과 약을 모두 가지고 있으면서 그것을 자유자재로 부릴 줄 아는 그가 가끔은 부럽기도 했다. 부럽다는 것은 어쩌면 그 사람을 높이는 한 가지 방법이기도 한데 나는 무의식 속에서 스스로를 그런 식으로 높이고 있었는지도 모르는 일이었다. 즉, 외삼촌은 친척 중 나와 가장 닮아있었다. 그건 순전히 나만 가지고 있던 논리로 많은 부분이 닮아있다고 늘 생각했다. 외형적으로는 크게 타당할 만한 것이 없었지만 욕구가 강하다든지 이야기를 좋아한다든지 도전적이라든지 자기 몰입이 강하다든지 하는 부분은 무척이나 닮아있었다. 물론 이렇게 나열한 부분 이외에도 내면의 그림자가 자주 겹쳐진다는 것을 나는 잘 알고 있었다. 엄마는 그런 나를 두고 절대 외삼촌을 닮지 말라고 했지만 그 말을 순순히 따르고 싶지는 않았다.

외삼촌 역시 책을 좋아했다. 물론 글쓰기까지. 그의 말에 따르면 어린 시절부터 여태껏 써놓은 소설이 대학 노트로 열권이 넘는다고 했다. 그 가운데

한 권을 슬쩍 본 적이 있었다. 문체가 조금 덜 다듬어졌을 뿐이지 전체적인 짜임은 나무랄 데가 없는 글이었다. 어느 늙은 남자의 실종을 그린 소설이었고 내가 유심히 읽은 부분은 늙은 여자의 몸을 묘사한 부분이었다. 조금은 역겨움이 들 정도로 투박하고 솔직한 글이었다. 그래서 언젠가 외삼촌이 출판하는데 도움을 주기로 약속까지 했다. 아직 내 책을 출판할 힘도 없으면서. 외삼촌은 충분히 그럴 자격이 있어 보였다. 그리고 그는 모르는 것보다 아는 것이 월등히 많았다. 요즘 십 대들이 쓰는 비속어에서부터 발칸반도의 역사에 이르기까지 어떤 분야든 정통했다. 그래서 그를 볼 때면 꼭 시대를 잘못 타고난 비운의 로커 같다는 생각이 자꾸만 든다. 시간이 흐를수록 점점 더 벗겨지는 머리가 더욱 그것을 부추긴다.

외삼촌은 은퇴한 교장 선생님 같은 얼굴로 불판에 고기를 정확히 줄을 맞춰 올려주었다.

"다 먹으면 외숙모 또 불러여. 나는 요 앞에 잠깐 갔다 올 테니깐."

이럴 때 나를 먹여주고 재워주는 곳이 있어 마음이 든든했다. 포만감과는 분명 다른 성질의 것이었다. 손님은 거의 다 빠져나간 상태였다. 한 테이블이 남아 있었고, 수박을 먹고 있어 그들의 동향을 대충 감 잡을 수 있었다. 계산대 옆에 있던 티브이에서는 여덟 시 뉴스가 막 시작되었다. 사람이 별로 없어서인지 티브이 소리가 식당 전체를 조금 울리고 있었다. 어정쩡하게 정열이 방에 앉아 있으니 뉴스를 보며 시간을 보내는 것이 낫겠다는 생각이 들었다. 먼저 시원하게 뿜어져 나오는 분수대를 배경으로 하루 사이에 급격히 올라간 기온에 관해 아나운서가 전했다. 내가 오는 길만 더웠던 건 아닌 모양이었다. 그리고 심각한 물가와 연일 이어지는 중동의 시위가 차례로 전해졌다. 이어 인천의 어느 상가에서 일어난 방화사건이 건조하게 보도되었다. 불을 지른 사람은 자신을 무시하던 고용주에 대한 화 때문이었다고 자백했다. 화를 다른 형식의 화로 갚은 셈이었다. 세상엔 하루 사이에도 추측할 수 없는 수십 가지의 사건과 사고가 일어나고 있었다. 어쩌면 이제 추측이 가능한지도 모를 일이었다. 다희와 관련된 소식은 전혀 들리지 않았다. 그 사건에 대한 방송사의 관심은 사건이 일어난 다음 날 오후까지였던 것 같았다. 나는 수사가 어떻게 전개될지 몹시 궁금했지만 어쩔 수 없었다. 대신 다른 살인 사건이 그녀를 대체했다. 부인을 살해한 대학교수에 관한 소식이었다. 그는 시신을 여행 가방에다 넣어 야산에 묻고 내려오다 그 길에 바로 체포되었다고 했다. 아나운서는 그 가방에 달려있는 부인의 네임태그가 그녀의 죽음을 더욱 쓸쓸하게 만든다며 이를 안타까운 목소리로 전했다. 그 부인의 관은 29인치 크기의 샘소나이트 가방이었고, 네임태그는 그녀의 묘비가 되는 셈이었다. 그녀의 관은 너무 상업적이었고 묘비는 조악하기 그지없었다. 그래도 남편은 마지막까지 예를 갖춘다고는 한 모양이었다. 기상캐스터가 나올 때쯤 나는 자리에서 일어났다.

정열이의 방은 낯설지 않았다. 오랫동안 쓰지 않아 퀴퀴한 냄새가 나긴 했지만 하룻밤 자는 데에는 큰 문제가 없었다. 걸레질을 조금 전에 했는지 빛에 의해 결이 비쳤다. 괜히 외숙모를 귀찮게 하는 것 같아 미안한 마음이 들었다. 방에는 책상과 티브이와 행거가 있었다. 그리고 몇 가닥의 체모가 바닥에 놓여 있었다. 문을 세게 열기라도 하면 그 바람에 멀리 훅 날아갈 것 같았다. 나는 이불을 깔고 누웠다. 긴장이 풀려서인지 하루를 길게 보낸 탓인지 졸음이 몰려왔다. 다리의 근육이 이완된 것이 더할 나위 없이 기분을 가볍게 만들어주었다. 눈을 감고 앞으로의 일정을 대충 그려보았다. 걱정이 조금 앞섰지만 들뜬 마음 역시 지울 수 없었다. 그러는 사이 눈이 조금 감겨들었고 주방에서는 마감을 하는지 달그락거리는 소리가 잦아들었다.

그때 외삼촌이 문을 열고 들어왔다. 외삼촌의 손에 들린 맥주와 과자 봉지를 보니 길었던 하루가 조금 더 연장될 것임을 직감할 수 있었다. 나는 꾀를 피우다 걸린 피곤한 농부 같은 얼굴로 자리에서 벌떡 일어나 외삼촌을 맞이했다.

"조카 왔는데, 한잔해야지!"

술에 약했지만 그래도 외삼촌이 따라 주는 술이라 벌컥 들이켰다. 시원하면서 쌉싸래했다. 외삼촌은 술에 강한 사람이었다. 몸이나 얼굴에서 술을 마신 흔적이라고는 전혀 찾아볼 수 없었다. 거울이 없어 내 얼굴은 보이지 않았지만 느껴지는 온기로 봐서 금세 얼굴은 검붉게 변했을 것이라 짐작할 수 있었다. 달그락거리며 돌아가는 선풍기는 큰 소용이 없었다.

"너, 만나는 여자 친구는 있나?"

석 달 정도 만난 친구가 있었는데 일주일 전에 헤어졌고 어젯밤에 죽었어요, 라고 말하기는 좀 그래서 나는 대답을 못하고 있었다.

"뭐라? 없어여?"

네. 없어요.

"죽어야지 죽어. 그라믄."

외삼촌은 껄껄 웃으며 말했다. 여자 친구가 죽었기 때문에 나는 죽어야 했다. 내가 너무 진지한 낯으로 그를 쳐다보자 삼촌이 다시 말을 이었다.

"에이, 농담이고 그 나이에 여자도 하나 없으면 안 되지. 내가 너만 할 때, 얼마나 여자가 많았는데! 여자 하나 못 조져서 되겠어?"

나는 어색하게 웃었다. 그리고 나는 여자 하나 못 조지는 사람은 아니에요, 라고 말해주고 싶었다.

"왜, 여자 보기를 돌같이 하라고 하잖아. 그런데 사실 돌같이 할 필요가 없어. 왜냐, 여자 자체가 이미 돌이라. 무슨 말인지 알아?"

여자는 돌일까? 영어로 인형을 말하는 그 '돌'? 피곤해서인지 말도 안 되는 생각들이 뒤죽박죽 엉키고 있었다.

"여자는 돌이라. 냇가에 깊숙이 박혀 있는 돌. 니 요 앞에 냇가에 가봤제?"

네. 몇 시간 전에.

"여자들은 제각각 이리저리 구분할 수 없을 정도로 다르게 생겼거든. 돌도 안 그렇드나. 그런데 다 똑같다 이거야. 돌이 보면 다 깨끗하제? 물속에서 말이라. 여자들도 다 그렇거든. 그냥 보면 똥도 안 쌀 거 같고 왜 그런 거 있잖아."

나는 웃고 말았다.

"그런데 돌을 한 번 디비 보면 니도 알끼라. 미끌미끌하이 이끼가 막 달라붙어 있잖아. 여자도 똑같어여. 겉으론 아닌 척해도 속이 얼마나 끈적끈적한데. 니가 이미 가기도 전에 흠뻑 다 젖어 있을 꺼라."

외삼촌은 시원스레 웃음을 터뜨렸다.

"또 왜 돌이라 카면 마음이 돌이라 돌. 좀 잘해주면 몸도 마음도 다 내줄라 캐도 결국 마음은 절대 잘 안 열어 줘. 그래서 남자들은 막 부드럽게 대해 주면서 점수를 딸라 하잖아. 돌이 그카면 어디 녹나? 사내자식들이 그러면 안 돼. 그럴 때일수록 부숴야 하는 거라. 그래서 남자는 강하고 우직한 맛이 있어야 되여. 알았어? 그런 남자한테 여자들이 목을 매는 거라."

외삼촌의 말대로라면 여자들은 돌 하나씩을 삼키고 있는 셈이었다. 맥주는 찬 기운이 빠져서 맛이 없었다. 칠성사이다 유리컵에선 침 냄새가 조금 났다.

"그리고 돌로 치면 돌로 치고 떡으로 치면 떡으로 친다는 속담 알제? 그러니깐 돌한테는 돌로 상대하라는 거라. 진짜여. 그런데 여자들도 떡치는 걸 좋아하긴 하더라."

나는 네? 라는 물음을 표정으로 했다.

"아, 이건 농담."

외삼촌은 눈을 꼭 감으며 신난다는 듯이 소리를 내며 흥겹게 웃었다. 그리고 잔을 부딪치는 시늉을 했다. 조금 취기가 도는 모양이었다. 나는 온 기운이 머리로 몰려오는 것을 느낄 수 있었다. 그래서 조금 지끈거렸다.

이어 외삼촌은 박정희를 찬양하기 시작했고 거기서 이야기를 주자학으로 연결시켰다. 피곤한 와중에도 외삼촌의 타고난 웅변을 속으로 축복했다. 그 사이에 문밖에서 외숙모가 일찍 자라고 외삼촌을 보채왔다. 외삼촌은 못 들은 것인지 듣고 모른 척하는 것인지 오히려 목소리의 크기를 더 크게 내며 말을 이어갔다. 주제는 프랑스 뉴웨이브 영화로 넘어왔다. 이야기의 방식은 주로 삼촌이 팔, 내가 이 정도의 비율로 진행되었고 이 부분에서는 더욱 할 말이 없었다. 아는 거라곤 프랑수와 트뤼포가 전부였으니. 이때쯤 나 역시 취기가 돌았고 주제가 죽음이나 살인으로 옮겨가면 다희의 이야기를 조심스레 해볼까 싶은 순간도 있었는데 그건 참으로 아찔한 생각이었다.

마침내 주제는 예술 전체로 넘어왔다. 그것은 참으로 추상적이었다.

"너도 예술 하잖아. 글로 말이야. 잘 써져?"

내가 작가라는 사실을 못 믿겠다는 투였다. 이제껏 나온 책이라곤 다른 작가의 글과 엮여 나온 것밖에 없으니. 그럴 수도.

"소설은 안 쓰고 있어요. 못 쓰고 있다는 게 맞는 표현이겠죠. 가끔 일기나 끼적거리고 있어요. 마침 이렇게 여행도 하고 있으니 적을 거리가 더 있겠네요. 외삼촌도 물론 포함해서."

나는 가볍게 웃으며 말했다.

"뭐? 나도 적게? 내가 뻘소리하는 거 다 쓰면 안 되어. 알았어?"

"뭐, 일긴데 어때요. 알겠어요."

"흠. 그건 그렇고, 너는 글을 어떻게 써?"

꺼억, 말을 마치자마자 외삼촌의 입에서 트림이 나왔다.

어떻게 글을 쓰고 있을까. 뭔가 철학적인 답을 해야 할 것만 같았다. 나는 철학적이지 않은 여러 가지 답이 머릿속에 떠올랐다. 왼쪽에서 오른쪽으로, 엉덩이로, 혹은 검은색 BIG 볼펜으로. 에이 몰라.

"글쎄요."

나는 허공에 어느 점을 정해두고 그걸 계속 응시했다.

"작가가 뭐 그러냐. 너도 글을 즐기면서 쓰는 거 아니라? 왜 요즘 어디 잘 나가는 가수가 나와서 음악은 음학이 아니라 말 그대로 음악이라면서 즐기는 거라고 떠들고 하잖아. 난 그렇게 생각 안 해여."

외삼촌의 말을 더 들어보고 싶은 순간은 처음이었다. 잠과 취기가 조금씩 달아나고 있었다.

"너 송창식 알지? 그분이 뭐라고 한 줄 알아?"

외삼촌은 '분'이라는 호칭을 사용했다.

"노래는 나에게 신성한 학문이고 가수활동을 한 번도 밥벌이나 놀이로 생각하지 않고 살아서 재미없이 산다. 크하. 한잔해."

외삼촌은 두 팔을 벌린 채 자신이 송창식인 양 부러 굵은 목소리를 내며 그 문장의 단어 하나하나를 천천히, 진중하게 뱉어냈다.

"이게 바로 딴따라와의 큰 차이점이라. 물론 즐기면서 하면 즐겁고 좋지. 그런데 그건 딱 거기까진 거라. 더 이상 진전이 없다고. 알아 들어여? 예술을 즐기면 사람들이 좋아할 만한 수준 정도까진 많이 나올 수 있다고. 그런데 예술을 신성하게 바라보고 진지하게 대하면 최고의 수준에 오른다는 거야. 에이, 이런 말은 어디 좀 적어봐."

외삼촌은 나를 쳐다보며 말을 했지만 그 시선의 끝이 내가 아닌 것 같았다. 그 끝은 나를 투과하고 있었다. 난 글을 진지하게 대하고 있을까. 참 사유해 볼 만한 명제였다. 그런데 나는 먼저 즐기기라도 했을까. 충동과 더불어 처음엔 재미로 쓰기 시작했지만 언젠가부터 글은 무거운 질량으로 온몸을 짓누르고 있었다. 그래서 회피하고 외면하고 싶을 때가 많았다. 그렇다면 나는 애초에 글을 신성한 학문으로 여겨서 그랬던 것일까. 아니라는 것을 알면서도 괜히 자문해 보게 되었다. 괜히 나 스스로가 더 알량해지기만 했다. 밤이 깊어갈수록 생각의 길이도 비례해 갔다.

"글은 인생을 건 학문이다! 이런 마음을 가지고 앞으로 해 봐."

어느새 외삼촌은 막걸리를 한 사발 걸친 도스토옙스키가 되어 있었다. 외삼촌은 오랜만에 말할 상대가 생겨 좋은 모양이었다. 나도 외삼촌의 이야기에 처음보다는 많은 흥미를 가지게 되었다. 열어놓은 창문으로 들어오는 밤공기도 차츰 더 서늘해져 상쾌한 기분이 들었다. 그것은 최근 5일 사이에 가장 놓치고 싶지 않은 기분이었다. 외삼촌은 그 분위기를 이어가 나의 미래를 철저히 조망했고 미래뿐만 아니라 과거로도 돌아가 나를 더욱 철저히 분석해 주었다. 외삼촌은 참으로 종잡을 수 없는 사람이었다. 외삼촌이 나의 위치가 되어 도망가는 처지가 된다면 그 누구보다도 잘해낼 것 같았다. 나는 입이 근질거렸지만 끝내 말을 하지 않기로 했다.

그 뒤에 외삼촌이 또 무언가 흥미로운 얘기를 했는데 이는 도저히 기억이 나질 않는다. 술을 많이 마신 것도 아니었는데.

누락된 이야기 대신 다음으로 기억나던 것은 다음 날 아침이 되었을 때 방안에서 들리던 외숙모의 목소리였다.

"으이구, 오랜만에 온 애한테 적당히 좀 하지. 또 혼자 아주 연설을 했겠구먼. 잠을 안 자고, 왜 그래! 얼른 일어나서 쓰레기 좀 버리고 오소!"

외숙모는 외삼촌의 엉덩이를 팽, 차면서 말했다. 나는 이미 잠에서 깨 있었지만 괜히 일어나는 것도 멋쩍어 계속 자는 척했다. 알고 보니 외삼촌도 잠에서 깨 있었던 모양이었다.

"에이, 여편네도 참."

잠시 눈만 감고 있는 다는 게 결국 다시 잠에 빠지고 말았다. 달콤한 잠이었다. 다시 눈을 떴을 땐 외삼촌은 방에 없었다. 문을 열어보니 외삼촌은 터덜터덜 쓰레기를 버리러 가는 중이었다. 그 뒷모습이 꼭 동네에서 가장 힘센 소를 잃은 주인 같아 보였다.

나는 외삼촌이 돌아오면 한 가지 부탁을 하기로 했다.

"저, 외삼촌 부탁 하나 해도 될까요?"

"그라믄, 두 개, 세 개도 되여."

"저, 외삼촌 트럭 일주일만 빌릴 수 있을까요?"

외삼촌은 무척이나 의아하다는 표정이었다.

"트럭? 트럭은 왜? 그 좋은 차는 갖고 뭐 할라고?"

사정을 설명하는 것보다 다른 변명이 필요했다.

"음, 이번에 작품 쓰는데 꼭 필요할 거 같아서요. 제가 깨끗이 타고 드릴게요. 그리고 제가 가지고 온 건 외삼촌이 타고 계세요."

얼굴 어딘가에서 긍정의 신호가 엿보였다.

"음. 굳이 그럴 필요가 있는 거라? 뭐, 맘대로 해여. 난 상관없지. 느그 어마이도 예전에 한 번씩 빌려 타더니. 거 참 이미나 자식이나 똑같구만."

"엄마가요?"

"그래. 니랑 똑같이 저 차를 대신 타고 있으라면서 트럭을 막 빌려 안 가다나."

처음 듣는 이야기였다.

"느그 어마이는 잘 있을란지 몰라. 에휴. 꼴 비기도 싫다. 뭐 볼 수 있는 것도 아니지만."

엄마의 꼴이 보고 싶었다. 엄마가 내 꼴을 본다면 뭐라고 했을까. 엄마는 어떻게든 길을 알려줬을 것이다. 그렇게 생각하니 다음 목적지가 떠올랐다.

외숙모는 소고깃국과 계란찜으로 아침상을 차려 주었다. 괜히 신세를 지는 것 같아 미안한 마음이 자꾸만 들었다. 밥을 먹는 동안 외숙모는 더 머물다 가라고 했지만 나는 정중하게 거절했다. 그게 내가 할 수 있는 최대한의 도리였다. 외삼촌은 옆에서 말벗도 생기고 심심하지 않을 참이었는데 너무 아쉽다며 푸념을 했다. 신음동이니 지좌동이니 동네 이름부터가 이미 외설스러운 이 김천에서는 내가 없어도 외삼촌은 누구보다도 싱거운 농담을 하며 잘 살아갈 것 같았다. 외삼촌의 한숨 섞인 푸념에 잠시 흔들리기도 했지만 결국 나는 뜻을 굽히지 않았다. 누구에게도 피해를 주고 싶지 않은 성격 탓도 있었지만 얼른 가야 할 곳이 생겼기 때문이었다. 내가 떠나면 외삼촌은 원래의 그 삶을 그대로 영유할 것이었다. 분리수거를 하고 손님을 접하고 외숙모를 돕고 술을 한 잔 걸치고 책을 읽고 하루를 마무리하는 삶. 어쩌면 그 삶이 나에겐 가장 부러운 하나의 유형 같았다. 만약 엄마 얘기가 나오지 않았다면 나는 어느 곳으로 향했을까. 외삼촌을 벗어나기야 했겠지만 한 발짝도 예정하지 못한 채 그저 충동 속에서 헤맸을 것이었다. 운을 바라며 세계를 비판하고 스스로를 부정하면서. 거기다 자기 연민에 이르러 불안에 더욱 떨고 있었을지도. 목표할 곳이 하나 생겼다는 것에도 크나큰 만족감에 휩싸일 수 있었다. 하지만 중요한 것은 경찰이 나를 쫓고 있다는 사실을 잠시 잊고 있었다는 것이다. 하루도 채 안 되는 시간이었지만 너무나 큰 호사를 누려 버렸다. 이것을 스스로에게 만회하려면 앞으로 더욱 분주히 움직여야 했다.

"외삼촌, 저 하나만 물어볼게요. 혹시 아침에 경찰이 오거나 하진 않았죠?"

나는 조심스럽게 질문했다.

"경찰? 경찰이 여기 와 오노? 안 왔는데?"

한껏 팽팽해졌던 것이 조금 누그러졌다.

"뭐 죄진 거 있나? 그래서 지금 차도 바꿔 타겠다는 거 아니라?"

"에이, 아니에요. 외삼촌 안 잡아가나 해서 물어봤어요."

외삼촌은 요놈의 자식, 이라는 표정을 지었다.

"그래, 혹시나 그러면 일로 오면 된다. 내가 잘 숨겨줄 테니깐."

말이라도 참 고마웠다. 외삼촌은 들고 있던 우산을 외숙모에게 쥐여주고 지갑을 꺼내더니 만 원짜리를 세기 시작했다. 두께로 봐서 열 장을 줄 모양이었다. 돈을 받기가 참 부끄러웠다. 그래도 거기에 조금 군침이 도는 것은 어쩔 수 없었다. 외삼촌은 그것을 두 번 접었다. 한 번이 아니라 두 번 접은 것에서 외삼촌의 노고가 느껴졌다.

"이거 얼마 안 되는데 뭐 가다가 맛있는 거도 사 먹고 해여."

한사코 사양했지만 끝내는 거절할 수가 없었다. 눈물이라도 날 지경이었다. 돈이 부족한 것은 아니었다. 받은 돈의 촉감을 느끼자니 뜻깊은 일에 써야겠다는 사명이 생겨났다.

외숙모도 거들었다.

"비 오니깐 천천히 운전하고 무슨 일 있으면 꼭 연락해. 없어도 또 놀러 오고. 술만 먹다 보내는 거 같아서 마음이 참 그렇구먼. 어쨌든 조심해서 가."

"네! 걱정 마세요!"

꼭 월남전에라도 참전하는 병사가 된 기분이었다. 나는 애써 웃으면서 손을 흔들었다. 두 사람은 차가 움직이기 전까지 안으로 들어갈 생각이 없는 것 같았다. 운전석에 오르니 분위기가 조금은 낯설었다. 차가 커진 것이 아니라 내가 커진 것만 같았다. 그래도 시동을 걸고 채비를 하니 크게 어렵다는 생각이 들진 않았다. 핸들의 유격도 괜찮았다.

나는 창문을 열어 다시 인사를 하고 그곳을 벗어났다.

4

빗방울이 유리창에 부딪치고 있었다. 그것은 유리창에서 투명한 점으로 현상하고 있었다. 그러다 와이퍼가 움직일 때마다 사라지고 다시금 점으로 잉태했다. 규칙적인 세계에 종속된 기분이 몹시 괜찮았다. 불안한 마음을 지울 순 없었지만. 반복되는 것은 눈앞에서만 나타난 것이 아니었다. 귀에 내려앉는 소리 역시 규칙적이었다. 특히 와이퍼가 닦아내는 소리보다는 빗방울이 닿는 소리가 더 좋았다. 나는 먼지 쌓인 목캔디 통에서 하나를 꺼내어 입에다 넣었다. 순간, 마치 턱과 쇄골 사이는 아무것도 존재하지 않는, 중력조차도 부재하는 공간이 된 것 같았다. 청량함을 넘어서 아찔하기까지 했다.

차를 몰다 보니 어느새 차 내부가 친근하게 느껴졌다. 생각해보니 대학생이 되기 전에 나는 이미 이 차에 자주 올라탄 사람이었다. 그때는 차 내부가 아니라 바깥에 타서 소리를 지르고 장난을 치며 어른들의 마음을 불편하게 했었다. 그런 내가 이 차를 운전하고 있다니 정말 어른이 된 것 같은 기분이었다. 속도를 내고 싶었지만 빗길이라 일정한 속도만 유지하기로 했다.

만약 먼지에 특정한 냄새가 있다면 바로 이 차에서 나는 냄새일 거라고 확신했다. 그래서 창문을 조금 내렸는데 그 잠깐 동안에 기다리기라도 한 것처럼 많은 비가 바지 위로 떨어져 버렸다. 옆에서 봐주는 사람이 없어 나의 피해를 누군가에게 조금이나마 알릴 수 없다는 사실에 조금 화가 났다. 그러다 문득 집을 나선 후 한 번도 담배를 입에 대지 않았다는 사실을 의식할 수 있었다. 그러자 강한 욕구가 끌어올라 왔다. 하지만 막상 또 입에 대려고 하니 굳이 그럴 필요와 흥미가 크지 않다는 걸 스스로 알 수 있었다. 얼떨떨한 것이었을까. 그걸 입에 문다 한들 한숨을 돌린다거나 불안이 해소될 것 같진 않았다. 이대로라면 담배를 끊을 수 있겠다는 욕심마저 생겨버렸다. 좋은 징조였다.

옆자리를 보니 세 권의 책이 가지런히 정리된 채 놓여있었다. 제레미 리프킨의 「유러피언 드림」과 톨스토이의 「크로이체르 소나타」 그리고 가스통 바슐라르의 「몽상의 시학」이었다. 세 권을 다 읽었을 외삼촌의 소감이 궁금하기도 했고 이 세 책의 공통점이 궁금하기도 했다. 세 작가의 국적과 언어부터가 모두 다르다는 사실이 내가 아는 유일한 사실이었다. 도무지 갈피를 잡을 수 없었다. 딱히 복잡한 계획 같은 건 없었기 때문에 셋 중 유일하게 읽어보지 못한 「몽상의 시학」을 읽으면서 시간을 보내면 괜찮을 것 같다는 생각이 들었다.

오디오에선 에디뜨 피아프의 목소리가 흘러나왔다. 강한 울림이 있는 목소리가 빗소리에 어우러져 더욱 생기가 있었다. 그녀는 자신의 진짜 삶의 심정을 담은 것처럼 노래하고 있었다. 빠담 빠담 빠담. 무슨 뜻인지는 몰랐지만 분명 그것은 노래라기보단 자신의 삶 그 자체를 얘기하고 있는 것 같았다. 예전, 그녀의 묘가 있는 파리의 페르 라세즈 공원에 갔던 기억이 떠올랐다. 나는 공원 앞에서 공원의 지도와 꽃을 하나 산 뒤 입장했다. 이름을 알 수 없는 그 꽃의 초록색 가지는 여러 방향으로 뻗어 있었고 그 각각의 가지 위에 스티로폼과 같은 희고 작은 알갱이가 무수히 달려 있었다. 마치 조화 같은 느낌이었다. 공원 안은 성당처럼 고요하고 평화로웠다. 영롱한 기운이 서려 있었다. 그 기운에 맞춰 천천히 그녀의 묘를 찾았지만 쉬운 일이 아니었다. 다른 유명인의 묘처럼 사람들이 큰 흔적을 남기지도 않아서 그랬던 것인지도 모르겠다. 그녀의 묘는 그녀의 덩치만큼이나 크기가 작았다. 내가 헌화를 하자 주위에 있던 사람들이 기특하다는 듯이 쳐다보았다. 그녀의 말년이 참으로 안타까웠다고 불어로 얘기하고 싶었지만 불가능한 일이었다. 나는 엠피쓰리를 켜 조용히 그녀의 목소리를 들으며 그녀를 위로했다. 때로는 위로라는 것이 그 사람의 말을 듣는 것만으로도 가능하다. 그녀의 목소리는 매혹적이었다.

다희도 그녀의 목소리를 좋아했다. 특히 피아프의 가장 유명한 곡인 〈La Vie En Rose〉를 가장 마음에 들어 했다. 장밋빛 인생을 꿈꾸기나 하고는 좋아한 것일까 문득 궁금해졌다. 피아프 이외에도 우리는 좋아하는 음악이 많아 종종 겹치기도 했다. 그녀의 집에도 턴테이블 세트가 있어 우리는 학교 바로 앞에 있는 그녀의 집에 이따금 들러 함께 음악을 듣곤 했다. 나에게 있는 턴테이블은 이모부가 물려준 것이어서, 다희에겐 어떤 경로로 그것이 생기게 되었는지 궁금했다.

"아, 이거? 방을 구하다가 마지막으로 여길 들렀었어. 마침 나한테 딱 맞는 곳이더라구. 원래 살고 있던 아저씨가 이제 막 짐을 싸고 있을 때, 내가 들어왔는데 아저씨가 나한테 이거 필요하면 가지라고 하는 거야. 나는 잘 됐다 싶어 얼른 알겠다고 했지. 판도 전부 주고 갔어. 자긴 이제 이런 게 쓸모가 없을 거 같다면서 말이야. 꼭 뭔가를 결심한 사람 같았어. 목적이 뭔지는 몰랐지만 거기에 모든 걸 건 사람 같았지. 하! 그 아저씨 얼굴도 정확히 생각났다! 머리가 좀 벗겨지고, 입술은 굵고. 엄청 강인하게 생겼었어. 잘살고 있는지나 몰라. 고맙다는 말도 많이 못했었는데 참."

그 남자가 외삼촌이 아니라는 걸 알면서도 괜한 생각이 들었다. 잠깐 외삼촌이 대구로 내려온 적이 있나 하면서.

레코드는 상태가 다 괜찮았다. 긁힌 것도 거의 없었고 케이스도 거의가 온전했다. 나는 그것들을 자주 빌려 갔고 돌려줄 때에는 내가 가진 것 중에서 추천해주고 싶은 것을 골라 얹어주기도 했다. 다희와 나의 취향은 비슷하면서도 조금 달랐다. 그녀는 브람스와 들국화와 변진섭과 장혜진과 폴 매카트니를, 나는 바흐와 이문세와 이선희와 산울림과 존 레논을 좋아했다. 그러면서 유재하와 송창식과 비틀즈는 겹쳤다.

음악을 듣는 동안 그녀는 꼭 차를 내어왔다. 허브차를 자주 마실 수 있었는데 그녀는 그중에서도 특히 페퍼민트를 좋아했다. 그래서 언젠가 예고 없이, 나는 일본여행 중에 샀던 페퍼민트를 준 적이 있었다. 눈을 크게 뜨고 깜짝 놀라며 그것을 받은 다희는 화색이 돌았다. 그 반응에 그게 세계 최대의 허브 판매처에서 산 것이라면서 생색을 냈지만, 그녀는 판매처에까지는 큰 관심이 없어 보였다. 대신 자신의 엄마도 페퍼민트를 정말 좋아한다며 다음에 엄마 집에 들를 때 꼭 맛보게 해주고 싶다는 투로 말을 했다. 내게 몇 개가 더 있어 다음에 만날 때 준다고 약속했지만 끝내 그 약속을 지키진 못했다.

턴테이블을 돌려놓고, 차를 마시며 우리는 각자 책을 보거나 공부를 했다. 그 시간은 그리 길지 않았다. 그렇게 잠시 시늉만 한 채 우리는 아무 곳에나 앉아 많은 이야기를 주고받았다. 다희는 전공인 음악뿐만 아니라 다양한 학문에 관심이 많았다. 그래서 우리의 대화 주제는 정해진 것이 없었다. 너무나도 많은 주제가 넘나들었고 그것이 섞여 '크로스 오버' 하기도 했다. 그럴 때면 마치 영화 속에나 나오는 예술가적 의식을 지닌 청춘이 되는 것 같아 흐뭇한 기분이 들었다. 다희는 특히 매 학기 철학과 수업을 부러 수강할 만큼 철학에 유독 관심이 많았다. 그래서 나를 만나면 꼭 그날 배웠던 내용에 대해 일장연설을 해주었다. 가끔은 참 흥미로운 얘깃거리가 나를 솔깃하게 만들었지만 사실 아닐 때가 더욱 많았다. 그럴 때면 나는 응 아니면 아아 정도로만 대답할 수밖에 없었다. 그녀는 사르트르이자 칸트이고 또한 하이데거였다. 사르트르가 되어 〈존재와 무〉를 언급하며 남자와 처음 데이트하는 여자와 웨이터를 비유하여 설명하는 것은 들을 만했다. 하지만 오, 정말이지 하이데거가 되는 날은 도무지 말릴 수가 없었다. 나는 그녀의 말에 관심을 가지고 귀를 기울이고 있다는 것을 표시해야 했다. 그것은 쉬운 일이 아니었다.

체질적으로 원래 무언가를 억지로 하는 것을 너무나도 싫어하기 때문이었다. 그렇지만 잠자코 있을 내가 아니었다. 나는 말을 듣는 동안 되레 질문할 정도로 열성을 보이려 애를 썼다. 항상 끝에 가서 그녀가 하는 말은 재미없지? 였다. 응, 지독하게, 라고 말해주고 싶었지만 동그랗게 뜬 큰 눈을 보고 그럴 수는 없었다. 그녀는 따지고 보면 철학은 별 게 아니라고 했다. 누구나 하는 생각을 이론으로 구체화한 것뿐이라며. 그러면서 몇몇 철학자들의 예를 들면서 자신도 어릴 때 그 책에 나온 것과 똑같은 생각을 했다는 것이었다. 그럴 때마다 자신은 깜짝 놀란다고 했다. 나는 속으로 생각했다. 그래, 너 다 해먹어라. 그녀는 내 말을 들었다는 듯 아예 이쪽으로 입문해서 대학원으로 진학해볼까, 라고 농담이 섞인 말투로 묻기도 했다. 그럴 때면 나는 뭐 그것도 괜찮은 거 같다며 밀어주겠다고 마음에도 없는 소리를 하곤 했다. 그래도 나는 다희의 그렇게 진지한 태도가 여느 여학생들과 같지 않아 좋았고 그 자체가 몹시나 귀엽게 느껴졌다.

하지만 철학적이고 논리적인 그녀 덕분에 우리의 이야기는 종종 논쟁으로 이어져야만 했다. 나 역시 평소 서로의 의견을 피력하며 적당한 근거를 가지고 확고한 주장을 하는 행위 자체를 좋아했다. 거기서 우세까지 점친다면 그건 뭐 말할 것도 없는 기쁨이었다. 하지만 불행히도 그녀 역시 나처럼 고집이 너무나도 강했기 때문에 피할 수 없는 외나무다리가 꼭 만들어졌다. 결국은 팽팽하게 논쟁이 진행되다, 끝내는 승패 없이 어정쩡하게 끝이 날 때가 많았지만. 그건 어느 한 쪽 먼저 뜻을 굽히려 들지 않았기 때문이었다. 결국 둘 모두가 승자가 되는 싸움이었다. 그녀의 말을 가만히 듣고 있자면 그녀는

63

생각보다 그리 논리적이지 않다는 사실을 알아챌 수 있었다. 겉으로 보면 꽤나 견고한 구조를 지닌 듯했지만 자세히 들여다보면 부실한 곳이 여러 군데에 더러 걸쳐있었다. 그녀와의 논쟁 중 가장 기분이 상했던 논제는 마이클잭슨에 관한 이야기였다. 돈가스를 먹다 나는 마이클잭슨의 음악성에 대해 찬양을 했는데 그녀는 그가 성형중독증이며 흰 피부는 도저히 이해할 수 없다는 것이었다. 이에 나도 성형을 한 것은 인정했지만 피부가 그렇게 된 데에는 알비노증이라는 병이 있었기 때문이라고 역설했다. 하지만 그녀가 아는 알비노증은 피부뿐만 아니라 머리, 눈까지도 하얗게 되는 것이라며 피부만 하얀 마이클잭슨은 수술로 그렇게 되었다는 주장을 했다. 나는 말도 안 되는 소리라며 그건 병이고 그 병은 피부만 희어지게 할 수도 있다면서, 네가 의사냐고 따져 묻기까지 하고 싶었다. 하지만 나는 나중에 꼭 인터넷에서 검색이라도 해보라는 얕은 일침을 가하는 것에 그치고 말았다. 역시나 그녀가 뜻을 굽히지 않고 자꾸만 확신을 해대는 바람에 나는 그만 지쳐버려 애꿎은 돈가스만 꾸역꾸역 입안에 넣을 수밖에 없었다. 그래도 세상의 여러 이치에 대해 얕게나마 함께 논할 수 있다는 자체가 만족스러웠다. 누구나 참여할 수 없는 지식인만의 가벼운 향유랄까.

많은 이야기를 나누고 나면 잠깐 쉬는 요량으로 다희는 피아노를 연주해주었다. 그녀의 방에 있는 디지털 피아노는 여느 가정이나 교회에서 볼 수 있는 평범한 모델이었다. 그녀는 전공인 클래식을 가끔 연주하긴 했지만 대체적으로는 유명 인디밴드의 곡이나 지극히 감성적인 90년대 가요 등을 연주했다. 자신의 연주에 맞춰 노래를 부르기도 했는데 목소리는 평소의 듣던,

여자치고는 극히 낮은 본래의 소리가 아니었다. 그 소리는 어떠한 작은 결점 하나 없이 깨끗했다고밖에 설명할 길이 없는 목소리였다. 그녀에게 피아노보다 성악이 더 잘 어울린다고 생각한 것은 나뿐만은 아닐 터였다. 성량도 풍부해 듣는 이를 이끄는 흡입력도 뛰어났다. 나는 티브이 오디션 프로그램에라도 한 번 나가보라고 권유했지만 그녀는 턱도 없다며 손을 내저었다. 그러고는 더욱 과장된 몸짓과 표정으로 연주하며 노랠 불렀다. 나는 옆에서 뒤에서 그녀를 가만히 지켜보는 것만으로도 활기를 띨 수 있었다. 그것은 대단히 즐거운 행위였다. 그 행위엔 어느 정도의 부러움도 함유되어 있었다.

그녀는 앞서 말한 것처럼 구분 짓지 않고 여러 영역에 관심이 많았다. 관심이 많은 정도에서 그치는 것이 아니라 그에 해당하는 재능까지 갖추고 있었다. 그녀는 초보자 수준이 아니라 노련한 스냅으로 드럼을 잘 쳤고, 기타에도 소질이 있었다. 또한 한때 진로로도 생각했을 정도로 그림에도 재능이 있었다. 창의적인 사고를 살펴볼 수 있는 수준은 아니었지만 어떤 것을 모사하는 수준은 전공자와 어깨를 겨뤄도 손색이 없을 정도였다.

그래서 몇 번의 거절 속에서도 간곡히 내 얼굴을 한 번 그려달라고 부탁을 한 적이 있었다. 그러고 나는 그 사실을 까맣게 잊고 늘 그렇듯 밤이 되어 통화를 하는데, 그만 흥미를 잃고 말았다. 음악을 틀어놓고는 별말도 없이 건성으로 대답만 하는 수신자 앞에서 혼자서 모든 걸 이끌어 나가기가 역부족이었다. 전화를 끊고 이제껏 만난 기간을 손꼽아 보고는 벌써부터 시큰둥해진 상대방이 얄미워졌다. 도무지 이유를 알 수 없었다. 에이씨. 편치 않은 마음으로 얕은 잠이 들고 말았다.

다음날 핸드폰을 켰을 때, 나의 깊이 없는 포용을 비난하고 저주했다. 거기엔 원래의 내 사진과 그 사진을 연필로 스케치한 그림이 한꺼번에 와 있었다. 그러니깐 자신의 스케치를 보고 원본과 비교를 해보라는 거였다. 미안함과 놀라움 두 개의 감정이 동시에 튀어 올라왔고, 그 크기를 부등호로 표시했다면 아가리는 놀라움을 향해 입을 크게 벌렸을 것이다. 그림 속엔 내가 있었다. 잘나지도 못나지도 않은 순전한 '나'의 모습이었다. 마치 앞에 사람의 농담을 듣고 막 지은 듯한 엷은 미소는 나도 한동안 잊고 있었던 나의 모습이었다. 하지만 그보다 중요한 건 다희가 그 그림을 나에게 줄 수 없다고 버텼다는 데 있었다. 그녀는 그림을 핸드폰으로 찍은 후 많은 부분을 지우개로 다시 지웠다는 말을 멋쩍게 했다. 처음엔 농담인 줄 알았지만 사실을 알고 나자 정말 통탄할 노릇이었다. 아무리 봐도 자신은 그림을 그리면 안 될 것 같다는 게 이유였다. 겸손이 조금 과하다는 생각이 들었다. 그럼에도 크게 대수롭지 않게 여긴 내 판단이 잘못되었다는 것을 한참 후에야 알게 되었다. 수정을 해서 선물로 준다고 하는 그녀의 말을 억지로라도 거스를 필요가 있었다. 덕분에 나 역시 끝내 그 선물을 받지 못했다.

다희는 자신의 집에서 화가이며 뮤지션이었을 뿐만 아니라 사진작가이기도 했다. 그녀의 집은 방과 화장실이 하나씩 있고 그 사이에 거실이자 부엌인 통로가 세로로 비좁게 위치한 전형적인 자취방 구조를 하고 있었는데, 그곳곳에는 자신이 직접 찍은 사진이 여러 색으로 붙여져 있었다. 다희는 특히 파스텔 톤 색감의 사진을 유별나게 좋아했다. 그래서 침대와 마주하고 있는 벽에는 특별히 파스텔 톤 색감으로 인화된 사진이 멋스럽게 배치되어 붙여져 있었다. 거기엔 오로지 감탄이 나올만한 풍경이나 자신의 모습만 담겨 있었고, 언젠가는 내 사진이 붙여질 거라는 일말의 기대감으로 나는 그것을 더욱 따뜻한 시선으로 지켜볼 수 있었다.

이런 다희의 집에 갈 수 있게 된 것은 그리 어려운 일이 아니었다. 편하게 나 오늘 너희 집에 가서 놀고 싶어, 아무도 없는 너희 집에 말이야, 라고 말할 수도 있는 노릇이었지만 그리 오래된 관계가 아니었기 때문에 나와 그녀에겐 어느 정도의 긴장감이 유지되고 있었다. 그래서 나는 자연스러움이 필요했다. 내가 택한 것은 영화였다. 이런 상황에서 영화를 고를 때 중요한 것은 현재 극장에 걸리고 있지 않은, 조금 지난 영화여야 한다는 것이다. (목적지가 최신식 복합 상영관이 아니라 연인의 체취가 스며있는 자취방이라는 걸 잊어선 안 된다.) 또한 색이 바랬지만 여전히 낭만이 부유하고 있어야 하며 거기다 예술성마저 있으면 더할 나위 없이 좋다. 그래도 잘 감이 오지 않는 더벅머리들에게 하나를 직접 꼽아 추천한다면 나는 〈비포 선라이즈〉를 골라 줄 것이다. 젊은 시절의 에단 호크의 선한 눈매에 눈을 뗄 여자는 잘 없을 것이며 유럽여행 중에 일어나는 하루 동안의 사랑을 외면할 여자는 더욱 없을 것이기 때문이다.

우리는 다희의 노트북으로 〈비포 선라이즈〉를 다운받았다. 나는 그때 그것을 본 것이 세 번째인가 네 번째였지만 언제나처럼 도입부는 신선함을 주었다. 에단 호크가 쥴리 델피에게 말을 걸며 하루 동안의 여행을 제안하고는 함께 기차에서 내리는, 이 통속적이면서도 일탈적인 장면은 알고 봐도 재미있는 것이었다.

하지만 도입부가 끝나기 무섭게 어느새 나와 다희는 입을 맞추고 있었다. 더 정확히 표현하자면 혀를 맞추고 있었다. 그때가 참으로 처음이었다. 그전까지 다희는 어두운 버스정류장이나 손님 없는 식당에서 자주 '입'만을 맞춰주었다. 참고로 그녀는 굳이 어떤 제한적인 장소가 아니어도 보는 사람이 없다면 가볍게 입을 맞추는 취향의 여자였다. 그때마다 나는 묘한 기분을 느낄 수 있었다. 하나는 타인이 쳐다볼 수 있는 여건 속에서 느낀 스릴이었고, 다른 하나는 입술이 부딪힌 위치 때문에 생긴 의아함이었다. 보통 입맞춤이라면 두 사람의 두 입술이 평행한 위치에서 부딪히기 마련인데 다희의 두 입술은 고도를 한 칸 높여 다가왔다.(꼴이 아니라 실제로 엉큼하게 물었다.) 궤도를 이탈한 입맞춤은 입맞춤이라기엔 조금 과감한 감이 없지 않았다. 꽤나 이탈했을 그녀의 입술이 조금은 당황스럽게 다가왔지만 그것을 의식할 틈도 없이 너무나도 묘한 감촉에 그만 매료되고 말았다. 피부병이 있지 않고서야 감촉이 좋지 않은 뽀뽀가 어디 있겠냐만은 유독 다희의 아랫입술은 윤기가 있고 통통해 순전히 매료될 수밖에 없었다. 그랬기에 어떤 기대를 했건 키스 역시 그 기대를 저버리지 않았다.

처음 그녀의 혀가 들어왔을 때, 순간 압도당하고 말았다. 그 순간은 영원 같기도 했다. 정말이지 그렇게 큰 혀는 여태 만나본 적이 없었다. 물론 내가 그전까지 만나본 여자는 단 한 명뿐이었지만 누굴 만나더라도 이렇게 큰 혀는 접할 수 없을 것 같았다. 실제로 줄자를 가지고 그 부피를 잰다면 그 수치는 압도적이었을 것이다. 나는 확신할 수 있었다. 길이와 두께, 어느 쪽으로나 압도적이었다. 짧고 굵어 운동력이 없는 내 혀가 초라하게 느껴졌지만 어쩔 수 없는 일이라 생각했다. 그러면서 내 손은 자연스럽게 그녀의 가슴으로 갔다. 하지만 이게 무슨 날벼락. 다희는 장난인지 진심인지 모를 파워로 내 오른쪽 뺨을 살짝 후려쳤다. 조금 민망해 손을 뗐다가 시간이 조금 지난 후에 다시 손을 가져갔지만 결과는 마찬가지였다. 다행히 그때쯤 영화가 끝나 자연스럽게 웃으며 매무새를 고칠 수 있었다. 야속했지만 한편으론 타인에게도 자신을 방어했을 그 태도에 흐뭇한 기분이 차올라왔다.

다희의 자취방 위층에는 주인집 아줌마가 살고 있었다. 여느 집주인처럼 후덕한 풍채의 아줌마가 아니라 비쩍 말라, 벗겨 놓으면 골반 뼈가 완연히 드러나 있을 것 같은 몸의 아줌마였다. 눈은 조금 퀭한 구석이 있어 조금이라도 '비위를 맞추지 못하면 꼭 빠진 손톱을 보는 듯한 인상으로 상대방에게 거북함을 주었다. 다희의 집에 있을 때면, 늘 비슷한 규칙으로 윗집의 꼬마가 소리를 지르며 뛰어다니는 소리가 쿵쿵거리며 들렸다. 그러면 비슷한 규칙으로 아줌마의 날카로운 쇳소리가 연달아 들리곤 했다. 그에 따라 응당 꼬마의 우는 소리가 들려야 했는데 아줌마는 우는 소리마저 멎게 하는 능력이 있었다. 그녀의 아들이 아니라는 사실이 참으로 다행스럽게 느껴졌다. 다희는 한 달에 한 번 수도세나 전기세 혹은 월세 때문에 아줌마가 종종 내려와 자신을 한 번 훑는데 그때마다 온몸이 서늘해진다고 했다. 특히 월세가 늦어질 때가 제일 겁나는 때라며 깊은 탄식을 했다. 매달 월세를 못 낼 만큼은 아니었지만 다희는 가난했다. 내가 먼저 그렇게 규정한 적은 단 한 번도 없었고, 늘 그녀 스스로 먼저 그렇게 말해 주었다. 묻지도 따지지도 않았는데. 하지만 가난 때문에 불행해본 적은 한 번도 없다는 투였다. 과연 그럴까. 그것은 역설적 어법이었다. 그녀 모르게 멀리서 온갖 노고가 묻어 있는 그녀의 무표정한 얼굴을 보면 잘 알 수 있었다. 여태껏 수많은 아르바이트를 했다는 말을 듣지 않았더라도 말이다. 나는 나보다 훨씬 생에 강한 뿌리가 튼튼히 박혀있는 그녀가 좋았다. 큰 고생 없이 자라온 내 삶을 들키고 싶지 않을 만큼.

처음, 다희와 데이트를 하면 서로 5대5 정도의 비율로 돈을 냈다. 내가 밥을 사면 다희는 커피를 사고, 다음날 다희가 밥을 사면 내가 커피를 사는 식이었다. 서로 말을 꺼내진 않았지만 그것은 하나의 룰이었다. 그러다 언젠가부터 룰은 조금씩 변형되었다. 내가 밥을 사면 역시 다희가 커피를 사는 것은 변함이 없었으나, 언젠가 다희가 밥을 사야 될 때가 오거나 뭔가 애매해졌을 때는 조금 달라졌다. 그럴 때는 다희가 아침에 미리 간식거리나 커피를 사서 자연스럽게 내가 밥을 사게끔 만들거나 아니면 밥 대신 컵라면이나 김밥을 먹고 싶다며 조금 격하된 메뉴를 자신이 계산하곤 했다. 물론 아닐 때도 많았지만 대체로 그랬다. 나는 그런 것에 전혀 불만이 없었다. 오히려 그런 행동 하나하나가 귀엽게만 느껴졌을 뿐이었다. 나는 다희에 비하면 어느 정도 경제적 여유가 있었다. 그리 부유한 집은 아니었지만 아빠의 외제 차와 나의 중형차, 형의 중형차 등 차 세 대와 아빠의 건실한 사업, 휴가철에 온 가족 모두 해외로 여행갈 수 있는 여유, 그리고 어느 정도의 부동산이 몇 있는 정도였다. 그래서 사실 좀 더 많은 걸 감당할 수도 있었지만 일부러 그렇게 하지는 않았다. 또한 내가 어느 정도의 경제적 여유가 있다는 것마저 최대한 드러나지 않게 행동했다. 다희의 입장에서는 부유하거나 더 자주 계산해주는 사람을 바랐을지도 모를 일이었지만 나는 그녀에게, 가능한

선에서 더 많은 기회를 주어 우리의 관계에서 그것이 어떤 걸림돌이나 디딤
돌이 되지 않길 바랄 뿐이었다. 그런 것으로 그녀에게서 호감을 얻는 것은
나에게 있어서 너무나 우스운 일이었고 또한 그녀가 괜한 피해의식을 가질
까 하는 일종의 배려를 한 셈이었다. 지금 생각해보니 그건 배려가 아니라
우스운 '오바'였던 것 같기도 하다.

이런 나를 그녀는 조금이라도 알기나 했을까.

죽은 자는 말이 없지만 아무래도 그녀는 나를 잘 모르는 게 확실했다.

나를 잘 알기 위함이었는지는 모르겠지만 다희는 내가 쓴 작품 모두를 보
기 원했다. 심지어는 내가 대학 시절 수업시간에 만든 단편영화까지도 보길
원했다. 나는 순순히 거의 모든 작품을 보여주었다. 어려운 일은 아니었으니
까. 하지만 딱 한 가지, 내가 첫 번째 여자 친구에게 쓴 소설은 제외하고였
다. 흥미로운 건 어떻게 어떻게 해서 다희는 내가 그 여자 친구에게 소설을
써줬다는 걸 알고 있었지만 그 작품을 직접 언급하며 보여 달라 하지 않고
더 보여줄 게 없냐는 뉘앙스로 꼬치꼬치 물어왔다는 점이었다. 나는 그걸
몹시 궁금해하는 다희의 반응에 유쾌한 기분이 들었다. 그래서 짓궂게 나
역시도 그녀가 원하는 것을 잘 알면서 순진한 얼굴을 하고 뒷머리를 긁적
이기만 했다. 다희는 대체로 내 글을 마음에 들어 했다. 물론 아닌 것도 있
었다. 솔직한 편이어서 별로였던 작품은 친절히 짚어주기도 했다. 또 나
의 안목과는 조금 엇갈릴 때도 있었다. 그러니깐 내가 마음에 들어 하는
작품을 다희는 별로라 하고, 내가 별로라 여겼던 작품을 다희는 마음에 들어
하는 것이 있었다. 후자의 경우에 해당하는 것이 〈몸 둘 바 모르겠다.〉라는

단편소설이었다. 이 소설은 어느 퉁퉁한 남자가 다이어트를 하면서 겪게 되는 일을 처음부터 끝까지 구어체로 쓴 것이었다. 내 딴에는 구어체를 가지고 처음으로 시도해 본 소설이었고, 다 쓰고 나니 뭔가 장난스럽기만 해 썩 마음에 들지가 않았다. 하지만 다희는 그것이 오히려 이 소설의 재미라고, 마치 문학 교수 같은 투로 얘기해 주었다. 그래서 자신은 이 소설이 마음에 들어 자신의 집에 오랜만에 놀러 온 언니에게도 보여줬다고 했다. 내가 반응이 어떠냐고 물어보자, 안 그래도 전날 언니가 읽고 있을 때 자신이 어떠냐고 물어봤는데, 마침 그때 언니는 지금 '작고 쪼글쪼글한' 부분을 읽고 있다며 생각보다 재미있다고 했다는 것이었다. 나는 민망함에 말을 잇지 못했다. '작고 쪼글쪼글한' 것은 그 소설에서 주인공이 변기에 앉았을 때 내려다본 성기를 묘사한 부분이었다. 다희는 깔깔대며 웃음을 터뜨렸고 나 역시 민망함에서 뻗쳐 나오는 웃음을 참을 수 없었다. 그때 다희는 웃다 그만 몸을 숙이게 되었고 노란색 티셔츠가 앞으로 처지면서 자연스럽게 공간이 생겨 가슴이 보이고 말았다.

다희의 가슴은 작고 탱탱했다.

나는 어쩌다 몇 번이고 그녀의 가슴을 본 적이 많았다. 나중에는 귓속말하는 척하며 몰래 그것을 훔쳐보기까지 했다. 결국 언젠가 옷의 목 부분이 내려갔을 때 능글스럽게 쳐다보다 걸려 살짝 뺨을 맞고 말았지만. 유독 다희의 티셔츠는 아래로 축 처지는 것이 많았다. 그래서 나는 다른 남자들이 다 쳐다볼 거라며 옷을 올리라고 자주 주의를 줬다. 다희는 그 주의를 달가워하지 않았다. 귀찮아했다. 자신의 아빠인 것처럼 빡빡하게 굴지 말라는 투였다.

기온이 점점 올라가면서 그녀의 바지 길이도 상당히 짧아져 갔다. 시원하게 뻗은 긴 다리가 매끈했지만 때론 너무 짧다 싶을 때도 있었다. 하지만 이상하리만큼 치마는 절대 입지 않았다. 이유가 궁금했다. 다리가 긴 자신이 치마를 입으면 너무 야해신다는 것이 이유일 줄은 몰랐다. 나는 풋, 웃겨 정말 그럼 바지는? 이라고 속으로만 생각했다.

희수의 미니홈피에서 다희의 사진을 처음 봤을 때 외모도 괜찮았지만 그에 상응하는 스타일 역시 상당히 멋지다고 생각했었다. 실제 마주했을 때도 그렇게 느꼈다. 역시 옷도 잘 입잖아! 하지만 시간이 흐를수록 내가 조금은 잘못 본 게 아닌가 하는 생각이 들 때가 많았다. 조금은 촌스러운 레깅스와 너무 색이 강한 가방, 그리고 투박하기만 한 운동화가 못내 눈에 들어온 것이었다. 하지만 그런 것이 그녀의 매력을 상쇄시킬 순 없었다. 조금 낡거나 해진 것을 해도, 같은 것을 매일 걸쳐도, 그녀에게선 항상 신선한 기운이 뿜겨져 나왔다. 꼭 〈비포 선라이즈〉의 도입부를 대할 때의 느낌이었다. 즉, 생기가 넘쳐흘렀다는 것이다. 명랑한 그녀 앞에서 그런 것은 아무것도 아닌 것이 되었다.

나는 이러한 것을 속으로만 생각한 반면 솔직한 다희는 이러한 것을 얼마든지 입 밖으로 잘 꺼냈다. 특히 다희는 나의 외모를 가지고 늘어졌다. 나의 외모는 평가절하되는 경우가 많았다. 사실 내 얼굴이 미남형으로 잘생긴 건 아니지만 어느 정도의 호감형이라고 자부할 수 있다. 그녀를 제외한 다른 주위 사람들이 그렇게 칭했기 때문에 이렇게 말할 수 있는 것이다. 처음 시작한 다희의 말은 농담이었다. 웃으며 하는 못생겼다는 식의 말에

나 역시 웃어넘겼고 능청스럽게 내가 잘난 것을 안다고까지 했다. 하지만 그럴수록 다희는 너무나도 진지해져 갔다. 마치 올 한해 자신에게 주어진 신의 과제라도 푸는 듯 차근차근 그 이유를 설명하고 있었다. 자신의 과에 있는 남자애들과 비교하면 15등 안에도 못들 거라는 식이었다. 그리고 자신이 여태껏 하고 있는 말이 전부 진심이라는 듯, 그렇지만 자신은 그런 내가 좋다며 여전히 진지한 음성으로 나를 바라보았다. 그것이 나를 더욱 화나게 했다. 참으로 어이가 없었다. 웃음마저 나왔다. 다희 역시 그리 미인형은 아니었기 때문이었다. 나는 마침내 첫 번째 여자 친구가 생각났다. 얼굴이 자그마하고 쌍꺼풀이 있고 앙증맞은 코를 가진 미인형의 친구. 그 친구는 실로 예뻤다. 얼굴을 보면 '예쁘다' 라는 말부터 나올 만큼 눈이 가는 얼굴이었다. 그 친구를 다희 앞에다 데려다 놓고 싶었다. 다희는 그럼 뭐라고 했을까. 몹시 궁금했다.

원래 난 이렇게까지 유치한 사람은 아니었다. 그런 생각이 떠오르게 한 데는 다희의 탓이 컸다.

다희는 나를 만나기 전, 1년이 조금 넘는 시간 동안 호주로 어학연수를 다녀왔었다. 정확히 하자면 워킹 홀리데이였다. 그래서 우리의 대화가 조금 쳐진다거나 시들해질 때면 항상 그 시절의 이야기를 꺼내 시간을 메우곤 했다. 그것은 거의 이틀에 한 번꼴로 들먹거려졌다. 그래서 나중에는 한 번도 본 적이 없는, 그녀가 일한 카페의 주인을 길에서 만나도 알아볼 수 있을 것 같았고 급기야는 호주의 역사나 주요 산업 현황까지 꿰찰 수 있게 되었다. 그래도 그것까지는 괜찮았다. 하지만 가끔 자신도 모르게 하는, 거기서 만났던 남자와 관련된 얘기는 썩 듣고 싶지가 않았다. 기생충 얘기가 나왔을 때였는데, 그녀는 자신의 친구가 그곳에서 의대를 다녔다면서 그 친구의 말을 빌려 상세히 설명해 주었다. 뭐, 크게 문제 될 건 없었다. 그 의대를 다니는 친구가 바로 그녀의 선 남자친구였다는 사실을 제외한다면. 그녀는 내가 그 사실을 전혀 모른다고 생각한 모양이었다. 그래서, 그러니깐, 그래 거기까진 좋다. 내가 그 사실을 몰랐다고 생각했을 뿐 아니라 그건 의학과 관련된 상식이었으므로 크게 문제 될 게 없다고 여길 수도 있었다. 하지만 지나가는 어떤 남자의 향을 맡고 자신이 가장 좋아하는 향수라며 자신의 세 번째 남자가 쓰던 향수라고 아무렇지도 않게 말하는, 아련한 표정의 얼굴은 정말이지 쳐다보고 싶지가 않았다. 또 2년간 만난 여자 친구가 있는 남자의 바람피운 상대가 자신이었다는 사실은 더더욱 알고 싶지가 않았다. 그녀가 이제껏 만난 남자의 숫자를 정확히 말하진 않았지만 이제껏 해왔던 말을 모두 종합해보면 적어도 일곱 명에서 많으면 열 명이 넘는 숫자의 남자가 그려졌다.

외삼촌 같다면 한바탕 웃으며 이렇게 말했을 것이다.

"축구단이나 하나 만들어 봐. 아가씨. 으허허허!"

나는 축구단 얘기 대신 그런 순간이 오면 농담으로 화제를 전환하곤 했다.

"나 사실 학교 다닐 때, 별명이 술꾼이었어."

"뭐? 너 술 입에도 못 댄다면서? 그런데 무슨 술꾼이야?"

"응. 사실은 입술꾼이었어……."

나를 거미줄 보듯 하는 눈빛이었지만 입가에는 웃음기가 서려 있었다.

그 웃음을 짓던 날, 우리는 함께 학교에서 버스를 타고 서문시장으로 향했다. 그녀의 외할머니가 동산병원에 입원했기 때문에 맞은편의 시장으로 가서 구경하다 헤어지기로 한 것이었다.

버스에는 사람이 별로 없었다. 무슨 궁리를 하는지 앉아있는 사람들마저도 눈을 감거나 창밖을 응시하며 자신들만의 시간을 보내고 있었다. 버스는 여전히 덜컹거렸다. 농담하다 문득 다희를 쳐다봤다. 그리고 내 별명의 유무를 확인시켜주기 위해 그녀의 입술을 덮쳤다. 처음엔 조금 부끄러워하더니 어느덧 예의 그 능숙함으로 나를 이끌어주었다. 버스가 멈춰서 옆 차선의 운전자가 쳐다보는 것 같아 이래도 되나, 싶었지만 둘의 흥분을 잠재울 수 있는 것은 어느 것도 없었다. 나는, 우리는 모든 걸 스쳐지나 갈 수 있었다. 짜릿한 순간이었다.

시장은 비좁았다. 자주 자리를 바꿔 한 줄로 걸어가야 이동이 원활해졌다. 온갖 냄새를 뚫고서 우리는 수 가지의 길거리 음식을 사 먹으며 배를 채웠다. 나는 모든 아주머니들에게 친절할 수 있었다. 기분이 그저 좋거나 순간의 행복을 유지하고 싶어 덕을 쌓으려거나. 둘 중 하나였다. 그런 나보다 다희는 훨씬 더 친절했다. 모르는 사람이 보면 누가 판매자고 누가 구매자인지 몰랐을 것이다. 원래 다희는 처음 보는 사람들에게, 특히 아줌마에게 친절했다. 나는 그녀의 천성을 축복하며 흐뭇해했는데 후에 이것이 나와의 관계에 있어선 아무 도움이 안 된다는 사실을 알 수 있었다.

많은 것을 눈으로 입으로 즐기다 한복과 비단을 파는 실내를 지나쳤다. 그때 '결혼'이라는 단어도 함께 지나쳐 갔다. 다희와의 결혼. 일요일 늦은 오후 같던 순간적인 느낌은 꽤 괜찮았다. 하지만 이내 그녀와는 절대 결혼을

하면 안 될 거라고 무엇인가 내 마음을 다독거리고 있었다. 무슨 이유에서
인지 그건 확고하게 나를 지배하고 있었다. 손을 잡고 있는 상대방의 의사
는 묻지도 않았지만 나는 그 확고함에 충실해야 할 필요가 있다고 조심스럽
게 생각했다. 내가 그런 생각이 들기 전부터 다희는 늘 말해왔다. 우리는 시
한부의 만남이 될지도 모른다고. 그래서 연애 따위는 싫다고. 나는 그녀의
말이 저렴한 로맨스영화에나 나오는 대사 같았지만 왠지 모르게 그 말에 불
안이 일었다. 그래서 나는 그럼 얼른 결혼하면 되겠다고 했지만 어쩌면 그
말이 크게 상대의 마음을 흔들 만큼의 진심은 아니었던 것 같다.

  외할머니에게 드릴 바나나를 산 뒤, 다희를 병원에 데려다 주고 우린 헤어
졌다. 시간이 저녁도 되기 전이라 그런지 무척이나 아쉬웠다. 집에 도착해
쓰러져 안방의 흔들의자에 누워 있으니 문자가 왔다.

  '보고 싶어.'

  '보고 싶어.'

  마음이 안온해졌다. 네 글자 안에서 혼재한 감정들이 느껴졌다. 그것은 실
재하고 있었다. 정말로 다희가 보고 싶었다.

  '그럼 집에 갈 때 잠깐 만날까?'

  '응. 아니면 내가 집까지 데려다 줄게.'

  집에서 동산병원까지는 아주 가까운 거리에 있었다. 차로 2분이면 가는
거리였다. 신이 난 나는 차에서 나오는 음악을 허밍으로 따라 했다. 다희는
눈을 크게 뜨고서 내가 천천히 차를 멈출 때까지 엷게 웃고 있었다.

  "보고 싶었어!"

"나도 오!"

다희는 차에 타자마자 내 볼에 입을 맞췄다.

우리는 베스킨라빈스로 향했다. 다희는 별로 내키지 않다고 해 나는 싱글 컵으로 체리쥬빌레를 골랐다. 내가 데려다 준다고 계산은 다희가 했다. 아이스크림은 차고 달기만 했고 나는 입맛을 다시며 차를 월드컵 스타디움 공원으로 몰았다. 가는 길에 차가 거의 없어 차는 도로에서 더욱 미끄러져 갔다. 속도로 인해 차가 옅게 흔들렸지만 흥겨운 울림이었다.

차를 세우고 라이트를 끄고 이런저런 약간의 대화를 나누다 나는 허리가 아프다며 뒷좌석으로 가자고 제안했다. 무심한 얼굴로. 다희 역시 비슷한 얼굴로 제안에 응했다. 그리고 우린 좀 더 넓은 곳에서 편한 자세로 사랑을 나눌 수 있었다.

역시나 그녀의 혀는 크고 길었다. 비집고 들어온 그녀가 따뜻하게 느껴졌다. 난 그녀의 도톰한 아랫입술을 물고 간질이기도 하고 빨아 당기기도 했다. 우린 말없이 서로에 대해 좀 더 알아가게 되었다. 그러다 어느 순간 다희는 나의 입꼬리 밑을 혀로 문지르기 시작했다. 나는 잘못된 조준이라 여겨 없었던 일처럼 다시 원래의 위치로 그녀를 옮겨 놓았다. 하지만 얼마 지나지 않아 그녀의 혀는 어느샌가 그곳에 다시 와있었다. 그때야 그것이 고의적인 행위였다는 것을 알아차릴 수 있었다. 나도 한 번 그녀를 따라 해 보기로 했다. 다희 입 주변의 피부는 깨끗하지 않았는데 나는 혀로 그 돌기를 느끼면서 보다 그것을 꼼꼼히 확인할 수 있었다. 이럴 때 쓰는 말이 백문이 불여일견이었던가. 순간 다희는 고개를 젖혔다. 하! 그때야 그녀의 수를 읽을 수 있었다. 나의 사랑은 입가에서 턱으로 턱에서 목으로 향했다. 그러자 다희는 짧은 탄성을 내뱉기 시작했다. 묘한 흥분이 일어났다. 사랑을 문지르기도 하고 빨아 당기기도 하면서 나는 노련해 보이기 위해 애를 썼다. 그러자 이번엔 다희에게 차례가 돌아갔다. 마치 기다렸다는 듯 그녀는 사정없이 달려들었다. 내 밑에 깔려있던 다희는 목을 뻗어 자신의 사랑을 뜨겁게 표현하기 시작했다. 힘을 빼고 온몸을 그녀에게 맡기기로 마음먹었다. 그러자 다희는 그 힘을 흡수한 사람처럼 나를 빨아들이기 시작했다. 이상한 기분이었다. 그녀가 탄성을 내뱉은 이유를 알 수 있을 것 같았다. 온 목에 묻혀있던 침이 다 마르기도 전에 그녀의 사랑은 점점 올라왔다. 종착지는 귀였다. 어떻게 막을 수가 없었다. 혀가 귀에 닿자 온몸의 촉수가 서는 듯한 느낌이 들었다. 움찔하면서 아찔했다. 그녀의 혀는 내가 가진 귀의 온 표면의 굴곡을 섬세하게 알고 있는 것 같았다. 표면 전부의 와 닿은 혀는 나를 가만히 두질 않았다. 혀의 조그마한 움직임에도 세상의 모든 소리가 미세하게 들려왔다. 귀와 공기와 혀가 만들어 내는 훌륭한 소리였다. 꼭 물속 같았다. 기분 좋은 흡착이었다. 밀어내고 싶기도 하면서 동시에 빠져나가지 못하게 가로막고 싶은 기분이랄까. 하! 정말이지 맹세컨대 처음이었다. 그러면서 일곱에서 열 명 사이의 얼굴 없는 사내들이 머릿속에서 그려졌다. 그들 모두 범벅이 된 귀를 닦고 있었다. 시무룩해지는 스스로를 애써 외면했다. 원래의 나라면 '쿨' 하게 넘어갔겠지만 그러기엔 다희의 혀가 너무나도 '핫' 했기 때문이었다. 흡착의 순간을 기억하며 나는 그녀가 한 대로 똑같이 따라 해 보았다. 마치 처음이 아닌 것처럼. 그건 쉬운 일이었다. 내가 다가가자 다희는 온몸을 떨었다.

그러다 뿌리치기도 했고, 나는 끝까지 추적을 해가며 최선을 다했다. 이건 일종의 룰이었다. 처음 접해본 룰을 나는 금방 적응해 잘 따를 수 있었다. 아마 다희는 그때 내가 룰을 처음 접해봤다는 사실을 몰랐을 것이다. 꿈에도. 나는 전 여자 친구에게도 이렇게 좋은 룰이 있다고 알려주고 싶었다.

어느새 내 손은 그녀의 가슴에 가 있었다. 다희는 거부하지 않았다. 그때서야 내가 전에 왜 뺨을 맞았는지 이해가 되었다. 옷 위에 얹진 손을 조심스럽게 브래지어 안으로 집어넣었다. 여전히 다희는 거부하지 않았다. 다희의 가슴은 역시나 작았다. 또한 더러 여드름도 나 있었지만 한없이 부드러운 사실을 부인할 순 없었다. 그래서 나는 브래지어의 후크를 풀겠다고 제안했다. 다희는 매몰차게 거절했다. 나중에 다시 잠그기도 어려우며 내가 잠그는 것은 아주 부끄러운 일이기 때문이라고 했다. 나는 웃음이 나오는 걸 겨우 참아냈다. 브래지어 안으로 들어가는 손과 브래지어의 호크를 푸는 손, 이 두 손의 간극이 얼마 만큼인지 알 수 없었기 때문이었다. 나는 다시 본연의 자세로 돌아왔다. 그래서 한 손으로 그녀의 세계를 모두 지배하며 순간이 영원히 되길 빌어보았다. 그 와중에 한 가지 새로운 사실을 또 발견해냈다. 가슴의 크기와 유두의 크기가 비례한다는 사실을. 이 사실은 아무에게도 알려주고 싶지 않았다. 나는 참으로 작은 유두를 엄지와 검지로 매만지며 간질였고, 이에 탄성은 여전히 간헐적으로 흘러나오고 있었다.

그러다 어느 순간, 다희는 가볍게 나의 뺨을 때리며 이제 정신을 차릴 때라고 일러주었다. 게임의 종언을 선언한 것이었다.

그러면서 우리는 매무새를 고치고 서로 안고 마주 보게 되었다. 나는 그녀의 턱밑으로 손을 넣어 살을 매만졌다. 다희가 입을 열었다.

"야, 너 이러려고 여기 온 거지?"

장난스러웠지만 쏘아보는 눈이 불편했다.

"내가 뭘? 그냥 얘기도 하고 그러려고 온 거지."

"여기 와서 얘기 얼마나 했다고 그래? 흥."

"야, 여기 오면서 얼마나 얘기를 많이 했는데. 여기 와서도 조금 했잖아. 무슨 토크쇼라도 해야 되나?"

농담조였지만 틀린 말은 아니었다.

"너, 나 좋아해?"

풋, 유치하긴.

"얼마나?"

아주 끝을 달려보겠다는 거군.

"음, 글쎄. 내 발 크기만큼?"

참고로 내 발은 310mm였다. 나는 그것이 꽤 괜찮은 수사라고 생각했다.

얼마간의 대화가 끝나고 다희는 나에게서 몸을 떼고 제자리로 돌아갔다.

얼마 후, 분위기가 심상치 않다는 것을 느낄 수 있었다. 말이 없어진 다희를 보면서.

"야, 너 왜 그래? 내가 뭐 잘못한 거 있어? 응?"

그리고 살짝 겁이 났다.

"아니야."

끝이 흐려지는 목소리에 이내 불안함이 더욱 가중되었다.

차를 몰고 그녀의 집으로 향했다. 역시나 도로엔 차가 없었다. 답답한 마음에 액셀을 세게 밟았다 뗐다 하며 속력을 제멋대로 냈다. 그럼에도 다희는 요동이 없었다. 뭐가 문제이고 잘못된 게 있으면 풀자고 했지만 여전히 대답이 없었다. 슬쩍 화가 치밀러 올라왔지만 내가 화를 낼 입장은 아니었다. 다희는 마지막까지 말이 거의 없었고, 너무나도 확고했던 그녀의 의사에 따라 집까지 데려다 주지도 못한 채 근처 지하철역에 세워다 주었다. 집으로 돌아가는 길이 한없이 길고 막막했다. 아무리 생각해도 이유를 알 수 없었다. 스킨십 때문에? 룰을 만든 건 다희였다. 그렇다면 또 뭐가 있을까. 에이씨, 라는 말이 소리로 터져 나왔다. 나는 무슨 말로 설득을 해야 할지 종잡을 수 없었다. 연속적으로 문자를 몇 개씩이나 보냈는데, 답장은 얼굴에 로션을 바르고 있을 때쯤 도착했다.

우리 그만하자.

그녀의 '첫 번째' 통보였다.

5

비가 차츰 잦아들었다. 행정구역에 따라 하늘도 선을 그어 나뉘어 있는지 충주에 들어서면서부터 거짓말처럼 비가 그치고 있었다. 고속도로를 이용하지 않고 3번 국도를 타고 온 것은 현명한 선택이었다. 시간은 조금 걸렸지만 나에겐 맹목적으로 무엇이든 많은 시간을 소모해야 할 필요가 있었다. 벤저민 프랭클린이 노여워할 생각이지만 어쩔 수 없었다. 나에게 시간이 금이었던 때가 있기나 했을까.

목적지까지는 이제 한 시간 정도면 갈 수 있겠다는 계산이 섰다. 시침은 벌써 1을 가리키고 있었다. 시간을 확인하자 시장기가 더욱 밀려왔다. 나는 전날부터 무언가를 닥치는 대로 먹고 있다는 사실을 모른 체하고 싶었다. 한창 키가 크던 중학교 시절만큼이나 나는 식욕이 돌고 있었다.

충주역 앞엔 많은 모텔이 즐비했다. 구석구석 모두 숨을 죽인 채 힘을 빼고 있었다. 그 사이로 여러 식당이 불규칙적으로 자리하고 있었고, 나는 이러한 회색 날씨에는 추어탕이 제격이라는 생각이 들었다. '시골 추어탕'에는 사람들이 꽤 있었다. 주로 취기가 돌고 있는 아저씨들이었다. 주문하자 금방 음식이 나왔다. 주황색 국물 속에 파편이 잔뜩 부유하고 있는 추어탕은 얼큰했다. 후추의 맵싸한 향 역시 혀를 감아왔다. 입속으로 국을 마구 집어넣다 불현듯 다희가 보고 싶어졌다. 물밀 듯이 그리고 톡 쏘면서. 사진이라도 보고 싶었지만 휴대폰도 없는 상황이었다. 다희의 웃는 얼굴을 잔상 속으로 가져왔다. 웃을 때면 작아져서 동그랗게 변하는 눈. 잘생긴 코. 도톰한 입술. 모두 그대로였다. 아직도 그녀가 죽었다는 것이 믿기지 않았다. 마치 잘게 갈린 나를 미꾸라지가 땀을 닦으며 맛있게 먹는 장면만큼이나 비현실적이었다. 지금이라도 메시지를 보내면 금방 답장이 올 것만 같았다. 하지만 이제 그녀는 수신자도 발신자도 될 수 없었다. 오로지 부재중이리라.

목적지가 있기에 이제 트럭에 올라도 골치가 아프지 않았다. 나는 옆에 놓인 책을 한 권 들어 올리다 내키지 않아 다시 내버려 두었다. 대신 사이드 브레이크를 내리고 차를 움직이기 시작했다.

그때였다.

부스슥. 부스슥.

"아, 아, 거 앞에, 트럭, 잠깐 좀 봅시다."

경찰차의 경찰이었다. 스피커를 통해 나를 부를 이유는 명료했다. 신경이 극도로 곤두서기 시작했다. 어떻게 해야 할지 판단이 서지 않았고 명치를 한 대 얻어맞은 것처럼 묵직한 것이 울렁댔다. 전날 여유를 부린 것이 허탈하게 다가왔다. 술래가 도망갈 기회를 줬는데도 태평하게 술래 근처에서 맴돌기만 한 꼴이었다. 미쳤지, 젠장. 보통 영화에서는 이럴 때 냅다 액셀을 밟던데. 어차피 선택의 여지가 없었다. 이래도 저래도 먹잇감이 될 수밖에 없으니.

나는 시원하게 액셀을 밟았다. 덜컹거리다 속력이 붙으니 트럭도 제법 쓸 만했다. 역시나 경찰은 나를 따라붙기 시작했다. 도로의 폭이 좁기 때문에 조금이라도 방심하면 일은 그르치게 될 것이었다. 핸들을 더욱 꽉 붙잡았다. 그래서 속도가 붙은 차를 더욱 과감하게 몰아 인도 턱에 걸쳐져 있던 차를 보기 좋게 피해 갔다.

그러다 막힌 구간이 나왔다. 우회전을 꼭 해야만 했다. 속력을 채 줄이지도 못하고 급하게 우회전을 하는 바람에 나는 창문에 머리를 세게 부딪치고 말았다. 통증을 느낄 사이도 없이 이내 또 우회전을 해야 했다.

나를 유일하게 돕고 있는 것은 신호였다. 신호를 어길 필요가 없어 부풀어 가던 당황스러움을 조금 덜 수 있었다. 이제는 큰길이었다. 멀리서 가까이서 충주댐이 보였다. 충주댐을 따라 올라가는 것이 가장 현명한 생각이라 판단되었다. 도로가 한산한 게 축복일지 저주일지 몰랐지만 나는 속력을 더 내기로 작정했다.

경찰은 스피커를 이용해 다시 자신들의 의사를 분명히 해왔다.

"거기, 트럭 안 세울 거예요? 어디 한 번 해보자는 겁니까?"

한 번이 아니라 두 번 세 번도 해볼 수 있었다. 내가 잡힌다면, 잡혀서 어쩌다 형을 받게 된다면, 아빠는 전과자를 아들로 둔 가장이 될 것이었다. 관공서를 상대로 사업을 하는 아빠에겐 치명타가 될 게 분명했다. 그럼 감옥에서 나는 편지를 하겠지. 죄송해요. 못난 놈 용서하세요. 이제야 아버지의 사랑을 알게 되었네요. 나는 그런 식으로 효도를 하고 싶진 않았다.

그렇다면 나는 더 애쓸 필요가 있었다. 호흡을 크게 한 번 들이쉬고 내뱉었다.

어디가 어디인지 알 수 없었지만 분명한 것은 농가로 진입했다는 사실이었다. 백미러를 보니 경찰은 여전히 내 뒤를 바짝 붙고 있었다. 경찰은 도대체 어디까지 쫓아오겠다는 것인가. 기름은 여유가 있었지만 마음에는 여유라는 것이 말라붙은 상태였다.

계기판의 숫자는 100을 넘어가는데도 속도감을 전혀 느끼지 못했다. 마치 완전히 멈추기 전의, 바퀴를 꺼내 정지 중인 비행기 같았다.

차선이 하나이고 차폭이 좁아지는 곳이 나타났다. 차선이라기보다는 양가에 모가 심어져 있는 비포장도로였다. 그 길은 생각보다 훨씬 길었다. 반대편에서 혹여나 다른 차가 나타나면 낭패였다. 이 길만 잘 넘어서면 경찰과의 거리를 벌릴 수 있겠다는 확신이 섰다.

하지만 확신은 곧바로 망신이 되었다. 그 길의 끝에는 거대한 공장이 버티고 있었다. 멀리서 봤을 때는 눈에 들어오지도 않던 것인데. 좁아터진 길에 진입하기 위해 도로에만 시선을 고정한 탓도 있었지만 너무 컸기 때문에 인공이 아니라 자연의 일부처럼 느껴진 탓에 눈에 띄지 않은 것도 이유였다. 그 사실이 참으로 못마땅했다.

차를 멈출 수밖에 없었다. 회색의 거대한 공장을 뚫고 나가거나 공중으로 건너뛰지 않는 이상.

경찰은 나에게 다가왔다. 둘이었다. 나도 차에서 내리는 게 도리였다.

"이봐요. 지금 장난합니까? 도대체 차를 왜 안 세우는 겁니까?"

웅? 이들은 그럼 나를 모른다는 것일까.

계속해서 선글라스를 낀 쪽이 말했다.

"아니, 저희가 지금 이렇게 한가한 사람들인 줄 알아요?"

"죄송합니다."

"면허증 줘 봐요."

선글라스가 건조하게 내뱉었다. 올 것이 왔구나 싶었다. 나는 되레 당당하게 지갑에서 신분증을 꺼냈다.

선글라스는 앞면을 보고 나서 뒷면마저 꼼꼼하게 보고 난 뒤 동료에게 면허증을 넘겼다.

"거, 나이도 젊은 분이 정신이 이리 없어 가지고 되겠어요? 뒤에 번호판 한 번 봐봐요. 아까 떨어질 듯 말 듯하다가 그렇게 달리니깐 결국 떨어졌잖아요. 떨어질 거 같아서 세우라고 한 건데. 우리가 어디 콩밥만 먹이는 사람들입니까?"

한순간에 긴장이 풀려버렸다. 보기에 이상하지만 않다면 주저앉았을지도 몰랐다. 그리고 친절한 포돌이 상이 있다면 이들을 추천해주고 싶었다.

"죄송합니다. 그런 건지도 모르고 계속 쫓아오시기에. 냅다 달렸네요."

나는 손을 뒤로 가져가 뒷목을 긁었다. 고개는 숙이면서.

"그래도 말이지. 젊은 사람이. 그리고 번호판 없이 다니면 불법이야. 불법."

선글라스는 은근슬쩍 말을 놓았다.

"혹시 술 한 잔?"

선글라스는 손을 작게 말아 흔들면서 입에 털어 넣는 시늉을 했다. 음주운전을 의심하는 모양이었다. 이제는 어떤 것도 쉽게 헤쳐 나갈 수 있다는데 자신이 생겨 뭐라도 하겠다는 태도로 적극성이 생겼다.

"아니요, 술은 무슨 술이에요."

"그럼, 하아~, 한 번 해봐."

음주측정기가 없다는 말이었다.

"네?"

추어탕을 먹은 게 후회스러웠다.

"꼭 해야 하나요? 저 정말 술 안 마셨는데."

"스으, 거 참 젊은 사람이 해보라면 해 봐."

어쩔 수 없었다.

하아아아. 정말이지 내가 뱉은 숨인데도 비릿한 내가 훅 끼쳐왔다. 선글라스의 표정은 변해갔고, 동료는 그 모습이 웃겼던 모양인지 킥킥대고 있었다. 웃지 말라는 선글라스의 말에 겨우 입을 막는 동료는 부하로 보였다. 나는 괜히 더 데면데면했다.

"죄송합니다. 어쨌든 앞으로는 조심하겠습니다."

그나마 내가 할 수 있는 가장 최고의 대사였다.

"보니깐 다른 지역에서 온 거 같은데. 즐겁게 놀다가요. 조심하고. 그리고 이런 곳에 길 잘못 들지 마세요."

나는 뒤돌아서는 그들에게 손이라도 흔들어주고 싶었다.

그리고 여러 생각이 겹쳐 들었다. 도무지 정리가 안 되는 생각이었다. 전날 아침, 냉장고에서 본 우유의 유통기한부터 눈앞에 있었던 경찰까지. 엉키고 엉켜서 그것은 하나의 뭉치가 되었다. 그러다 두 가지의 사실만은 타래로 엉키지 않고 호젓하게 자리를 잡고 있다는 것을 인지할 수 있었다. 먼저 묘한 쾌락이 잔뜩 차 있다는 것. 그것은 어떤 유의 것인지는 알 수 없었으나 그것이 운 좋게 비껴간 경찰에 연유한 게 아니었다는 건 분명히 알 수 있었다. 그것은 경찰뿐 아니라 누굴 만났든 그렇지 않았든 어떻게든 그 시간이 당도했다면 와 닿았을 유의 것이었다. 믿지 못하겠지만 그건 사실이었다.

그리고 또 하나, 누군가 나를 훔쳐보고 있다는 것. 이것은 내가 확신할 수 있을 만한 것은 아니었다. 하지만 주인 모를 시선이 참을성 있게 나를 지켜보고 있다고, 누군가 있었다면 토로하고 싶을 만큼의 것은 되었다. 그 이유는 알 수 없었다.

그렇다면 나는 타인의 시선으로 인해 쾌락을 느끼고 있던 것일까. 아니면 나의 쾌락으로 인해 타인이 시선을 보내는 것일까.

나는 차를 다시 돌렸다.

그리고 오후가 지나가고 있었다.

창에 떨어지는 빗소리에 잠을 깨고 말았다. 한기 때문일지도 몰랐다. 남방을 덮고 잤는데도 슬며시 한기가 느껴졌다. 모로 봐도 비 때문이었다. 영동고속도로에서부터 내린 비는 이곳에 도착한 뒤 멈췄다가 조금 전부터 다시 내리기 시작한 것이다.

이곳에 도착했을 때, 한꺼번에 몰려오는 피로 때문에 나는 뻗을 수밖에 없었다. 그러나 잠보다 더 큰 충동이 나를 불러일으켰다. 나는 잠에 빠지기 전, 형사가 집을 방문했던 순간부터 현재 목적지에 도착한 순간까지의 모든 상황과 떠오르는 과거, 그리고 꼬리를 물듯 번졌던 생각들을 여과 없이 마구 갈겨 적고 말았다. 문자라는 걸 이토록 막힘없이 써내려가긴 실로 오랜만이었다. 이건 가끔이나마 쓰던 일기와는 성격이 다른 것이었다. 꽤 오랜 시간 동안 그걸 적고 나니 한없이 머릿속이 가벼워졌지만 그 바람에 정신은 오히려 더 선명해져 잠을 이루는 데는 약간의 어려움을 겪고 말았다.

세상은 점점 교묘히 어두워지고 있었다. 하지만 일말의 빛이 잔재해 있어 새벽녘이라고 우겨도 무리가 아닐 것 같았다.

다행히 차엔 우산이 있었다. 우산을 꺼내 차에서 내리자 마침내 대기 속에 녹아든 경건함이 느껴졌다. 비는 잠에서 깼을 때보다 조금 줄어들어 언덕을 오르는 데는 큰 어려움이 없었다. 비가 와서인지 이곳은 무척이나 한적했다. 한적하다 못해 움직이는 것은 나, 비 말곤 없을 정도로 전무했다. 그렇다고 섬뜩한 스릴러 영화에서나 나올 법한 을씨년스러운 분위기의 공동묘지는 아니었다. 사람이 안 보인다는 것이 오히려 다행스러웠다. 늘 그랬듯 나는 혼자만의 시간을 누리는 걸 좋아하기 때문이었다. 공동묘지라는 세계의 시간을 나 혼자서 쓴다는 게 얼마나 큰 기쁨인지 내 주변 사람들은 잘 모를 것이었다. 아, 엄마는 오히려 나보다 더 잘 알지도 모르겠다. 살아 있을 때도 그랬거니와 죽은 후엔 작은 묘에서 기인하므로.

설을 끝으로 5개월 만에 찾은 엄마의 묘엔 풀이 많이 자라 있었다. 우산을 한 손으로 받치고 손으로 몇 움큼을 뽑다가 도저히 한 손으로 처리할 양이 아니라 나는 이내 포기하고 말았다. 땀을 닦으려고 가져왔던 수건으로 지저분해진 비석을 닦아냈다. 엄마의 이름만 있으며 아무런 말도 없는 비석. 형의 반대로 무산됐지만 원래는 비석에 엄마의 마지막 말, 즉 유서가 들어갈 예정이었다. 유서는 다섯 글자밖에 안 되었다.

'글을 버려라.'

처음 이 간단한 문장이 가져다주는 느낌은 그리 간단치가 않았다. 다섯 글자의 무게는 5톤이 넘는 무게로 나를 형을 아빠를 짓눌렀다. 한 글자당 트럭 하나의 무게 이상으로 누르는 데 나는 이내 주저앉아 버렸지만 다시 원래의 나로 돌아오는 데 많은 시간이 들진 않았다.

나를 포함한 엄마의 주변 사람들 모두는 그 유서의 의미를 같은 뜻으로 파악했다. 시인 자신의 글을 모두 없애라는 명령 말고는 무엇이 더 있으랴.

엄마는 자신에게 철저한 사람이었다. 스스로에게 자비가 없고 가혹만을 품고 있는 사람.

물론 그것은 시를 쓸 때에만 유효한 얘기였다. 엄마는 많은 작품을 쓰진 않았지만 많은 사람들에게 후한 점수를 받던 시인이었다. 그렇다고 이름만 대면 알 정도로 유명했거나 많은 책이 팔렸던 것은 아니었다. 엄마는 대중보다 평론가들의 입에 자주 오르는 시인이었다. 평론가들은 엄마의 시를 만유인력이 부유하고 있는, 살아있는 시라 평했다. 특히 엄마를 대표하는 작품이자 첫 번째 시집이었던 「시초」를 그중 으뜸으로 뽑았다. 나는 개인적으로 그것보다는 가장 최근에 나온 「달로와요」라는 시집이 가장 마음에 들었다.

특히 시집의 제목이자 작품이기도 했던 〈달로와요〉라는 시가 손에 꼽는 작품이었다. 그 작품은 돌에서 달로, 지상에서 천상으로, 현실에서 이상으로 가는 여정을 군더더기 없이 잘 그려낸 수작이었다. 그 시를 보면서 여러 면에서 공감을 했고, 형식적인 면에서도 나이에 걸맞지 않은 표현에 놀라기도 했다. 솔직히 그때까지 엄마의 작품이 대단하다고 느끼진 못했지만 그 작품만큼은 나를 매료시키기에 충분했다.

많은 사람은 나에게 묻곤 했다. 네가 작가가 된 건 엄마의 영향이 아니냐고. 그럼 나는 대답했다. 전혀 상관없는 것이라고. 굳이 따진다면 유전적인 영향이 없진 않았을 거라고.

나는 사실 어려서부터 책을 싫어했다. 이유는 간단했다. 어려서부터 책 읽기를 강요당했기 때문이었다. 아무런 동기 없이 책을 읽어 나가는 것은 너무나 끔찍한 일이었다. 특히나 방학이 되면 더욱 그랬다. 엄마는 책을 다 읽으면 으레 독후감을 써오라고 했다. 나에겐 그것이 더 견디기 어려운 과제였다. 생각을 해보라. 책을 읽고 독후감을 써야만 티브이를 볼 수 있는 유년시절, 너무나도 끔찍하지 않은가. 그러니깐 나는 책을 읽는 것도 또 글을 쓰는 것에는 더욱더 치를 떨었던 과거가 있는 작가다.

언젠가부터 엄마는 그런 강요를 하지 않았다. 그때 나는 해방감을 느끼며 한 곳에 빠지게 되었다. 아이러니하게도 그것은 책이었다. 자유롭게, 어떠한 강요도 없이 읽는 책은 이전 내가 알던 책과는 무척이나 달랐다. 나는 진즉에 왜 그 재미를 못 느꼈는지 골몰하며 급기야 글을 쓰는 데까지 이르게 되었다. 그러다 우연히 신생 문예지에서 등단하게 된 것이었다. 따지고 보면 내가 작가가 된 데에는 엄마의 영향이 없다고는 할 수 없을 것 같다.

〈달로와요〉 이전까지 엄마의 작품이 그리 대단하다고 느끼지 못했던 것은 그만큼 엄마와 나의 세계관이 달랐다고도 설명할 수 있을 것이다. 하지만 그 심오한 얘기는 접어두고 싶다.

엄마와 문학적 세계관이 달랐지만 일상에서도 코드가 맞지 않았거나 대화가 단절되었던 것은 아니었다. 일상에서의 엄마는 말 그대로 '엄마'였다. 아빠의 비위를 잘 맞춰주기도 하고 때가 되면 식구들의 밥을 먹이고 아무도 없는 낮엔 낮잠을 자기도 하는. 낮에 안방에 가면 엄마는 흔들의자 위에 앉아 책을 보거나 티브이를 켜고 잠이 들어있었는데 나의 인기척에 잠에서 깨면 미안해하지 않아도 된다며 언제나 반겼다. 그러면서 각자 자리를 잡고 누워 티브이를 보면서 쓸데없는 농담을 하며 시간을 축내곤 했다. 그 순간은 나에게 있어 크나큰 행복이었다.

"우리 사랑하는 아들도 참 좋은 여자 만나야 할 텐데. 남자는 여자를 잘 만나야 해. 알지?"

20대 중반이 되도록 엄마는 나를 그렇게 불렀다.

"그럼 알지이 왜 몰라. 때가 되면 누구라도 만나겠지 뭐."

"나처럼 희생하는 여자를 꼭 만나야 돼. 그래야 편하게 살아갈 수 있어."

엄마는 자신과 같이 희생하는 여자를 만나라는 말을 능청스럽게 잘하곤 했다. 희생하는 여자. 그런 여자가 있기나 할까. 번트를 해 자신은 죽고 주자를 한 루 더 보내는 2번 타자 같은 여자는 이때까진 결코 만나보지 못했다. 오히려 자신이 상대 팀 투수가 되어 나를 견제사 시키기나 했지.

엄마의 죽음은 희생을 위한 죽음이었을까, 나는 생각해 보았다. 당신 스스로를 위한 희생? 타자를 위한 희생? 엄마가 죽고 나서 누구 하나 더 전진한 게 없었으므로 후자는 아니었고 자신을 희생함으로 죽음에 더 가까이 스스로를 전진시켰으므로 전자에 가까웠다고 생각했다.

엄만 여린 사람이었다. 작은 것에도 큰 기쁨을 느끼기도, 슬픔을 떠안기도 하는 여자를 엄마로 둔 아들은 알 것이다. 상대하기가 조금 버거울 때도 있지만, 한없이 미안하며 동시에 얼마나 사랑스러운지.

그런 엄마가 무자비한 선택을 하게 될 줄은 정말이지 상상도 못할 일이었다. 아무리 자신의 글에 만족을 못했다 하더라도, 머리 위로 나는 새를 보면 질겁하며 무릎을 꿇고 마는 엄마에게 그런 용기가 어디서 새어 나왔는지. 정말 믿을 수가 없었다. 용기도 용기였거니와 엄마의 선택이 너무 급작스럽게 일어난 것이라 더 믿을 수 없는 노릇이었다. 엄마의 시집이 새로 출간한 것도 아니었고 준비 중인 것도 아니었는데.

그날, 나는 친구의 생일파티에 가서 분위기에 맞춰 껄껄대며 웃고 있었다. 어쩌면 일상보다는 좀 더 특별한 날을 보내고 있을 때였다. 그때 형에게 연락이 왔다. 엄마가 죽었다고. 얼른 오라는 말이었는데 그 목소리는 마치 녹음된 소리처럼 현상하고 있었다. 입 모양은 보이지 않았지만 꼭 더빙을 한 사람처럼 입의 움직임과 소리가 맞지 않는 것만 같았다. 나는 차마 엄마가 돌아가셨다는 말을 하진 못하고 급하게 엄마가 쓰러졌다고 둘러대고는 그곳을 빠져나왔다.

엄마는 우리에게 폐를 끼치고 싶지 않았던지 우리 아파트가 아니라, 전혀 상관이 없는 먼 동네의 어느 낡은 아파트에서 뛰어내렸다. 시신을 수습하고 몰래 그 꼭대기에 올라가 보게 되었다. 정말이지 그 높이는 가늠할 수 없을 만큼 아찔했다. 아래에서 봤을 때와 위에서 봤을 때의 체감되는 높이 차이가 이토록 클 줄이야. 놀랍도록 옥상은 높았다.

유서는 엄마의 책상 첫 번째 서랍 안에 있었다.

'글을 버려라.'

무미건조한 글자는 얇은 펜으로 쓰여 있었다. 유서를 받아 들고 나는 엄마의 뜻을 따를 수 없겠다고 아빠와 형과 논의했다. 먼저, 그 말을 따르려면 시중에 나와 있는 것을 포함해 판매된 책도 없어야 하는데 그건 불가능한 일이었다. 만약 그것이 가능하더라도 엄마의 작품을 모두 없애버리면 가족의 입장에선 정말 엄마라는 존재를 향유할 길이 없어지게 되고, 엄마 스스로 진짜 자신의 본질마저 없애버리는 꼴이 되기 때문에 그것은 해선 안 되는 짓이었다.

엄마의 묘가 원주 문막읍의 한 공동묘지에 위치하게 된 것에 대해 사람들은 풍수지리 따위의 전혀 관련이 없는 소릴 늘어놓았다. 사실 그렇게 된 연유는 바로 엄마의 허투루 하는 말을 내가 기억하고 있었기 때문이었다.

그날은 베이징에서 올림픽이 열렸던 해의 아주 무더운 여름, 대조동의 어느 나이트클럽에서 일어난 화재가 뉴스에 막 나오고 있을 때였다.

"쯧쯧, 죽은 소방관들은 누가 위로해 주냐."

엄마는 한숨을 쉬며 말했다. 그리고 또 말을 이었다.

"내가 언제 죽을지는 모르겠지만 내가 죽으면 강원도에다 꼭 묻어줘."

(궁극적으로 엄마는 자신 스스로가 언제 죽을지 아는 사람이 되었다.)

나는, 전혀 연고가 없는 그곳에 부탁을 하는 이유를 알 수가 없었다.

"갑자기 웬 강원도? 엄마 거기 아는 사람도 없잖아."

"응. 아무도 몰라. 그래서 거기 가겠다는 거야. 내 평생 언제 강원도를 가보겠니."

엄마는 꼭 강원도가 북한의 행정구역인 것처럼 느린 속도로 말했다.

"지금이라도 가면 되지. 못 갈 게 뭐야?"

"그렇긴 해도. 왠지 잘 안 가게 돼 강원도는. 그 공기 좋고 물 좋은 곳에 좀 가봐야 할 텐데 말이지."

"알았어. 약속할게."

나는 그 말을 그 자리에서 듣고 잊었다고 생각했으나 다행스럽게 일 년 후에도 기억은 여전히 유효했다.

엄마와의 약속을 지키는 날, 많은 사람이 울었다. 엄마는 아는 사람들도 어찌나 많았던지 나는 쉴 틈 없이 문상객들을 맞아야 했다. 그것은 무력감을 잊는데 조금이나마 도움이 될 수 있었다. 사람들은 하나의 의례처럼 나를 잠깐 위로하고는 주저앉아 울기 바빴다. 호상이 아니었으니 대기가 젖지 않는 것이 이상한 일이었다. 아빠는 엄마의 시신을 처리하는 순간부터 통곡하다 이튿날인가 그 다음 날부터는 아예 입을 벌리지도 않고 넋을 잃어버렸다. 그럴 때일수록 한 가정의 남자 세 명이 나눌 대화는 극히 드물어진다. 그럼에도 아빠에게 어떤 말이라도 해줘야 할 것 같았다. 다 큰 막내가 이럴 때 필요하건만. 차마 말을 붙일 수 없었다.

형에게도 역시나 말을 걸기가 어려웠다. 비석에 유서의 문구가 들어가는 것을 반대하기만 할 뿐이어서 더욱 그랬다. 하지만 여러 가지 처리해야 할 문제가 있었기 때문에 나는 형의 눈치를 살피고 있었다. 형은 아예 눈물조차 흘리지 않고 있는 것 같았다. 얼굴은 다소 지친 기색이 있었지만 심한 고통 속에 있는 사람 같지는 않았다. 처음엔 그것이 이상하다고 생각했지만 나는 그것이 어떤 유의 절망인지 알 수 있을 것 같았다. 강렬한 분노와 격정보다 한없는 건조와 냉정이 진정한 비극이리라. 그럼에도, 어떤 이유를 갖다 붙여도, 형은 어딘가가 조금 이상해 보였다. 충격이 얼른 완화되기만을 기다려야 했다.

그 후, 일주일의 시간이 흘러서 나는 차츰 일상으로 돌아올 수 있었다. 하지만 그때까지 형과 말을 섞을 순 없었다. 먼저 형은 잘 보이지 않았다. 어쩌다 나를 봐도 침대 모서리를 보듯 무심히 스쳐 지나가기에 십상이었다. 어쩌면 형에겐 그 죽음의 의미가 내가 받는 것과는 분명 질이 다를 것이었다. 그렇게 생각하니 형이 이해가 되었다. 삶의 단면과 예술의 단면 중 예술의 단면이 훨씬 더 진했던 엄마의 예술가적 기질을 닮은 것은 형이었으니깐.

형은 익사의 위기에서 살아 나왔던 방학의 마지막 날, 중대선언을 했다.

"엄마, 나 첼로 배울래."

아빠는 처음 그 말을 듣고 무슨 말인지조차 알아듣지 못했다. 첼로라니. 그것을 중대선언으로 치부할 수 있는 데는 두 가지 이유가 있었다. 먼저 형은 그전까지 악기라고는 한 번도 만져본 적이 없는, 극히 보통의 우등생이었다.

초등학교를 열심히 다녔으니 트라이앵글 정도야 울려봤겠지만 그 이외에 악기는 한 번도 다뤄본 적도, 배워본 적도 없었다. 차라리 나 아이스하키 시켜줘, 라고 했으면 덜 이질적이었을 것이다. 또한 갑자기 관심이 생겨서 취미로 배우겠다고 했다면 조금이라도 수긍이 갔겠지만 형은 아예 그것을 전공으로 염두에 둔 모양이었다. 형을 앞에 두고 우리 셋은 웃음이 새고 말았다. 다윗을 처음 마주한 골리앗의 비웃음이었다. 나는 셋을 대표해 형에게 질문했다.

"형, 첼로 해본 적은 있어?"

나는 최대한 건방지지 않은 투로 말했다.

"아니, 내일부터 할 거야. 두고 봐."

엄마가 나를 도와주었다.

"그래도 전공으로 하기엔 너무 무리지 않니? 일단 취미 삼아 한 번 해보고 그때 가서 결정해도 늦지 않을 거 같은데."

"아니에요. 저 잘할 수 있어요. 한 번만 믿어주세요."

형이 방에 들어가고 나자 아빠는 엄마에게 한 달이면 악기를 접고 다시 책상으로 돌아갈 거라고 엄마를 안심시켰다.

형은 보기 좋게 아빠의 말을 불식시켰다. 인문계 고등학교에 다니고 있던 형은 자신의 고등학교 두 번째 학기부터 야자를 빼먹기 시작했다. 대신 발걸음을 음악 입시 전문 학원으로 옮기게 되었다. 형은 학원을 마치고 돌아와, 밤에도 개인 레슨을 받길 원했으나 아파트에서는 여의치 않았기 때문에 매주 주말 오후에 레슨을 받았다. 대신 평일 밤엔, 활은 놓은 채 왼손으로 운지만을 익히며 감각을 유지했다. 주말마다 형을 가르치러 오던 대학원생은 이렇게 급속도로 실력이 느는 학생은 처음이라면서 계속해서 이렇게만 한다면 서울에 소재한 일류 대학에 쉽게 들어갈 수 있을 거라고 했다. 엄마는 그 말에 시큰둥하기만 할 뿐 동요하지 않았다. 나중에야 그런 말과는 상관없이 형의 열성 자체를 높게 사긴 했지만.

형은 첼로를 배운 지 6개월 만에 시 대회에서 3위를 차지하게 되었다. 규모가 크진 않았지만 배운 기간을 감안한다면 그것은 괄목할 만한 성적이었다. 그날부터 형은 메트로놈을 엠씨스퀘어인 양 틀어놓고 잠을 청했다. 나는 겉으론 형을 비웃었지만 방에 들어와서는 어른들이 그려준 대로 살아가는 나 스스로가 한없이 보잘것없는 것 같아 지탄하고 또 지탄했다.

나는 주말마다 집에서 울리는 첼로 소리가 너무 듣기 싫었다. 나중에야 대학원생의 연습실로 가 레슨을 했지만 처음 몇 달간은 나에게 진동하는 소음이었다. 첼로 소리뿐만 아니라 형의 무지막지한 괴성도 여간 불편한 것이 아니었다. 형은 자기 뜻대로 되지 않을 때마다 고함을 지르는 버릇이 있었다. 그것은 참으로 놀라운 일이었다. 평소 말도 별로 없는 건조한 고등학생에게서 나온 소리는 가늠할 수 없는 것이었다. 그는 첼로 앞에서만큼은 자신의 속내를 다 드러내고 있었다. 사실 그러한 물리적인 불편보다도 형이 첼로를 배워 부모님의 돈을 축내는 게 가장 괘씸했다. 아무리 집에 여유가 있다 해도 여기저기에 돈이 나갈 수밖에 없었던 형이 마음에 들지 않았다. 형이 쓴 만큼 내가 보상을 받고 싶었던 건 아니었지만.

나는 형이 잘 되길 바라면서도 한편으론 최고의 성적을 거두진 않기를 바랐다. 형은 그런 내 마음을 아는지 모르는지 물놀이 사고 이후 바쁜 와중에도 전과 다르게 나에게 관심을 가져 주었다. 밤늦게 부모님 몰래 치킨을 시켜준다든지 한 번씩 음반을 사준다든지 하면서. 마치 전에도 마음은 있었으나 표현을 안 했을 뿐이라는 것처럼 그랬다. 그 관심에 나는 겉으론 시큰둥해했지만 사실 그 순간순간에 마음이 벅차오르곤 했다.

연습하는 소리를 문 너머로 들을 때는 참 듣기 싫었지만 실제 연주회에서 형이 내는 첼로 소리는 이상하게도 따뜻했다. 거칠면서도 부드럽고 낮으면서도 깨끗했다. 그래서인지 여운이 길었다. 한 번씩은 내가 오래된 장롱에 기분 좋은 나프탈렌 냄새를 맡고 있는 모습을 상상하기도 하며 연주를 듣기도 했다. 나는 연주를 듣다 문득 형을 보면서 첼로가 근엄하면서도 굉장히 에로틱하다는 사실을 눈치챌 수 있었다. 다리를 벌려서 힘을 줘야 하고 부드럽게 안아야 하며 섬세히 다뤄야만 하는 악기. 그것은 퇴폐적이거나 외설스럽지 않고 관능적이었다. 그러고 보니 백남준도 첼로를 켜는 샬롯 무어만에게 TV브라를 씌워 에로틱한 퍼포먼스를 벌이지 않았던가. 죽기 전, 일본인 아내에게 샬롯 무어만과 승용차에서 진한 사랑을 나누었다고 고백했다는데 형도 죽기 전에 어떤 커밍아웃을 하는 건 아닐지 상상해보기도 했다.

형은 우리나라에서 세 손가락 안에 꼽히는 어느 사립대학에 입학하게 되었다. 아빠는 무척이나 형을 자랑스러워했고 엄마는 그에 비해 다소 덤덤한 태도를 보였다. 나는 형이 그러한 결과가 있지 않았어도 형을 인정해 줄 참이었다. 하루를 거르지 않고 똑같은 패턴의 삶을 2년이 넘게 해왔다는 것에 박수를 쳐주었다. 그 박수는 나를 조금 초라하게 만드는 소리였긴 하지만.

형은 졸업식 날 특히 더 멋있었다. 단상에서 상을 받은 것은 물론이고 축하 연주까지 한 형이 그토록 자랑스러웠던 건 그때가 처음이었다. 나는 그날 모처럼 힘을 주고 다닐 수 있었다. 형과 같은 학교에 다녔던 것이 그렇게 다행스러웠던 것도 역시 처음이었다.

형은 대학에 가서도 두각을 나타냈다. 한 번인가 슬럼프가 있었으나, 그때가 아마 유일하게 연애를 했던 때였다. 연애를 잘해서 슬럼프가 온 것이 아니라 실패해서 슬럼프가 찾아온 것이었다. 자세한 내막을 말해주진 않아 잘은 몰랐지만 아무래도 형은 미련하게 잘해주기만 하다 결국 다 말아먹었을 터였다. 형은 그 이후로 여자를 만나지 않는 것 같았다. 슬럼프 이후엔 오히려 형의 소리는 더욱 좋아졌다. 부러 전화위복이라는 말을 아껴둔 사람처럼. 가끔 서울에 갈 일이 있어 형의 공연을 몇 번이나 본 적이 있었다. 형의 소리에는 더욱 울림이 있었고 활력이 있었다. 한마디로 건강했다. 표정 또한 점점 무르익어 갔다. 의식하지 않은 내면이 그대로 드러난 얼굴은 마치 공연장의 일부처럼 느껴질 정도였다. 이것은 정말 과장이 아니었다. 실재하는 그 얼굴을 본 사람은 알 것이다. 나는 그 소리와 얼굴을 마주하기 위해 종종 형의 공연을 찾았다. 내가 갈 때마다 형은 무척이나 나를 반가워했다. 딱히 서로 많은 말을 주고받지는 않았지만 사방에서 감도는 포근한 느낌이 몹시나 나를 들뜨게 만들어주었다.

형은 말 그대로 탄탄대로였다. 어느 메이저 신문사에서 주최한 콩쿠르에서 1위를 차지해 군 면제까지 받게 되었고, 탄력을 받아 졸업 후에는 베를린으로 유학을 가게 되었다. 그리고 마침내 거기서 몇 년을 버티더니 그 어렵다는 베를린 필하모니의 단원이 되고 말았다.

형은 매년 초 베를린 필하모니의 시즌 북을 집으로 보내왔다. 두꺼운 책자 안에서 형은 어색한 얼굴로 웃고 있었다. 하지만 그 웃음에는 진짜 '행복'이 충만해 있었다. 형은 자신의 공연을 보러 오라고 날 초대했지만 나는 여러 사정에 의해 거기에 응할 수 없었다. 바쁜 아빠와 나를 대신해 엄마가 대표 격으로 베를린으로 향했고 일주일간을 머물다 왔다. 그 중 절반 정도는 형의 스케줄이 있었는데, 엄마는 그런 날의 오후까지는 천천히 쇼핑을 하거나 유명 관광지를 찾아가 주위를 배회하고서 저녁이 되면 형의 공연을 보러 갔다. 형의 스케줄이 없는 날엔 형을 따라나서 느긋이 식사할 수 있는 곳에서 시간을 보내고 여행 책자에는 없는 곳을 찾아가 즐겁게 관광을 했다.

엄마는 농담조로 형이 스케줄이 아예 없어서 매일 함께 시간을 보냈으면 얼마나 좋겠냐며 나에게 아쉬움을 피력했다. 책에 나와 있지 않은 곳에서 보내는 시간의 즐거움을 너는 모를 거라면서. 책에 나와 있는 곳은 사람들이 많아 가서도 싫고 재미도 없으며 특히 붐비는 그들의 암내는 더욱 피하고 싶다고 했다. 일주일이 어떻게 지나갔는지 모르겠다는 엄마는 형과 함께한 시간이 매우 흡족한 것 같았다.

나는 나중에야 베를린에 갈 수 있었는데 하필이면 그때는 이미 형이 한국으로 돌아왔을 때였다. 나는 하루 묵을 일정으로 한국인 민박에 예약을 했고 주인아주머니는 형에 대해 알은체를 했다. 대단한 자랑이었지. 이 민박집에도 종종 들려 자신의 요리가 출중하다고 칭찬까지 했다면서 형을 자신 있게 그려냈다. 그 덕택에 나는 다음 날 아침 식사시간까지, 기거하는 모든 사람들의 관심의 포탄을 받을 수 있었다. 나는 형이 자랑스러웠으며 동시에 조금 못 미치는 동생인 날 하찮게 생각하진 않을지 조금 걱정이 되기도 했다.

어디든 들어가고 싶을 정도로 베를린의 거리는 추웠다. 사람들은 냉동고 속에 들어간 냉동인간처럼 희고 차가운 얼굴을 하고 있었다. 그런 혹독한 추위 속에서도 나는 꿋꿋이 걸어 다니며 내가 보고 있는 것이 형이 일상처럼 스치던 곳이라는 생각으로 꼼꼼히 도시를 마주했다. 형이 상주했던 베를린 필하모니는 포츠담 광장에서 그리 멀지 않은 곳에 있었다. 마침 내가 간 날이 베를린 영화제가 개막한 날이어서, 가는 길에 여러 상영관 부스에 들러 유명인사는 없는지 훑고 지나갔다.

미리 예약을 하지 못했지만 공연이 시작되기 한 시간 전쯤 가니 생각보다 괜찮은 자리의 티켓을 구할 수 있었다. 내가 본 공연은 어느 퀘텟의 현악연주였다. 팸플릿에는 그들이 필하모니에 상주하는 단원이며 네 명이서 유닛으로 활동한다는 설명이 나와 있었다. 연주를 듣기 전부터 공연장은 나에게 경이로움을 선사했다. 육각으로 구성된, 무대와 객석이 아주 가까운 그곳은 실내악만을 위한 공연장이었다. 충분히 객석을 압도할 만했다. 형이 이런 곳에서 연주를 했다니. 인정할 만했다. 그날 그들이 연주했던 멜로디는 하나도 기억에 남아 있지 않았지만 그 웅장함과 마주해 놀라던 '나'는 정확히 머릿속에 새겨져 있었다. 마치 곁에서 연습하는 장면을 지켜보는 것처럼 미묘한 가벼움까지 생생하게 느끼며 경탄하고 말았다. 나는 특히나 첼로를 연주하는 서양인에 초점을 맞춰 지켜봤다. 그는 형보다도 덩치가 1.5배는 더 큰 사람이었다. 다리 사이에 끼운 첼로가 꼭 조카의 장난감처럼 보였다. 팔도 어찌나 길던지 팔을 굽히지 않고는 어떤 음도 낼 수 없어 보였다. 역시나 연주는 깨끗했다. 나는 형을 그 자리에 대입해 보았다. 몸은 보다 작았지만 폼은 더 컸을 형을. 형이 있어야 더 구색이 맞아 보였다. 안타까웠다. 첼로를 제외한 나머지 주자들도 형을 더 그리고 있을지도 모를 일이었다. 불의는 형에게만 닥친 것이 아니라 그들에게도 닥친 것처럼 보였다.

형이 한국으로 오게 된 것은 정말 불의였다.

그날 형은 언제나처럼 공연장으로 향하는 길이었다. 3월의 베를린은 여전히 한겨울이었다고 형은 떠올렸다. 형은 S1을 타고 포츠담 광장에서 내렸다. 계단을 걸어 올라가자 한쪽에서 칼바람이 날카롭게 불어왔다. 형은 코트 깃을 단단히 세우고 주머니에 손을 찔러 넣은 채 공연장 방향으로 걸어가고 있었다. 그때 앞쪽에서는 중국인 커플이 와자지껄 떠들고 장난을 치며 다가오고 있었다. 내가 어떻게 중국인인걸 알았냐고 하자, 형은 얼굴에 그렇게 씌어있었다고 그건 별로 중요한 얘기가 아니라고 나에게 퉁을 줬다. 형은 별 생각 없이 걸어갔고 그들을 스쳐 지나가려는 찰나, 마침 못생긴 중국남자가 예쁜 중국여자를 밀쳤는데 그 여파가 형에게까지 미쳤던 것이었다. 하필이면 그때 바닥은 얄팍하게 얼어있었다. 형은 균형을 잃고 쓰러지려는 순간, 주머니에 넣었던 손을 황급히 빼내 바닥에 최대한 충격이 덜 가게끔 해 몸을 보호하려 했다. 하지만 그것은 뜻대로 되지 않았고 엄지손가락은 그만 주머니에 걸친 채 앞으로 고꾸라져 완전히 꺾이고 말았다. 형은 너무 화가 나 소리를 버럭 질렀다. 그러자 그들은 처음 중국말을 형에게 하더니 형이 중국인이 아님을 알자 아무렇지도 않게 웃으며 자리를 떠나버렸다. 의사는 사진을

촬영해보더니 그것을 6개월짜리 골절이라고 명했다.

첼리스트에게 오른손 엄지손가락을 쓰지 말라는 것은 아인슈타인에게 머리를 쓰지 말라는 얘기와 창녀에게 사타구니를 쓰지 말라는 것과 같은 말이었다.

형은 자연스럽게 베를린에서 나올 수밖에 없었다. 형을 6개월이나 기다려줄 수는 없는 터였다. 형은 무척이나 괴로워했다. 어떤 말로도 형을 진정시킬 수 없었다. 형은 결국 한국으로 돌아왔다. 한동안 형은 다시 자신의 방으로 들어갔다. 무엇을 하는지는 알 수 없었다.

그리고 몇 달 후, 엄마가 죽었고 형은 조금씩 활동을 하기 시작했다. 예전처럼 왕성한 활동력을 보이진 않았지만. 나는 사고가 난 형에게 당시 큰 힘이 되어주지 못했다. 나는 그때까지 쌓아온 것만 해도 충분하다고 생각했다. 욕심내지 말라는 말이 속으로 나왔지만 차마 해줄 순 없었다. 거기까지만 해도 괜찮다고 생각했다. 아니 아주 잠깐이었지만 거기까지만 했으면 좋겠다고도 생각했다.

형과 다희가 가까워지는 것은 너무나 자연스러운 일이었다. 음악을 전공하는, 동생의 여자 친구에게 형은 친절했다. 다희 역시 그런 형을 잘 따랐다. 뒤늦게 베를린에서의 경력을 알게 되었을 때는 정말 형이 부담스러워할 만큼 긴 찬사를 늘어놓았다. 그 이후로 다희는 형을 학교 연습실로 초대도 하며, 둘은 더욱 가깝게 지낼 수 있게 되었다.

연습실에선 처음엔 나도 함께일 때가 많았지만 나중에는 나를 세외하고 둘이서만 만나 함께 음을 맞추며 연습을 하는 경우가 많았다. 연습이라기보단 형이 일방적으로 선생님이 되는 것에 가까웠다. 학교에서의 상황이 여의치 않을 때는 장소를 다희의 집으로 옮겨 연습을 이어갔다. 형을 잘 알았기에 나는 그런 것에 크게 개의치 않았다. 형은 대학 시절에 만났던 여자 이후로 어떤 이성과도 사무적이고 의무적인 대화 이상의 것을 해본 적이 없는 남자였다. 여자에 통 관심이 없어 보였다. 그런 형이 안타까울 뿐이었다. 다희와 가깝게 지내는 것이 형에게 있어서 차라리 잘 된 일이라고 생각했다.

다희는 형을 알게 된 이후, 나에게 있어서나 여러 가지 면에서 크게 달라진 게 없었다. 그녀의 집에 놀러 갔을 때 들을 수 있는 연주가 감성적인 한국 가요에서 클래식으로 바뀌었다는 것을 제외하곤. 다희는 형을 대단한 사람으로 여겼다. 나는 다희를 대단한 사람으로 여겼다. 나를 제외하고 형이 그나마 가장 많은 대화를 나누는 사람이 바로 당신이었으니깐. 대화는 대부분이 음악적인 부분이었으나 나는 그게 어디냐며 두 사람 모두가 대견스러워 보였다. 둘은 언젠가 연주회도 함께 가기로 약속을 한 모양이었다. 그래서 둘은 더욱 연습에 열을 올렸다.

그러다 나는 언젠가 둘이 너무 가까워지는 게 아닌가 하는 생각을 확인하기 위해 두 사람 몰래 연습실을 찾아간 적이 있었다. 길고 어두운 복도를 지나자 작은 칸막이 방이 보였다. 나는 예고도 없이 문을 확 열어젖혔다. 둘은 즐거운 분위기 속에서 밝게 웃고 있었다. 내가 그리고 있던 장면은, 피아노 치는 다희를 형이 뒤에서 덮쳐 안으며 손을 만지작거리는 것이었는데. 괜한 생각을 한 나 자신을 비난하고 책망했다. 어쨌든 내가 등장하자 셋 모두가 불편해지는 느낌이 들었다. 빠져 있으라는 말이었다. 둘은 그래도 이제 음악적인 대화 이외에 다른 주제를 가지고도 이야기를 나누는 것 같았다. 괜히 머쓱해졌다.

이제 그런 장난 같지도 않은 짓은 하지 말아야겠다는 다짐을 하고서 언젠가 다희의 집으로 향했다. 오빠와 같이 있으니 자신의 집으로 오라는 문자를 받고서였다. 오랜만에 본 중학교 동창을 만나느라 다희의 문자를 잊고 있다가 헤어질 때쯤 그것이 떠올랐다. 다행히 다희의 집까지는 멀지 않은 거리에 있었다. 그녀의 집에 도착해 막 현관을 열려는데 방에서 쩌렁쩌렁한 소리가 울리고 있었다. 형의 목소리였다. 고성이었다. 도대체 무슨 일인가 싶어 상황을 좀 더 지켜보기로 했다. 들어보니 다희가 계속해서 같은 부분을 실수하는 모양이었다. 나는 다희가 딱하게 느껴졌다. 하지만 음악에 있어서는 그 누구보다도 철저했던 형을 잘 알았기에 그것을 가지고 왈가왈부할 순 없을 것 같았다. 형의 고성은 계속해서 들려왔다. 무지막지하게. 아무도 그를 막을 수 없었다. 그나마 다행인 것은 윗집 주인아줌마가 자리를 비운 점이었다. 말이 없던 평소의 형이 그리워졌다. 이제껏 예외 없이, 어둠 속에서 온라인 게임에 심취한 중학생처럼 묵묵했던 형이 그러고 있는 것을 지켜보자니 참으로 시간이 아찔하게만 흘러갔다.

아! 생각해보니 예외가 딱 한 번 있었다. 정말 딱 한 번이었다.

당시 형은 베를린에서 돌아온 지 얼마 안 되었을 때였고 더불어 엄마가 죽기 일주일 전쯤이었다. 형은 언제나처럼 방에서 시간을 보내고 있었다. 방에서 나올 때는 끼니와 용변을 해결할 때가 고작이었다. 나는 형이 걱정되었다. 손가락이 부러진 형의 상태가 이해가 되었기에 그 마음이 더 컸다. 걱정해야 될 사람이 형만 있었던 건 아니었다. 아빠도 걱정거리였다. 아빠는 온 갖 고생으로 자수성가한 사람이었다. 그래서 여전히 일에 관한 열정이 붙어 있었다. 숨을 내뱉는 그 순간까지 전화를 받고 일을 할 사람이었다. 문제는 그것이었다. 몇 십 년간 무리를 했기에 아빠의 건강이 그리 좋지가 못했다. 특히 그때가 조금 더 심해질 무렵이었다. 스트레스성 위염이 점점 짙어져 가고 있었다. 엄마는 대책을 간구해야겠다며 며칠을 고심에 빠졌다.

엄마의 생각은 이랬다. 아빠가 이제 일선에서 물러나 휴식다운 휴식을 갖게 하자는 것이었다. 그래서 아빠를 대체할 사람이 필요하다는 것이 엄마의 주장이었다. 아빠의 바로 아래 직급인 아빠의 형, 그러니깐 큰아버지에게 모든 것을 위임하면 딱 좋은데 문제는 큰아버지가 영 못 미덥다는 것이었다. 아빠의 삼십 년간의 노고가 물거품이 되게 할 순 없다는 듯 엄마는 사명을 가지고 있었다. 그다음 후보는 아빠의 손발이 되어 거의 시작부터 함께했던 손 선생이라는 사람이었다. 머리도 잘 돌아가고 유능한데 다만 나이가 너무 많다는 게 흠이었다. 큰아버지보다도 더 많아, 고작 몇 년을 유지하기 위해 위임하는 것은 큰 의미가 없다는 거였다. 또한 가족이나 친척이 아니었기 때 문에 뭔가 모든 걸 주고 맡기기엔 속 쓰린 면이 없지 않아 있다고 엄마는 솔 직하게 말해 주었다. 그래서 마지막으로 딱, 제격인 사람이 떠올랐는데 그것 은 바로 형이었다.

엄마는 형을 떠올리는 순간 모든 일이 순차적으로 해결되는 그림이 그려 졌다고 밝은 얼굴로 말을 이었다. 형은 똑똑하고 머리도 좋을뿐더러 자신의 일에 열의가 강했기 때문에 아빠의 일을 이어받는다면 아빠보다도 오히려 더 잘해낼 것이라고 했다. 마침 손가락도 다쳤으니 지금이 기회라면 가장 좋은 기회일 거라고, 엄마는 형에게 말하기 전 나에게 이 모든 생각을 귀띔해 줬다. 나는 학생이어서 후보에조차도 오르지 못했다는 말도 함께였다.

　다음날, 엄마는 형의 방으로 찾아갔다. 내가 그 사실을 알 수 있었던 것은 내 방까지 웅성대는 소리가 들려왔기 때문이었다. 나는 형의 방 문 앞에 서서 문에다 귀를 가까이 가져다 댔다. 막힌 소리여서 정확히는 들리지 않았지만 대충은 알아들을 수 있었다. 엄마는 역시나 전날의 귀띔대로 자신의 생각을 천천히 역설하고 있었다. 강하거나 거친 어조가 아니라 차분한 어조였다. 형은 말을 다 듣기도 전에 완강하게 거절했다. 그건 말도 안 되는 생각이며 나중에 재현이가 졸업하면, 그때 하면 되지 않냐고. 자신은 어떤 일이 있어도 그렇게 따를 일은 없을 거라며 괜한 수고를 미리 덜어주겠다는 식으로 말했다. 나는 형의 목소리가 점점 커져가는 걸 들을 수 있었다. 그에 따라 결론이 어떻게 될지 내 흥미도 점점 커져갔다. 형은 비슷한 얘기를 계속했고 엄마 역시 비슷한 얘기를 자꾸 하다가 지쳐버렸는지 마침내는 조금 다른 말을 꺼내기 시작했다. 만약 네가 첼로를 계속한다고 해서 최고가 될 수 있을 거라고 생각하니, 넌 지금 악기도 못 다루는 형편인데 6개월은 또 얼마나 기니, 다른 사람들은 니가 그럴 동안 가만히 있을 것 같애? 그리고 그렇게 된 건 전적으로 너 책임이야. 이에 형은 말이 없었다. 엄마는 이어 말했다. 중국인 운운하지만 결국엔 네가 부주의한 거야. 넌 최고가 될 자격이 없어. 자세부터가 틀려먹었는데 뭘. 남에게 책임을 씌우는데 무슨 최고가 되겠다는 거니. 어쩌면 너에겐 지금이 가장 좋은 기회인지도 몰라. 내가 봤을 땐 첼로보단 아빠 일을 이어받으면 네가 정말 최고가 될지도 모르겠구나. 우리 제대로 생각 좀 해 보자.

역시나 형은 말이 없었다. 엄마도 할 말은 겨우 다 한 듯 말이 없었다.

형의 목소리를 들을 수 있었던 건 일분 정도가 지났을 때였다. 나는 생전에 그런 음성을 들어본 적이 없었다. 그 목소리는 아마 베를린까지 갔을지도 몰랐다. 그것은 사자의 그것 같기도 하고 파바로티의 그것 같기도 했다.

"꺼! 져!"

무지막지한 그 음성은 소멸하지 않고 한동안 집 안 전체를 떠돌고 말았다.

이후, 다희와 연주회를 준비하면서 형의 포효를 종종 들을 수 있었다. 그것은 내가 관여할 유의 문제가 아니었다. 다희는 그런 형이 너무 혹독하지만 자신도 모르는 사이에 전엔 몰랐던 자신을 발견하고 있다며 형에게 더없이 고마워했다.

다희가 살아있었다면 오는 일요일이 그들의 하모니를 확인할 수 있는 최초의 날이 되었을 것이다.

비는 멈추지 않고 있었다. 얇은 운동화에는 짧은 풀이 달라붙어 있었다. 물론 신발은 물에 완전히 젖은 채였다. 질퍽거리는 내리막은 푹신했지만 나는 미끄러지지 않기 위해 더욱 집중을 가했다. 엄마가 옆에 있었다면 이런 말을 했을지도 몰랐다. 니 삶의 내리막에나 좀 더 집중하지 그러니.

나는 근처의 아파트 단지로 향했다. 거긴 없는 게 없을 것 같았다.

차를 갓길에 세워두고 걸어가 보았다. 형형색색의 상가가 운집해 있었다.

대체로 음식점이었고 사람들은 많지 않아 보였다. 나는 천천히 둘러보다 빗속에서도 부유하는 튀긴 닭 냄새에 이끌려 치킨집으로 향했다. 같은 음절이 두 번 반복되는 치킨집의 상호가 마음에 들었다. 양념 반 간장 반을 포장으로 주문하고 두 개밖에 없는 테이블 중 깨끗한 곳에 앉아 기다렸다. 배달을 주로 하는 가게에서 직접 들어와 포장 주문을 하는 나를 주인은 조금 의아해하는 눈치였다. 그 시선을 피해 티브이로 눈을 가지고 갔다. 티브이에선 어떤 여자 가수가 벌칙을 당하고 있는 중이었다. 상대적으로 체격이 조금 더 큰 여자 코미디언에게 푹신한 몽둥이로 머리를 맞고 있는 장면은 금요일 밤 인기 없는 케이블 채널에서 쉽게 볼 수 있는 것이었다. 나는 그 작고 깜찍한 여자가 이왕이면 더욱 가학적인 고통을 당했으면 하는 기분이 들었다. 그렇게라도 하면 내 고통이 상쇄될 것 같다는 기대에서 그런 것은 아니었고 그저 순간적인 것이었다. 순간적으로 명징한 고통을 받았을 다희가 떠올랐지만 그 생각을 접어버리는 것은 크게 어렵지 않았다.

치킨을 담은 작은 종이상자엔 온기가 느껴졌다. 식욕은 더욱 올라왔고 어딘가 허전한 구석이 있었다. 더불어 어떤 것이든 결제를 하고 싶어졌다. 그 행위 자체엔 커다란 안식이 베어 있었다. 그래서 나는 바게트를 사고 복숭아를 샀다. 모두 다 먹음직스러웠다.

처벅처벅. 길엔 물이 조금씩 고이고 있었다. 차를 세워두고 꽤나 많이 걸어왔다고 느끼는 찰나 복합 상가의 입구에 고개를 숙이고 앉아 있는 사람이 눈에 들어왔다. 어느 정도의 소리만 내뱉어도 실내가 울릴 상가 복도 끝에 위치한 그가 거지라는 것을 단연 알아차릴 수 있었다. 깔깔한 머리를 빗으로 빗으면 둘 중 하나는 꼭 삭을 것 같았다. 그는 붉은색의 틈이 많은 바구니를 낀 채 고개를 숙이고 앉아 있었다. 나는 가까이 다가갔다. 그리고 외삼촌이 접어주었던 현금을 꺼냈고 거기서 다섯 장을 빼내 얌전히 바구니에 얹었다. 그는 나를 물끄러미 쳐다봤다. 힘이 풀린 동공에서 술내가 풍겨왔다. 나는 너무 놀라지 말라는 미소로 답을 해주며 다시 걸음을 옮겼다. 그가 여전히 나를 바라보고 있다는 것을 뒤통수로 느낄 수 있었다. 나는 그가 딱해 습기가 없는 곳에서 편히 쉬었으면 좋겠다는 생각이 들었고, 동시에 무능한 병신이며 평생 그렇게 살 수밖에 없는 그에게 크나큰 우월감을 느꼈다.

사위는 어두워졌다. 어딘가 들어갈 곳이 마땅치 않았다. 숙박업소에 들어가게 되면 내일 아침쯤에는 나의 몽타주가 온 도시에 깔려 있을 것 같았다. 좀 전의 그 거지와 같은 행색을 해볼까도 했는데 그건 거의 와 닿지 않는 안이었다. 마지막으로 생각해낸 것은 사람이 전혀 없을 초등학교였다.

어두워서 명패는 보지 못했지만 학교의 이름은 분명 동네의 이름과 같을 것이었다. 운동장에는 이순신과 세종대왕이 처절하게 비를 맞고 있었다. 나는 모퉁이에 차를 세웠다. 시동을 끄자 내 정서도 잠잠해졌다. 나는 약간의 한기를 느꼈고 그 근원은 아래에 있었다. 그래서 젖은 신과 양말을 벗고 발을 꼼지락거려 보았다. 발가락 사이로 대기가 스치자 시원함이 느껴졌다. 발가락은 물에 쪼그라들어 있었다. 나는 부드럽게 울퉁불퉁한 표면을 매만져 보았고 이내 그것을 코에 갖다 대어도 보았다. 비와 습기에 찌들어져 냄새는 역시 지독했지만 이상한 쾌감이 느껴져 자꾸만 맡아보게 되었다.

배가 고팠지만 먼저 책을 읽고 싶었다. 책을 읽고 싶다기보단 어떤 문자든 닥치는 대로 눈에 넣고 싶었다. 그래서 보조석의 〈몽상의 시학〉을 집어 들었다. 하지만 낮은 광도의 실내등은 이내 책을 내려놓게 만들었다. 도무지 읽어내려 갈 수가 없었다. 나는 모든 것을 포기하고 의자를 뒤로 젖혔다. 정신은 말똥말똥. 창에 박히는 빗줄기의 불규칙한 소리만이 차 안을 덮치고 있었다. 나는 사건이 어떻게 흐르고 있을지 몹시 궁금했다. 계급이 높았던 형사의 눈빛은 예사가 아니었는데. 지금쯤 나를 찾으러 와야 할 사람들이 아직 나를 찾지 못하고 있는 것일까. 외삼촌 댁에 들려 경로를 파악해 버린 것은 아닐지. 외삼촌에게 내가 어디로 간다고 말을 하고 나온 것은 아니었지만 어쩐지 찝찝했다. 생각의 꼬리에 꼬리를 물고 물자 피로가 차츰 생겨나 나는 그것을 가지고 강당으로 갈 채비를 했다. 식량과 베개로 쓸 책 두 권과 운 좋게 발견한 담요까지.

강당 안은 심히 어두웠다. 운동장에 켜진 가로등만이 유일하게 강당의 창을 통해 들어왔다. 그 빛으로 조금씩 걸음을 옮길 수 있었다. 바닥은 몹시 눅눅했다. 새벽의 추위 따위는 걱정하지 않아도 될 만큼 후덥지근한 구석이 있었다. 곰팡이 때문인지 퀴퀴한 냄새도 더러 풍기고 있었다. 강당 앞쪽으로 시선을 돌리자 무대가 높게 올려져 있는 것이 보였다. 재롱 따위를 위해 만들어진 무대치곤 꽤나 높았다. 그리고 중앙의 넓은 바닥 가 쪽에는 2층으로 올라갈 수 있는 계단이 있었다. 꼭 농구를 관람하기 좋은 체육관 같았다. 천천히 오른쪽 계단 쪽으로 향했다.

그때였다.

누군가가 뒤에서 강한 악력으로 내 입을 틀어막았다. 그 악력에 대한 놀라움과 의아함으로 심히 가슴 한켠이 가라앉고 있었다. 그것은 공포라면 공포였다.

6

나는 어깨를 흔들며 몸부림을 쳤다. 꼭 끓는 물에 들어갈 운명의 파닥거리는 닭 같았다. 용을 쓰며 몸을 더 흔들어댔고, 마침내 그 악력을 떼어낼 수 있었다. 나는 악력의 주인공을 쳐다보았다.

형이었다. 나는 힘이 빠졌다.

"형!"

"응."

형의 표정은 잔잔했다.

"깜짝 놀랐잖아! 말을 하면 되지, 왜 입을 틀어막고 그래."

"혹시나 소리가 새어나가서 경찰이 올까 봐 그랬지. 그리고 이런 조용한 분위기 깨기 싫었어."

어이가 없었다. 경찰에, 무슨 조용한 분위기라니.

"무슨 소리야 그게. 내가 그러다 쓰러지면 형 잡으러 오는 경찰이 더 빠르겠다. 아니, 그건 그렇고 내가 여기 있는 줄 어떻게 알고 온 거야?"

"네가 갈 때가 뭐 빤하지. 묘지 근처에 어딘가 있을 거 같았거든. 모텔에 갔을 것 같진 않고 해서. 역시나 외삼촌 차가 운동장에 있더라고."

여전히 형은 나의 형이었다.

"경찰이 나 안 찾디? 아, 일단 이거 좀 먹으면서 얘기하자."

우린 2층 관중석으로 올라갔다. 나는 식은 치킨을 형에게 권했다. 형은 저녁을 먹었다며 손사래를 치고 나에게 얼른 먹으려고 손짓을 했다.

"아니, 경찰이 나 안 찾았어?"

"응. 너 인터넷은 안 하는구나. 휴대폰도 부러 놔두고 가더니. 나중에 기사 한 번 찾아봐."

경찰이 안 왔다면 그만한 이유가 있었을 것이었다. 다행이었지만 오히려 그것이 더 불안을 야기했다. 그리고 기사를 찾아보라니. 영, 감을 잡을 수 없었다.

"형도 나라고 생각해?"

"아니, 네가 무슨 살인이야. 인터넷이나 한번 찾아보라니깐."

반드시 찾고 말리라. 나는 몹시나 궁금해졌다.

"그럼 누가 잡히기라도 했다는 말?"

"나중에 네가 직접 한 번 봐봐. 내가 더 말해 줄건 없어 이제."

더 이상 형에게 묻지 않기로 했다.

"너 그런데 괜찮아? 놀라서 여태 아무것도 안 먹고 그랬던 거 아냐?"

나는 웃고 말했다.

"여기 안 보여? 이만큼이나 먹는 거."

나는 바게트의 끝을 잡고 과장되게 흔들었다. 그러다 바게트를 놓쳤는데 그 끝은 형의 신발을 가리켰다. 회색의 평범한 뉴밸런스 운동화. 운동화의 디자인보다 역시나 끈이 눈에 들어왔다. 어느 한 쪽이 더 길지 않은, 마치 데칼코마니를 한 듯한 형의 반듯한 신발 끈의 묶임이 오랜만이었다. 법 없이도 살, 법이 없으면 옳은 법을 만들기까지라도 할 형다운 자태였다.

"그래. 많이 챙겨 먹고 해. 내가 요즘 바빠서 영 신경을 못 써줬어. 그리고 너 얼른 집으로 돌아가. 이러면 경찰이 너를 더 의심하는 거 몰라?"

"그냥 마음도 정리할 겸 돌아다니는 건데 뭐. 괜찮아."

뭐, 틀린 말도 아니었다고 생각했다. 한동안 나는 대화를 하지 않고 계속해서 치킨을 입에 넣었다. 그리고 치킨이 물릴 때쯤 바게트를 뜯었다. 그제야 뱃속이 만족스럽게 둔해졌다.

"너 요새 글도 못 쓰고 어떡하나?"

"뭐, 평소엔 많이 썼나. 때가 되면 쓰는 거지 뭐."

나는 괜히 시큰둥하게 말했다.

"그럼 소설은 이제 안 쓰고?"

"소설은 무슨 소설이야. 지금 내 꼴이 이런데. 좀 전까진 이렇게 방랑하는 거나 마음대로 갈겨써 봤어. 형은 요즘 어때? 연습은 잘돼?"

"그냥 그래."

목소리 톤은 그냥 그렇진 않았다. 어딘가 자신이 있어 보였다.

"원래라면 이번 주에 연주회 하는 거였잖아."

"맞아. 이번 주에 연주회 할 거야."

"뭐? 다희 없이 그냥 하는 거야?"

형의 의중이 궁금했다.

"응. 나도 아쉽지만 그렇다고 하겠다는 연주회를 안 할 수도 없잖냐."

그건 그랬다. 하지만 만약 하지 않아도 된다는 의사가 떨어져도, 형은 어떻게든 할 기세였다.

"그럼 다른 사람이랑 같이 하는 거야?"

"응, 한 명 구하긴 했지. 너 형 독주회에 온 지 오래됐지?"

생각해보니 형의 독주회를 가본 지 정말 오래된 것 같았다. 손가락을 다친 후엔 전무했다.

"이번 주 일요일이야. 일곱 시. 여기 표 줄 테니간 꼭 보러 와. 내가 멋지게 연주해 줄 테니까."

형은 한쪽 눈을 찡긋하며 말을 했다.

"손가락은 이제 완전히 정상으로 돌아온 거야?"

말을 뱉고 나서야 조금 민감한 질문이었다는 것을 깨닫게 되었다.

"응. 통증이 아예 없는 건 아닌데 이 통증을 가지고 계속 연습을 했더니 이제 통증이 없으면 밸런스를 잡기가 더 어려워. 소리도 좀 달라진 거 같애. 그러니깐 내 말은 오히려 전보다 더 좋은 소리가 나고 있는 걸지도 모르겠다는 거지."

늘 그랬듯 형은 자신의 소리에 관한 얘기에 조금 흥분한 어조였다. 더 좋은 소리, 나는 그 소리를 마주하고 싶었다.

"알았어. 꼭 보러 갈게. 연습 많이 해놔. 이틀 뒤에 연주회가 있는 사람이 이런 데나 오지 말고. 강원도까지 와서 뭐하는 거야? 얼른 내려가. 아니다. 늦었으니낀 하룻밤 나랑 자고 가든지."

"자긴 뭘 자. 너도 이러지 말고 어디 좀 들어가서 자. 그리고 난 안 그래도 내려갈 참이었어. 난 네가 살아있나 싶어서 확인하러 온 거야. 확인 다 했으니 이제 가봐야지."

"섭섭하게 뭐 그러냐. 알겠어. 그럼 비 오니깐 조심해서 가."

사실 형의 안전보다도 대화의 아쉬움에 더 관심이 컸다. 좀 더 많은 말을 나눴어야 했는데. 그래도 최근 형과 나눈 대화 중 가장 긴 대화였다. 그것은 사실이었다. 서로 바쁘기도 바빴거니와 형의 입이 벌어지는 날이 잘 없었기 때문이었다. 그것으로 조금 위안을 삼을 수 있었다.

나는 형을 비가 오지 않는 운동장까지 데려다 주었다. 형은 조용히 차를 몰아 학교를 빠져나갔다. 정말 큰 소리 없이 조용히 빠져나갔다.

눈부시게 비친 햇살 때문에 눈이 떠진 참이었다. 넓은 몇 개의 창으로만 들어온 햇살 안에서 수많은 먼지가 빠르게 떠돌고 있었다. 목이 말라왔고 정신이 흐리멍덩했다. 꼭 먼 지방의 찜질방에서 자고 일어났을 때 같았다. 그래서 나는 미지근한 콜라를 페트병 통째로 들이마시고 역시나 미지근한 복숭아를 베어 먹었다. 그렇게 하니 어느 정도 활기를 되찾을 수 있었다. 나는 무엇을 잃어버린 것은 없는지, 잊어버린 것은 없는지 생각해 보았다. 저명한 철학자가 봤다면, 아니면 그들을 좋아한 다희가 딱한 내 처지를 보면서 내 생각을 엿보았다면 육체와 정신이라고 답했을지도 몰랐다. 하지만 나는 오롯했다. 여전히. 나는 현상하고 있었고 무엇보다도 확신이 서 있었다. 그 종류를 말할 순 없지만 그것으로 인해 여전히 움직이며 사고할 수 있었다. 그러면서 동시에 아무런 감정조차 느끼지 않을 때가 있었는데 이 생각을 했을 때가 딱 그랬다.

나는 갈 곳이 있었다.

피시방엔 밤을 새우고 잠시 눈을 붙이고 있는 부류와 여전히 담배를 태우며 게임에 몰두하고 있는 부류가 있었다. 알바생은 그 중 첫 번째 부류에 속해 있었다. 나는 그를 깨우지 않고 카드를 들고 빈자리로 갔다. 멀리서부터 자욱한 담배 연기가 보였는데도 나는 이상하리만큼 담배를 물고 싶지 않았다.

익스플로러를 누르자 포털사이트가 열렸고, 수많은 뉴스가 헤드라인을 장식했다. 나는 눈을 빠르게 돌려 전체를 훑어보았다. 다희의 뉴스를 찾기가 쉽지 않았다. 그래서 검색란에 '복현동'을 입력하고 엔터키를 눌렀다.

마침내 내가 찾는 것이 나왔다.

– '복현동 살인사건' 유력 용의자 행방 묘연

나의 호흡은 아주 깊은 곳으로 침잠했다가 다시 입 밖으로 벌컥 튀어 올라왔다. 그 간격은 일정하지 않았다. 나는 한 글자 한 글자 꼼꼼하게 기사를 읽어 내려갔다.

〈대구시 북구 복현동의 한 주택가에서 일어났던 여대생 살인사건의 유력 용의자가 종적을 감춰 행방을 알 수 없게 되어 현재 경찰은 추적 중에 있다고 밝혔다.

사건을 수사 중인 대구 북부 경찰서는 피해자의 윗집에 살던 집주인 김 모(43) 씨의 증언과 주변 인물 탐색 결과, 피살 당한 유 모(27) 씨와 채무 관계에 있던 징황을 미뤄 최초 신고자였던 오 모(30) 씨를 유력한 용의자로 꼽고 있다.

하지만 오 씨는 최초 수사 후, 종적을 감춘 것으로 알려졌다. 현재 경찰은 여러 경로를 통해 그를 쫓고 있으며 유 씨의 방에서 채취된 지문을 토대로 지문 감식을 의뢰해 놓은 상태이다. 결과가 밝혀지는 대로 경찰은 오 씨에게 구속영장을 발부할 계획이다.〉

긴장이 풀린 탓으로 모든 곳에서 힘이 쭉, 빠져나갔다. 나는 키보드와 마우스에서 손을 떼고 쿠션이 좋은 의자에 몸을 더욱 기댔다. 이대로 모든 것이 흘러갔으면 했다. 제목을 읽었을 때의 당혹감은 기사를 전부 읽고 났을 때, 모종의 쾌감으로 변해 있었다. 나는 스스로를 더 믿어갈 여지가 생긴 것에 대해 기쁨이 터져 나왔다. 하지만 이내 '오 모 씨'에 대한 생각을 하지 않을 수 없었다. 그가 누구인지 감이 왔기 때문이었다. 나는 눈을 감아버렸다. 그리고 잠시라도 모든 것을 멈추고 그대로 놓아두겠다고 속으로 일갈했다. 그러자 일순 얇은 평안이 찾아왔다.

아주 잠깐이었다고 생각했지만 시간은 40분이나 지나가 있었다. 정신을 차리고 포털 사이트에 아이디와 비밀번호를 입력해 메일을 확인했다. 총 다섯 통의 메일이 와 있었다. 구매대행 사이트의 광고메일이 두 통이었고, 브래지어를 걸치지 않은 서양여자가 유혹하고 있는 메일이 한 통이었다. 그리고 또 한 통은 항공사에서 보내온 마일리지 현황이었다. 나는 마지막으로 남은 하나를 클릭했다. 보낸 사람의 이름이 회사명이 아니라 보통의 사람 이름이었다.

나는 메일 내용을 읽어 보았다.

12 15 20 20 5 23 15 18 12 4

T F ( ) S M T W 13

이 서낙한 선악의 짐승이여!

이게 다였다.

지나쳤던, 보낸 사람의 이름을 다시 읽어 보았다.

나는 내용을 보고 당황하며 놀랐지만, 보낸 사람의 이름을 보고선 더욱 놀라 기겁을 할 수밖에 없었다.

오수훈.

나는 그를 알고 있었다.

그는 최초의 신고자이자 유력 용의자인 '오 모 씨'였다.

7

영동고속도로에서 중부고속도로를 거치며 더욱 속력을 냈다. 시간은 점점 빠른 속도로 흘러갔기 때문이었다. 남은 시간은 80분도 채 되지 않았다.

처음, 메일의 내용을 보고 왜 그가 나에게 메일을 보냈는지 어느 정도 이해가 갔지만 그 내용의 실체를 파악하기란 쉬운 일이 아니었다. 하지만 나는 모니터를 계속해서 바라보며 몇 가지 사실에 근접할 수 있었다.

우선 그가 아무런 말없이 숫자와 알파벳, 엉뚱한 문장으로 글을 구성한 점에서 거기엔 아무나, 특히 경찰이 이를 알아보지 않았으면 하는 의도가 묻어있었다. 즉, 쉽게 말해서 그 말은 오직 나를 위한, 나만이 알아봐 주길 원한다는 메시지였다. 그리고 그는 도피 중이며 쫓기고 있는 입장이었다. 무언가 할 말이 있었을 것이었다. 신고자였던 그가 다희의 집에서 먼저 나오던 나를 봤던 것은 아닐까 하는 생각이 들었다. 이 생각은 조금 끔찍했다. 그것은 내가 포박을 당해 경찰서로 향하는 상상을 불러일으켰기 때문이었다. 그래서 또 다른 그림을 그려보았다. 마지막엔, 나보다 더 가까웠던 그가 죽기 전 다희 의 일상이나 소원 같은 것을 일러줄 수도 있었고 그녀의 비밀을 비롯해 알고 있는 모든 것을 말해줄 수도 있겠다는 생각이 들었다. 그러니깐 그를 위한 만남일지 나를 위한 만남일지는 만나봐야 알 수 있을 터였다.

나는 제일 위의 숫자를 다시 한 번 읽어 보았다. 그것은 별 의미 없는 숫자 뭉텅이일 뿐이었다. 나는 다시 그것을 '소리' 내어 읽어보았다. 역시나 큰 의미가 없었다. 그 와중에 나는 그 안에서 3의 배수가 다섯 개나 있다는 사 실을 발견할 수 있었다. 또한 '배수'라는 용어가 튀어나오자 5의 배수 역시 다섯 개가 보이기 시작했다. 물론 양쪽 모두 겹치는 15의 배수가 두 개인 것 도 함께 보였다. 하지만 거기서 더 진전시킬 수가 없었다. 마지막에 나온 4 도 당황스러웠지만 소수 — 1과 자신 외에는 약수가 없는 수 — 23은 조급함 만을 더 불러일으킬 뿐이었다. 그래서 나는 수열을 생각해 보았다. 뒤에 수 에서 앞에 수를 빼 보았는데 역시나 특정한 규칙은 없었다. 나는 점점 난감 해졌다. 보낸 사람의 의도를 알아차리려면 꼭 풀어야만 하는 숫자 놀음이었 다. 갑작스레 어느 영화에서 본 피보나치 수열이 떠올랐지만 눈대중으로 봐 도 그것과는 전혀 상관없는 규칙이라는 것을 알아차릴 수 있었고 덕분에 기 분이 더욱 가라앉았다.

그럼에도 나는 점점 오기가 생기기 시작했다. 일단, 첫 번째 문장은 수열 이나 어떤 수의 규칙과는 조금 거리가 있다는 편에 두고 다음 문장들을 보 며, 이는 후에 다시 생각해보기로 했다.

두 번째 문장은 위의 문장보다는 덜 난해했다. 그렇다고 쉽게 풀려 버린 것은 아니었지만 첫인상은 그랬다. 먼저, 나는 괄호와 숫자를 제외한 알파벳 여섯 개를 보며 자연스럽게 두 개씩, 세 묶음으로 나눌 수 있었다. 그러고 나니 묶음마다 어떤 의미 같은 것이 보이기 시작했다. TF는 테스크포스의 준말 같아 보였다. 주로 회사에서나 쓰는 용어로 특정 업무 달성을 위해 만들어진 임시조직을 나타내는 말이었다. SM은 자동차나 기획사보다도 변태성욕이 떠올랐고, TW는 타이완의 줄임말 같아 보였다. 그래서 나는 세 개의 의미를 조합해 보았다.

어떤 임무 달성을 위한 대만 변태성욕자들의 임시조직?

정말 말도 안 되는 문장이었다. 순서를 바꿔 문장을 만들어봐도 마찬가지였다. 나는 오수훈이라는 작자가 도대체 무엇을 하는 놈인지 궁금했다. 무슨 생각을 하며 어떤 행동을 저지르고 다니는지.

다시 두 번째 문장을 보려고 애썼다. 그리고 대문자 알파벳을 세 묶음이 아니라 여섯 개씩, 아니 괄호를 포함해 일곱 개 모두를 따로 분리하여 보기로 했다. 그런 뒤 그 일곱 문자 사이에서 알파벳 순서를 숫자로 바꿨을 때 수열이 작용하는지 확인해 보았다. 역시나 허탕이었다. 오밀조밀 붙어있는 알파벳 사이의 간극은 수치적인 차이 이상으로 훨씬 커 보였다. 그것은 감당할 수 없는 크기로 모니터를 덮치고 있었다.

나는 마지막으로, 크게 관심을 안 뒀던 마지막 숫자에 눈을 돌려 보았다. 13. 그것을 소리 내 발음해 보았다. 십삼. 십, 삼.

그러자 모니터에 그대로 있던 알파벳이 뚜렷하게 보이기 시작했다. 누군가

블록을 씌워 '볼드체'로 바꾼 것처럼 꼭 그렇게 느껴졌다. 이것은 정말 과장이 아니었다. 십삼, 이라고 하니 자연스레 금요일이 떠올랐고 나는 앞의 문자들이 분명 요일과 어떠한 관계가 있을 것이란 확신이 들었다. 더군다나 괄호를 포함한 문자의 개수는 일곱 개이지 않았는가! 그렇다면 하나의 문자는 하나의 요일을 의미하고 있다고 단정할 수 있었다. 그래서 결국 괄호에 들어가는 것은 S였다. 그러니깐 각각의 대문자는 일곱 요일을 영어로 표기했을 때, 첫 글자만을 가지고 온 것이었다.

순서대로 하면 Thursday, Friday, Saturday, Sunday, Monday, Tuesday, Wednesday.

여기까지의 발견은 좋았으나 13과의 관계를 알아낼 순 없었다. 왜냐하면 오늘은 13일의 금요일도 아니었고 7월 2일, 토요일이었기 때문이었다. 토요일! 여기서 조금 진전된 추리를 할 수 있었다. 빈칸에 들어간 요일은 Saturday, 토요일이었고 그가 메일을 보낸 날짜는 금요일이었다. 괄호를 만들어 놓은 이유는 그것을 강조하기 위함이었을 것이고, 그렇다면 강조한 토요일 하루 전날인 금요일에 메일을 보냈다는 것은 그것이 '만남' 즉, '약속'을 뜻하고 있다는 것으로 추론할 수 있었다. 그러면 13은 당연히 날짜가 아니라 시간이 되었다. 토요일 13시. 시계를 보자 마음이 더욱 급해져 갔다. 손도 조금씩 흔들리면서였다.

누군가와의 만남을 약속할 때 두 가지는 필수적이다. 시간과 장소. 시간은 확인했으니 이제 장소만 확인하면 그만이었다. 그 순간, 세 번째 문장을 다시 읽어봤지만 이 문장은 어떠한 신세계로 나를 불러들일 것 같진 않았다.

그나마 첫 번째 문장이 마치 어떤 장소의 좌표처럼 와 닿아 나의 시선을 더 이끌었다. 그렇게 나는 다시 골몰하기 시작했다. 그러다 가장 큰 숫자가 23이라는 것에 의미를 두어 보았다. 마이클 조던이라면 어떻게 했을까. 세상에서 23이나 혹은 그 주위의 숫자가 스펙트럼의 최대인 경우를 생각해 보았다. 월드컵에 출전하는 한 팀의 엔트리 숫자가 스물세 명이었고, 인간의 염색체가 스물세 쌍이었다. 그게 다였다. 그 두 가지 사실을 가지고 어떤 장소를 추측하기는 참으로 난해했다. 그러다 맨 처음 확신한, 숫자에 수열 같은 규칙이 없다는 사실을 상기시켰다. 그리고 연속적으로 두 번 등장한 20이 눈에 들어왔다. 그것은 마치 같은 두 개의 문자가 연속하는 것처럼 보였다.

하!

나는 두 번째 문장을 풀 때 시도한 방법이 떠올랐다. 알파벳 순서를 숫자로 바꿔 보는 것. 바로 그것이었다. 또한 알파벳 스펙트럼의 최대는 26이었다. 23은 26안에 포함되니 응당 말이 되는 것이었다. 나는 얼른 숫자를 알파벳으로 바꿔 보았다. 그러니깐 '1=a', '2=b' 인 식으로.

그러면 '12=L', '15=O', '20=T', '20=T', '5=E', '23=W', '15=O', '18=R', '12=L', '4=D' 로 풀어졌다.

'LOTTEWORLD'

롯데월드였다.

토요일 13시, 롯데월드. 그가 통보한 약속이었다.

그렇게 나는 서둘러 차에 몸을 싣게 된 것이었다.

8

　잠실까지 진입했을 때, 약 10분 정도의 시간이 남아 있었다. 하지만 롯데
월드 주차장에서부터 이어졌을 줄 때문에 한동안 움직일 수가 없었다. 나는
이내 불안해졌다. 어렵사리 여기까지 온 나 스스로가 대견했기에, 반드시 그
의 눈앞에 내가 당당히 등장해 그가 놀라길 염두에 뒀는데. 하지만 중요한
것은, 롯데월드엔 도착했지만 그 드넓은 롯데월드에서 어떻게 그를 만나느
냐 하는 것이었다. 그것은 대단히 중요한 문제였다. 그 답은 마지막 문장에
있다는 것을 알았지만 아무리 애써 봐도 그 답을 알아낼 재간이 없었다.

　사실 세 번째 문장은 어딘가 낯이 익어 있었다. 하지만 그 근원이 도무지
기억이 나질 않았다. '서낙한' 이라는 말은 장난이 심하거나 하는 짓이 극성
맞을 때나 쓰는 용어였다. 선악 앞에 붙은 것이 꼭 말장난 같아 보였다. 나는
뱀을 떠올려 보았다. 하지만 그건 누가 봐도 명백한 오답이었다. 롯데월드엔

동물원이 없다는 사실을 제하고도 그것은 문장을 보내준 사람의 수준을 업신여기는 답안이었다.

나는 앞의 두 문장을 풀 때를 기억해내려 애써 보았다. 생각해보니 그 두 문장은 수많은 암호의 세계에서도 극히 쉬운 범주에 속하는 것이었다. 저명한 암호학자가 그의 메일을 받았다면 그의 문장이 너무 같잖아 배를 잡고 웃다가 가발이 벗겨졌을지도 모를 일이었다. 문장을 다 풀고 난 뒤라 그런지 몰라도 다시 보니 정말로 얕은 수준의 초급자용 문장이었다. 이렇게도 나는 간사한 인간일 따름이지만 그 역시도 대단한 인간은 되지 못해 보였다.

나는 자신감을 갖고 다시 세 번째 문장을 쳐다보았다. 앞의 두 문장을 풀 때처럼 여러 가지 경우의 수를 따져볼 수도 없었다. 어떠한 숫자와 문자도 존재하지 않았기 때문이었다. 그래서 더 곤란했다. 이 곤란함을 대처하기 위해 발버둥을 쳐야 했지만 그보다도 나는 자꾸만 그 문장을 봤던 순간을 포착해내려 애쓰고 있었다. 그래서 더욱 어느 한 쪽에 집중할 수가 없는 노릇이었다. 이 문장을 당장 해석하는 것과 상관없이 과거의 그것을 봤었던 '때'를 기억해 내고 싶었다. 그렇게만 한다면 짜릿한 쾌감이 온몸에 휘돌 것만 같았다.

지하는 매캐했다. 차를 세우니 이미 시간은 10분이나 지나 있었다. 나는 마땅히 갈 곳이 없었다. 그는 어쩌면 이곳을 떠났을지도 몰랐다. 운이 좋다면 어딘가 숨어서 내가 오기만을 기다리고 있든지. 나는 그와 마주할 준비가 되어 있었다.

처음 발을 디딘 롯데월드는 티브이에서, 인터넷에서 보던 그대로였다.

공주가 살 것 같지 않은 푸른 지붕의 성과 눈부신 대형 지붕의 돔. 그리고 야밤의 도둑눈을 한 너구리 한 쌍.

석촌 호수가 있는 '매직 아일랜드' 쪽이 아닌 지붕이 있는 '어드벤처' 쪽으로 향했다. 수십 가지의 기계들이 제각각, 제멋대로 자신들의 규칙에 맞춰 움직이고 있었다. 거세당한 파란 옷의 너구리가 나에게 다가오고 있었다. 너구리는 두 손을 자신의 가슴 께에서 짠, 하고 펼쳐 보였다. 나는 자연스럽게 그 인사를 무시해 버렸다. 그러자 너구리는 더욱 과장하여 손을 활짝 펼치는 시늉을 했다. 나는 그의 '오바'가 마음에 들지 않았다. 그가 쓴 탈을 휙 돌려서 그가 앞을 볼 수 없게 만들고 싶었다. 나의 동심 따위는 거세당했다고 말해주고 싶었다.

토요일 오후라 그런지 어느 기구에서나 긴 줄이 늘어져 있었다. 나는 오수훈의 얼굴을 알고 있었지만 비슷한 얼굴에, 모두 귀가 큼지막한 과장된 머리띠를 쓰고, 비슷한 차림을 하고 있어서 그를 찾기란 쉬운 일이 아니었다. 서울에서 김 서방 찾기라는 말과 사막에서 바늘 찾기라는 말 중 어느 것이 더 적절한가를 판가름하는 것만큼이나 어려웠다. 나는 조바심을 낼 필요가 없다고 생각했다. 그를 당장 만난다는 것은 무리일지도 몰랐다.

실내는 웅성대는 소리와 요란한 기계음으로 뒤섞여 있었다. 등이 있는 벤치에 앉아 나는 사람들을 구경했다. 그것은 모처럼 만에 즐긴 내 취미였다. 울고 웃는 아이들 틈에서 어른들이 있었고, 그림 좋은 커플들이 짝지어 있었다. 모두 즐거운 표정을 띠고 있었지만 대체적으로 피로가 하나씩 묻은 얼굴이었다. 놀이공원이란 곳은 응당 그러한 곳이라고 말해주고 있었다. 나는 못내 권태로워졌다.

　얼마 지나지 않아 자리에서 일어났다. 누군가 나를 구경하고 있다는 느낌을 지울 수 없던 이유가 컸다. 어색하지 않은 모양으로 주위를 천천히 둘러보았지만 누구의 얼굴도 명확히 들어오지 않았다. 나는 걷기 시작했다. 긴장을 풀고서 스쳐 가는 여러 얼굴들을 훑으면서였다. 시끌벅적함이 달라붙어 정신이 없었지만 걸음은 일정하게 유지했다.

　멀리서 회전목마와 후렌치 레볼루션이 눈에 들어왔다. 뒤섞인 함성보다 대기를 가르는 열차의 파열음이 더욱 육중했다. 보기만 해도 아찔했다. 공짜로 태워준다 해도, 돈을 내고서라도 입장을 거부하고 싶었다. 어깨를 조금 움츠리자 대기에 흩어진 버터 냄새가 얄팍하게 다가오고 있었다. 그것은 참으로 간편하게 나를 이끌었다. 계산을 하고 건네받은 츄러스는 향이 좋았고, 특히 거기에 묻은 설탕은 식감을 더욱 풍요롭게 만들어 주었다.

　그때였다. 뒤쪽에서 인기척이 느껴졌다. 나는 재빨리 뒤를 돌아보았다. 하지만 거기엔 아무것도 없었다. 벤치 옆과 부스 옆을 샅샅이 뒤져봐도 마찬가지였다. 순간 다희가 보고 싶어졌다. 옆에 있었다면 어휴, 진작 좀 잘하지, 하고 혀를 찼을 다희가. 그런 생각이 들자 다시는 생각에라도 나타나지 않으면 했다. 뭐 언젠가는 줄어들 것이고 생략될 것이고 그러다 누락될 것이긴 하지만.

　나는 4층으로 향했고 티켓 자동 발매기에서 표를 구매했다. 실제 열기구와 똑같은 차림새를 한 풍선비행을 타기 위해서였다. 대기 줄은 꼬불꼬불했다. 유난히도. 풍선을 타려면 반드시 거쳐야 할 의례 같았다. 40분을 기다리다 끝내 포기하려는 찰나, 마침내 내 차례가 가까이 왔다. 분홍색 유니폼을 입은 직원이 한 기구에 여섯 명씩을 태웠고 이제 내 앞으로는 열 명 남짓 남아 있었다. 몇 분 후 내 차례가 되자 왜 이제야 날 태우며, 난 그렇게 한가한 인간이 아니라는 뽀로퉁한 얼굴로 직원을 쳐다봤다. 직원은 전보다 더 활짝 웃으며 나를 기구에 태웠고 기구가 움직일 때는 윙크마저 해 주었다. 행운을 바란다는 것일까. 기구가 움직이자 나는 그녀의 메시지를 이해할 수 있었다. 기구 안에는 나 외에 발랄한 대학생 커플과 편모로 보이는 엄마와 그 손을 붙잡은 얌전한 남매까지, 총 다섯 명이 탑승해 있었다. 어느 틈에도 끼일 수 없었고 불편한 시선을 10분 넘게 견뎌내야 한다는 것이 참으로 나를 지치게 만들었다. 기회가 된다면 분홍색 유니폼과 둘이서 탑승하고 싶다는 생각이 들끓어 오르기도 했다.

기구는 천장에 달라붙어 느린 속도로 움직였다. 꼭 커튼레일 위에서만 움직일 수 있는 커튼 고리 같았다. 건물의 꼭대기에서 아래를 바라보는 전경은 꽤 괜찮았다. 회전목마의 뚜껑이 보이기도 하고, 저 멀리, 공연이 펼쳐지는 가든 스테이지가 보이기도 했다. 잠깐이었지만 실내 전체가 꼭 레고를 쌓아 올린 것처럼 비현실적이어서 황홀감마저 일었다.

천천히 기구가 움직이고 있었고, 어디선가 삼바 리듬이 들려왔다. 몸이 절로 움직거려졌다. 기구 안의 다섯 명은 못 느꼈는지 그들은 발을 까딱거리는 나를 미간을 찌푸리며 쳐다봤다. 나는 개의치 않고 리듬을 탔다. 그것은 꽤나 흥겨운 장단이었다. 아래를 자세히 내려다보니 리듬의 발원은 아이스 링크 주위를 도는 한 무리의 퍼레이드였다. 브라질 국적으로 보이는 그들은 형형색색의 깃털과 장신구로 치장을 한 채 몸을 흔들고 있었다. 어떤 이는 바퀴가 달린 대형 유니콘을 타고 근엄하게 움직이고 있었고, 또 어떤 이는 공작을 타고 우아하게 행진하며 여기저기에 미소를 보내고 있었다. 그 외에 대부분은 삼바 축제에 가면 흔히 볼 수 있는, 작은 속옷을 화려하게 장식해 입은 여인들이었다. 그러한 매혹의 향연은 뭇 남성들의 눈을 끌기에 충분했다. 더불어 그 사이에는 직접 동물 분장을 한 사람들도 더러 눈에 띄었다. 원숭이 분장을 한 사람은 바나나를 먹으며 더욱 과장되게 몸을 흔들어대고 있었다.

하! 떠올랐다. 원숭이 분장 옆에서 다른 동물 분장을 한 단원을 봤을 때였다. 오수훈이 보낸 메일의 세 번째 문장이 왜 낯설지 않고 낯익었는지 이제야 알 수 있었고, 그것을 어디서 먼저 봤는지도 정확하게 기억해냈다.

그것은 엄마의 시집 「시초」에 수록돼 있던 〈서낙〉이라는 시의 첫 문장이었다. 그 문장이 가리키는 것은 '얼룩말'이었다. 나는 엄마에게 송구스러웠다. 그런 나를 탓하는 것은 일단 잠시 뒤로 미루기로 했다.

기구는 멈출 생각이 없어 보였다. 그럴수록 나는 더욱 발을 떨며 안달을 냈다. 다섯 명은 저 녀석 삼바에 대해 뭘 알기나 해, 하는 표정을 짓고 있었다. 시간은 참으로 더디게 흘러갔다. 그러다 마침내 기계가 멈추었고 나는 불필요한 절차를 무시하고서 직원의 제지를 피해 1층으로 내달려갔다. 움직임은 보다 더 격렬해졌다. 이는 그가 보낸 문장을 모두 풀어냈다는 사실에 대한 흥분에서 비롯되었다. 특히 마지막 문장은 어떤 저명한 학자도 단번에 풀긴 어려웠을 것이었다. 물론 유추는 했겠지만 확신은 못할 성격의 문제였다.

엄마의 시집을 읽지 않는 이상. 그렇다면 문장을 보낸 사람은 당연히 엄마의 시집을 읽었다는 말이 되었다. 나의 뒷조사를 철저히 한 것인지 실제로 엄마의 시를 좋아하는 보통의 팬인지는 몰랐지만 어떤 것이 되든, 불쾌한 기분이 들 것은 마찬가지였다.

2층을 내려올 때쯤 숨이 차올라왔다. 들이쉬는 숨이 맵싸했다. 나는 잠시 숨을 고르고 다시 달리기 시작했다. 다행히 퍼레이드 행렬은 근처에서 조금씩 움직이고 있었다.

행렬의 맨 앞으로 나는 내달려갔다. 겨드랑이와 등에서 땀이 흘러내렸지만 식힐 새도 없이 얼룩말을 찾기 시작했다. 그를 찾는 것은 어렵지 않았다. 긴 얼룩말의 인형 탈을 쓴 그는 줄무늬의 털 인형 옷을 입고 있었다. 또한 탈 위엔 공작새처럼 파란색 깃털을 마구 달았고, 팔과 바지에는 요란한 장신구를 단 채 허리를 격하게 흔들고 있었다. 그 모습은 실로 우스꽝스러웠다. 잡종 교배된 돌연변이는 어린이들에게 인기가 많았다. 많은 사람들이 눈엔 보이진 않는, 일정한 선을 넘지 않은 채 플래시를 터트리며 사진을 찍고 있었다. 그에게 좀 더 가까이 다가갔다. 그는 나를 여전히 보지 못한 모양이었다. 나는 용기를 내서 그 선을 넘어야만 했다. 그와의 대면을 생각한다면 이 정도의 일은 실로 예사라 여길 수 있었다. 행렬이 움직이는 방향에 따라 자연스럽게 움직이며 나는 그 대열에 합류했다. 사람들은 박수와 함성을 보내왔다. 나는 도저히 춤은 출 순 없었지만 리듬에 따라 몸을 조금 흔드는 시늉은 할 수 있었다. 그러면서 얼룩말 쪽으로 다가갔고 마침내 그의 곁에 당도하고 말았다. 그에게 흰 바탕에 검은 줄을 그은 건지, 검은 바탕에 흰 줄을 그었는지 묻고 싶었다. 그는 나를 환영했다. 리듬에 맞춰 박수를 치며 고개를 흔들어 대고 있었다. 또한 스텝은 도저히 따라 할 수 없는 경지에서 놀고 있었다. 그를 멈춰 천천히 얘기를 하고 싶었지만 너무나도 큰 음악 소리 때문에 도저히 그럴 수가 없었다. 나는 몸을 조금씩 흔들면서 속으로는 쐬를 내었다. 그것은 가장 괜찮은 방법이었다.

순식간에 그의 탈을 벗겨버렸다. 처음 내가 손을 갖다 대자 그가 놀랐지만 나는 완강하게 그 손을 뿌리치고 그 긴 탈을 벗겨 던져버렸다.

얼룩말은 호리호리한 얼굴의 흑인이었다. 그는 처음 더운 나라의 어떤 언어를 마구 뱉어내더니 내가 아는 단어를 하나 말했다. 소리로 들리진 않았지만 그의 입 모양을 보고 그것이 헬로우라는 것을 알 수 있었다. 그러면서 나를 쳐다보더니 순간 어떤 것이 떠올랐다는 듯이 검지로 자신의 머리를 두어 번 쳤다. 그러고는 자신의 주머니에서 작은 쪽지를 꺼내 책임을 다했다는 표정으로 내게 건네줬다. 두어 번 접은 종이는 깨끗했다. 나는 얼룩말에게 목례를 하고 대열에서 이탈했다. 사람들을 보기가 조금 멋쩍었다. 하지만 사람들은 나를 크게 신경 쓰지 않는 것 같았다. 내가 이탈한 사실조차도 모르고 있을지도 몰랐다. 나는 쪽지를 펼쳐보았다.

오늘 엄마가 죽었다.

B2 A7 C6 B3 B1 A6 13

　이게 전부였다. 이것은 첫 번째 편지보다는 좀 더 가벼워 보였고, 대충이나마 당장 알 것도 같았다. 무엇보다도 13을 보고서 그가 원하는 때가 지금 당장은 아니라는 사실에 안도감이 들었다. 또한 그 안도는 다르게도 변형되었다. 힘이 풀려 어떤 것도 할 수 없는 상태로.

9

지호를 만나기로 한 건 여섯 시였다. 그 사이에 남은 시간은 잠실의 어느 빌딩 10층에 있는 찜질방에서 보내기로 했다. 저녁이 되기 전이라 다행히 많은 사람은 없었다. 덕분에 묵직한 피로를 편안하게 게워낼 수 있었다.

서울에서 전화를 걸 곳은 지호밖에 없었다. 그는 나의 유일한 불알친구였다. 그가 서울로 취직을 하면서 언젠가부터 소식이 뜸해졌지만 그래도 '불알'은 여전한 법이었다. 그는 내 전화를 반갑게 받아줬다.

"야! 미리 연락하지."

나에게 일어난 일들이 연락을 하고 나에게 왔다면 너에게 미리 연락을 했겠지. 그래도 그는 일을 마치면 여섯 시가 넘지만 능력껏 일찍 빠져나올 수 있다고 했다. 그렇겠지, 작은 극장에서 일하고 있는데.

그는 서울로 가면서, H 자동차에서 일을 하게 된 것이 그 연유라고 했다.

이에 우리는 모두 마땅히 축하해주었다. 하지만 그가 떠난 지 석 달 정도 후에 외사촌인 정열이에게서 전화가 온 적이 있었다.

"형, 형 친구 지호라는 사람 있잖아. 그 사람 진짜 그 회사에 취직한 거 맞어? 아까 내가 여자 친구랑 극장엘 갔는데 거기서 막 뛰어다니고 있던데?"

"응? 그게 무슨 소리야? 그럼 뭐 극장 구경 가서 화장실이나 들린 거겠지."

"그런 말이 아니야. 내가 분명히 봤어. 매표소 안으로도 들어갔다가 무대 뒤로도 들어갔다가 했다니깐. 손엔 뭘 계속 들고 말이야."

"니가 잘못 본 거 아냐? 닮은 사람일 수도 있잖아. 걔 그런 것까지 거짓말할 애는 아닌데."

"에이, 참 내가 그 얼굴도 못 알아볼 것 같아? 어쨌든 나중에 직접 물어봐봐. 이제 공연 시작하겠다. 나 끊는다."

나는 직접 물어볼 수 없었다. 정열이의 말이 사실인지 아닌지 여전히 의문이었지만 만일 아닐 경우에는 내가 가장 이상한 사람이 될 것이었기 때문이었다. 사실 어렸을 때부터 지호는 약간의 허풍이 있었다. 소위 이빨을 잘 '깠다'. 예를 들어 어떤 영화에 관한 얘기가 나오면 그가 보지 않았던 영화는 전 세계에 어떤 것도 없었다. 그것이 거짓인지 어떻게 알았냐면 자신도 너무 많은 허풍을 펼쳐났기에 같은 영화에 대해, 때에 따라 그것을 본 적도 있고 안 본 적도 있으며 좋기도 하고 싫기도 했기 때문이었다. 비단 영화뿐이랴. 여행지며 음식점이며 그가 밟지 않은 땅은 없었고 이 세계에 그의 혀를 거치지 않은 음식은 없었다. 또 여자를 위해 어떻게까지 자신을 버렸는지 또 심지어는 어느 무리에서 가장 잘 나가는 여자의 테크닉이 어땠는지까지 일러주며 자신을 과시해 나갔다. 그것이 사실이 아니라는 것을 아는 사람은 나뿐이었다. 나는 잘 알 수 있었다. 몇 번의 거짓과 마주하다 보면 언젠가부터 그에 눈을 뜨게 되는 법이었다.

처음엔 단순히 어떤 수치를 과장하는 수준이었다. 3만 원짜리 점심을 5만 원이라 한다든지 두어 번 정도 만난 여자를 다섯 번 정도 봤다고 한다든지. 그러다 어느 순간부터 그는 그것을 진실이라 믿는 듯 그의 세계는 점점 거대해져 갔다.

그런 그의 세계를 처음 마주한 것은 그와 내가 대학생일 때였다. 가장 가깝다고 생각했던 친구가, 혹여나 나중에 돈을 좀 빌려줄 수도 있겠다고 생각한 친구가 나에게 '뻥'을 치다니. 그것은 우리가 자주 하던 시시껄껄한 농담 유의 이야기가 아니라 미래가 걸린 시험의 합격 여부와 관련된, 진지함이 묻은 이야기였기에 더욱 충격이 컸다. 정말 그 어떤 것보다도 충격적이었다. 차라리 팔이 잘려나가는 살인마 영화를 보는 것이 심신을 덜 덜컹거리게 했을 것이다.

나는 그의 세계가 열등의식 속에서 비롯되었다는 것을 잘 알고 있었다. 특히나 가난했던 그는 어려서부터 '아는 것'에 있어서만큼은 누구에게도 지기 싫어했다. 하지만 지기 싫어하는 그의 의사와 달리 그의 지식은 한계가 있었다. 그래서 부유하고 영특한 이들을 보며 스스로 분노하게 되었고 그것을 메우기 위해 자신만의 세계가 필요했던 것이었다.

그 이후부터 그의 말을 잘 가려들을 수 있었다. 하지만 문제는 나를 제외한 다른 사람들은 그의 말을 곧이곧대로 믿는다는 데 있었다. 그럴 때면 나는 괜히 억울하기도 하며 꼴사납기도 해 그 거짓에 대해 처음부터 끝까지 짚어주고 싶었지만 그의 말이 나에게 직접적인 손해를 끼치지는 않았기 때문에 그냥 못 들은 척 넘어가 주었다.

약속 장소는 신촌의 한 패밀리 레스토랑이었다. 나는 트럭을 찜질방 건물 지하에 두고 지하철을 타고 움직이기로 했다. '왜'라고 묻는다면 차가 복잡해서라고 대답할 것인데 그럼에도 '진짜 왜'라고 따져 묻는다면 지호에게 트럭을 보여주고 싶지 않아서라고 나직이 답했을 것이다.

2호선을 타고 신촌으로 향했다. 다행히 환승 없이 한 번에 내리면 그만이어서 마음이 편했다. 2호선은 손때 묻은 신문과 익명의 감정 없는 눈빛과 땀 식는 냄새로 붐볐다. 미리 충분한 휴식을 취한 터라서 그리 못 견딜 정도는 아니었다.

약속 시간보다 5분 일찍 도착해 가게 안으로 들어갔다. 문을 열자마자 거북스런 친절로 여자 직원이 나를 맞이했다. 먼저 도착했다는 생각에 일행이 뒤에 올 것이라고 했는데 그 말을 마치자마자 멀리 4인용 테이블에 앉은 지호와 눈이 마주쳤다. 나는 직원의 친절을 무시하고 지호에게 다가갔다. 그는 혼자가 아니었다.

"안녕하세요."

지호의 옆자리에 앉은 여자가 좁은 테이블을 두고 반쯤 일어나 눈웃음을 짓고 있었다. 지호는 아래에서 나를 바라보며 입을 열었다.

"어, 왔냐?"

나는 자리에 앉아 그들을 바라봤다. 눈앞에 큼직하고 어두운 등은 그들의 얼굴에 많은 그림자를 만들어주었다. 지호는 여자를 자신의 여자 친구라 소개했고 이름은 이수지라고 했다. 나는 나를 최대한 간략하게 소개했고 주문한 음식이 얼른 나왔으면 좋겠다는 생각이 들었다. 지호는 내 짧은 소개에, 글 쓰는 사람이며 야설이나 써대는 망할 소설가라고 농담조로 덧붙여 주었다. 수지는 그 말에 흥미를 느끼는 눈치였다. 예쁘장한 수지가 나를 변태로 보지 않는다면 음식이 조금 늦게 나오더라도 참을 수 있을 것 같았다.

수지의 얼굴은 말 그대로 예뻤다. 얼굴이 자그마하고 쌍꺼풀이 없는 눈이 선했으며 코는 낮았지만 앙증맞은 데가 있었다. 게다가 그녀는 어렸다. 성인식을 맞이한 지도 얼마 안 된 것 같았다. 어쩌면 아직 성인식을 기다리고 있는 스무 살일지도. 그런 그녀는 어린 주제에 가슴이 컸다. 팔은 또 가늘기만 하면서. 흰 블라우스의 단추 사이는 꽤나 팽팽히 벌어져 있었다. 나는 포크가 떨어져 그녀가 몸을 숙여 줍길 바라게 되었다. 지호는 그런 나를 봤는지 화제를 바꿔 다시 이야기를 시작하고 있었다.

자신의 회사에 관한 이야기였다. 부장의 오지랖과 과장의 입 냄새가 엿 같으며 회사 옥상에서 바라본 전경이 그나마 위안이라고, 그는 아주 상세하게 설명하고 있었다. 만약 정열이의 말이 사실이라면 지호는 완벽한 연기를 펼치고 있는 셈이었다. 그 생각에 그만 정말 온몸에 작은 소름이 돋고 말았다. 그는 극장에서 허드렛일이 아니라 실제 배우로 일하고 있는 것일지도 몰랐다.

얘기를 들으며 형편없는 백수가 막 면접을 마치고 나온 것 같은 차림을 한 그를 멍하니 바라보았다. 예나 지금이나 멋없는 스타일은 여전했다. 어릴 때는 가난했기 때문에 그런 것쯤은 크게 신경 쓰이지 않았다. 하지만 돈을 벌면서 같은 돈으로도 저런 무대 의상 같은 차림밖에 하지 못하는 그가 참 우스워 보였다. 그와는 참으로 막역하기만 했는데 언제 이렇게 막연한 관계가 된 것인지. 그의 뻥뻥한 거짓말 이후부터였겠지. 사실 나는 가난한 그가 번듯한 곳에 취업하길 바라고 응원했다. 지호도 이에 고마워했고 내 마음을 잘 안다는 듯했다. 하지만 그가 아는 것은 거기까지였다. 나는 그가 취업하기를 바라면서도 한편으론 손에 꼽히는 기업엔 입사하지 않았으면 했다. 그런데 그런 곳에 취업을 했다니. 것도 거짓으로.

주로 대화는 지호가 이끌어 갔고 나와 수지는 겉도는 정도의 반응만 할 뿐이었다. 그래서인지 유대감 같은 것이 느껴졌다. 이것은 내 오해일 수도 있으나 수지는 내가 지호를 바라보는 동안 나를 물끄러미 바라봤다. 그 시선엔 질량이 있었다. 내가 다시 고개를 돌리면 그녀는 한 템포 빠르게 고개를 돌려 마치 원래부터 지호를 쳐다봤다는 듯 태연하게 그를 쳐다보았다. 괜찮은 기분이었다. 수지는 어떻게 해서 지호를 만나고 있는 것인가.

이제껏 지호가 만나 왔던 여자들은 모두 괜찮은 사람들이었다. 다만 예쁘지가 않았을 뿐이며 공통적으로 모두 촌스러운 구석이 있었다. 그녀들은 색맹은 아니었지만 '색'을 구별하는 데는 크게 힘쓰고 싶지 않은 사람들 같았다. 그런 그녀들은 마치 어느 친목 모임의 서로 잘 아는 사람들 같아 보였다. 회원의 자격은 색의 무지와 더불어 얼굴에 난 좁쌀이 아니었을까. 그런데 수지는 달랐다. 지호가 나를 만나는데, 여자 친구를 데리고 온 데에는 다 이유가 있어 보였다. 지호의 그 계획성이 참으로 귀엽게 느껴졌다. 나는 속으로 마구 웃어댔다.

안쪽에 앉은 수지가 화장실을 가기 위해 지호에게 양해를 구했다. 지호는 자리를 벗어나 길을 터주며 음흉한 눈빛으로 그녀의 가슴을 쳐다봤다. 그리고 수지가 저만치 시야에서 사라지자 나에게 작은 소리로 말해 왔다.

"야, 쟤 어때? 괜찮지?"

괜찮은 대상이 수지가 아니라 자신을 뜻하는 것 같았다.

"너 어떻게 저런 여자애를 다 만나고, 많이 컸다."

나는 그의 성장을 진심으로 축하했다.

"쟤, 별명이 뭔 줄 알아?"

"웬 별명? 뭔데?"

별명이라니. 뭘까. 사슴? 8등신?

"수지컵이야. 수지컵."

그는 킥킥대며 말했다.

"수지컵? 그게 뭔데?"

로보캅도 캅으로 통하지 컵은 아닌데.

"수지와 G컵의 합성어야. 아하하하!"

그는 연신 웃어댔다. 수지컵. 솔직히 너무나도 잘 지은 별명이었다.

"내가 살 테니깐 많이 먹어, 너 꼴이 왜 그러냐?"

약간의 우월감이 보조된 어조였다. 나는 내 꼴에 대해 일일이 설명하고 싶지 않았다. 그리고 스테이크를 비롯해 기름기가 넘쳐흐르는 음식을 모조리 해치워버리고 싶은 육중한 충동이 일어났다.

"내 꼴이 어때서, 그러면 남은 건 내가 좀 더 먹을게. 넌 좀 쉬어."

나는 호흡을 크게 한 번 하고 다시 달려들었다. 지호는 입을 닫고 혀로 이 사이를 정리하는 것 같았다. 그때 수지컵이 돌아왔다. 그녀가 원래의 자리로 들어가기 위해 머뭇거리자 지호가 다시 일어났다.

"나도 화장실 좀 다녀올게. 둘이 얘기나 좀 하고 있어."

지호는 천천히 걸어나갔다. 대기가 어색하게 굳어가는 것 같았다. 그때 수 지컵이 먼저 말을 꺼냈다.

"저, 오빠. 저……오빠 마음에 들어요."

뭐? 라는 말이 절로 나왔다. 오빠라면 나?

"네?"

"오빠 말이에요. 오빠 마음에 든다구요."

이게 무슨 소린가? 나를 왜? 블라우스의 팽창만큼이나 당당한 그 태도가 나쁘지 않았다.

"저요? 아니 갑자기 왜? 사람 잘못 보신 거 아니에요?"

"아니에요. 저 사람 볼 줄 알거든요. 오빠 정말 괜찮은 사람 같아요. 무엇 보다 멋있어요. 오빠랑 친해지고 싶어요. 그래도 되죠?"

얇은 목소리였지만 당돌함이 깃들어 있어 그 소리는 대기를 알차게 갈라 왔다.

"아니……. 그것도 좋지만, 이제 처음 봤는데. 그리고 저 그렇게 괜찮은 사 람 아니에요."

마음에도 없는 소리를 했다. 수지컵 정도라면 처음 봤어도 가까이 지내고 싶을 따름이었고 나는 괜찮은 사람이었다. 사실.

"저 정도면 예쁜 거 아니에요?"

뭐라고 대답해야 할까. 첫 번째 여자 친구와 다희보다는 별로였지만 바로 그다음 순위에 넣어 줄 정도는 된다고 사실대로 말해줘 버릴까.

"그럼요. 예쁘다마다요. 지호가 정말 어떻게 수지 씨 같은 사람을 만났는지 참. 푹 빠졌겠어요, 저 친구가."

"아니에요. 오빠가 잘해주긴 하는데 크게 재밌진 않아요. 그럼 오빠 핸드폰 잠시만 줘 봐요. 제 번호 찍어 드릴게요."

하필 이럴 때, 핸드폰이 없다니. 제기랄. 나는 난감했다. 당장 나가서 36개월 노예 계약에라도 사인을 하고 싶은 심정이었다.

"저, 그게……지금 제가 핸드폰을 두고 왔어요."

"네? 대구에서 왔다는 사람이 이 멀리까지 오는데 핸드폰을 두고 왔나 보죠? 싫으면 싫다고 하셔도 돼요."

수지컵은 고개를 휙 돌리더니 팔짱을 꼈다. 그녀에게 이리저리 읍소하고 싶었지만 그럴 수는 없는 노릇이었다. 다행인지, 불행인지 그때 지호가 왔다.

"에이, 둘이 뭐야. 이때까지 한마디도 안 하고 있었어?"

수지컵은 대답이 없었다. 나도 잠자코 있었다. 지호는 다시 자리에 앉자마자 많은 말을 쏟아냈다. 주제는 연예인에서 연기로, 연기에서 극단으로 흘러갔고 참으로 견디기 힘든 따분한 시간이었다. 수지컵은 적응이 되었는지 아니면 실제로 흥미가 있는지 잘 훈육 된 방청객의 얼굴을 하고 있었다. 나는 자리를 벗어나고 싶었지만 지호의 말에 결국 엉덩이를 뗄 수가 없었다.

"너 오늘 우리 집에서 자고 가."

나는 거절할 수 없었다. 또 이렇게 하룻밤을 보낼 곳이 생기게 되었는데. 수지컵도 함께 갔으면 했지만 그녀는 둘이서 마음껏 회포를 풀라며 자리를 비켜 주겠다고 했다. 그녀의 수박만한 자비가 그리 편치만은 않았다. 그리고 끝내 내 시선을 피하는 그녀에게 미안했고, 나 또한 속이 상한다는 사실을 그녀가 알아줬으면 했다. 더불어 언젠가는 부둥켜안으며 만날 날이 있을 거라고, 또 언젠가는 지호의 허풍을 알아차리는 데 도움을 줄 수 있을 거라고, 약속했다.

지호의 집은 산울림 소극장 맞은 편 골목에 있는 빌라식 원룸이었다. 6평 정도 되는 방엔 싱크대와 욕실이 모두 있었다. 방 안에 들어서자 덜 마른 세탁세제 냄새와 시큼한 땀 냄새가 엉겨 붙어 진동하고 있었다.

"더운데 여기 좀 앉아."

지호는 선풍기 버튼을 발가락으로 누르고 바닥에 드러누우며 말했다. 덩달아 나도 드러누웠다. 바닥의 차가움이 열을 빼앗아 가 시원했지만 바닥에 뒹구는 먼지 더미와 체모를 보니 등을 오랫동안 붙이고 싶진 않았다. 어릴 적부터 지호는 잘 안 씻기로 유명했다. 특히나 발 냄새가 예술이었다. 그것은 그 어떤 누구도 창조할 수 없는 성질의 냄새였다. 그래서 그의 별명은 한때 '발지호'였다.

"야, 여기 무슨 이상한 냄새 안 나?"

나는 지호의 발을 염두에 두고 그를 몰아붙였다.

"냄새? 냄새는 무슨 냄새. 잘 모르겠는데?"

정말 모르겠다는 표정이었다.

"야, 발지호. 니 냄새 아냐? 좀 씻어라 야."

지호는 몸을 일으켜 세워 양반자세를 하더니 마치 요가를 하듯 두 손으로 발을 힘껏 끌어당겨 킁킁거렸다.

"아니, 진짜 안 나는데? 야, 한 번 맡아 봐. 자."

그는 발을 들이댔는데 나는 고갤 돌리고 손으로 치우라는 시늉을 하며 한 사코 뿌리쳤다.

"야, 혹시 니 꺼 아냐? 한 번 맡아 봐. 니가 직접."

설마 하며 나는 내 발을 들어 냄새를 확인했다. 오우 정말이지 지독했다. 생각해보니 김천에서 갈아 신은 것이 마지막이었다. 게다가 원주에서는 신 발과 함께 비에 절어 있었고 언제 한 번 제대로 말린 적이 없었다. 찜질방에 서도 통풍이 안 되는 사물함에 몇 시간이나 처박아 놨으니.

"그, 그런가. 아닌 것 같은데. 일단 나 먼저 좀 씻을게."

나는 양말을 신은 채로 화장실로 향했다. 그리고 몸에 걸친 모든 것을 벗 었다. 하지만 어딘가가 어색해 팬티 정도는 입어야 할 것 같았다. 찜질방에 선 전혀 느낄 수 없었던 이질감이 몰려 온 탓이었다. 바닥의 갈라진 타일은 차가웠고 털 뭉치로 뒤엉킨 배수구는 끔찍했다. 살금살금 걸어가 뜨거운 물 을 틀었다. 물은 약하게 뿜어져 나왔다. 온도를 조금 더 높여 보았다. 살갗이 조금 따가웠지만 그래서 괜찮은 기분이 들었다. 그리고 어쩌면 나의 감정은 왠지 계속해서 좋은 쪽으로 향해 가고 있다고 불현듯 느껴졌다. 누군가 보고 있다면 거 참 아이러니한 상황이라며 쯧쯧거릴지도 몰랐다. 하지만 그것은 아이러니 따위의 말을 갖다 붙일 상황이 못되었다. 그것은 처음부터 존재해 오며 실재하는 것이었다. 나는 노래라도 부르고 싶은 심정이었다. 비틀즈의 〈across the universe〉를 흥얼거려 보았다. 낫씽즈 거너 체인지 마이 월드. 낫씽즈 거너 체인지 마이 월드. 우우우, 우우, 우우. 그리고 대학 시절 고전 문학 시간에 배웠던 〈서왕가〉라는 작품이 떠올랐다. 키가 작고 다부진 교수는 말했다. 1초 전의 나와 현재의 나가 과연 같은가, 이 가사 작품을 보며 느껴봤으면 합니다. 1초 전의 나를 탐구해 보자니 머릿속이 지끈해졌다. 물의 온도를 가장 낮게 해 머리를 식혔다. 닭살이 돋는 건 순식간이었다. 나는 이를 깨물며 견뎌보기로 했다. 그리고 어느 순간이 되자 모든 것이 참을 만해졌고 청량함과 뿌듯함은 덤으로 다가왔다.

덜 마른 머리를 수건으로 털며 밖으로 나오자 지호는 목이 꺾인 채 잠들어 있었다. 개운함도 잠시, 땀구멍이 다시 열릴 것만 같았다. 스킨과 로션이 눈에 보였지만 바르지 않고 수건으로 꼼꼼히 머리를 털었다. 지호는 많이 지쳐 보였다. 어디다 힘을 그렇게 쓴 것인지. 수지컵만 아니었으면 했다. 나는 지호를 깨웠다. 그는 내 말을 알아듣고 어떤 말을 길게 늘어뜨려 했지만 도저히 알아들을 수 없었다. 아마도 여긴 자신의 집이며, 안 씻고 그냥 잘 테니 제발 좀 내버려두라는 의미였을 것이다. 나는 그를 내버려 두고 티브이를 켰다. 국회방송 채널이었다. 피카소의 큐비즘을 다루고 있었다. 어린아이들이 어떤 대상을 두고 어떻게 다르게 그리고 있는가를 비춰주었다. 피카소의 말을 덧붙이면서였다. 피카소는 80세에 이렇게 말했다. 아이처럼 그리는 데 80년이 걸렸다. 그 말은 많은 것을 던져주고 있었다. 나의 글에 대해서도 생각해 보게끔. 나는 80세에 어떤 식으로 글을 쓰고 있을지. 죽을 때까지 여자를 밝혔던 피카소의 예술적 창의가 부러웠다.

흑인에게서 받았던 쪽지가 생각나 바지에서 조심스럽게 꺼냈다. 종이는 구겨진 채 눅눅해져 있었다. 하지만 강한 자신감으로 종이를 펼쳤다. 이미 생각해 뒀던 답안이 있었다.

우선 첫 번째 문장인 '오늘 엄마가 죽었다'는 분명 장소를 의미하는 것이었다. 바로 아래 문장의 마지막 숫자가 시간을 가리키고 있다는 전제하에. 문학에 조금이라도 관심 있는 사람이라면 첫 번째 문장을 보고서 단번에 알아차렸을 것이다. 그것은 20세기에 가장 많이 읽힌 소설인 알베르 카뮈의 〈이방인〉에 나오는 문장이었다. 그것도 다름 아닌 첫 번째 문장. 나는 컴퓨터를 켜 포털 사이트 검색창에 '이방인'을 입력했다. 그러자 오로지 카뮈만이 모든 정보를 독식해 버렸다. 카뮈의, 카뮈에 의한, 카뮈를 위한 검색이었다. 기지를 발휘해 이방인 대신 영어인 'stranger'를 입력해 보았다. 나는 꼼꼼히, 배출된 정보를 탐독했다. 그 중 블로그 카테고리에서 하나의 중요한 정보를 얻을 수 있었다. 경기도 수원에 'Hello, Stranger'라는 카페가 존재하고 있다는 사실이었다. 오케이. 그렇다면 언제 보자는 것일까. 나는 얼른 두 번째 문장을 보았다.

B2 A7 C6 B3 B1 A6 13

13은 이제 약속시간이라 확정한 뒤 앞의 것을 골몰히 연구해 보았다.

첫 번째 메일을 풀었을 때의 쾌감을 생각하니 문장은 하나의 흥미로 다가왔다. 어떻게 되든 마침내는 풀리고 말 것이라는 믿음 아래 나는 천천히 문자를 바라봤다. 그것은 하나의 좌표 같아 보였고 몇 번의 생각 끝에 그것이 키보드 위에서 성립되는 좌표라는 것을 알아차릴 수 있었다. 그러니깐 A는 키보드의 첫 번째 열, B는 두 번째, C는 세 번째 열이었다. 알파벳이 세로축이었다면 숫자는 가로축이었다. 물론 왼쪽에서부터 시작하는. 그래서 저 조합대로 키보드를 누르면 모니터엔 'SUNDAY'라는 글자가 나타났다.

　내일 오후 1시, 'Hello, Stranger'

　나는 편안한 마음으로 잠을 청할 수 있었다.

10

다희의 첫 번째 통보 이후, 나는 그녀의 마음을 다시 뒤집어 놓으려 부단히 애를 썼다. 다희는 전화를 받지 않고 문자로만 자신의 의사를 표현해왔다. 아무리 생각해도 자기는 연애할 사람이 못되고 준비도 안 되었으며 누군가에게 상처를 주는 것도 받는 것도 싫다는 의사. 또한 자기를 그냥 가만히 좀 내버려두라는 의사. 나는 잘못이 없고 그저 자신이 사이코이며 또 그렇게 생각해달라는 의사. 정말 미안하며 '연애'라는 건 너무도 싫다는 의사. 그녀의 말을 듣고, 어쩌면 이대로 정말 끝날 수도 있겠다는 생각이 들자 허망함이 몰려왔다. 그것의 본질은 절대적인 두려움이었다. 한순간에 내팽개쳐져 짓이겨지고 마는 나를 잠시라도 상상하고 싶지 않았다. 내가 도대체 무슨 짓을 했다는 것일까. 가만히 있던 그녀의 심기를 언제 건드렸다는 것인지 복잡한 심경으로 자기애만을 가지고 나를 대하는 그녀로 인해 괘씸한 마음이 들었다. 또한 자기 스스로가 무슨 철 지난 로맨틱 드라마의 주인공이라도 되는 것처럼 사랑에 대해 너무나 진지한 태도를 고수하며 골방에서 얼굴을 파묻고선 훌쩍거리고 있을 모양새가 헛웃음이 나올 만큼 같잖았고 그것은 한없는 피로감을 몰고 와 주었다. 그러니깐 짜증이 났다.

그러다 수십 번 통화 버튼을 누르다 마침내 그녀가 전화를 받았고, 나는 설득으로 시작했지만 나도 모르는 사이에 커진 음성으로 마음대로 하라는 식의 짜증을 내고 말았다. 다희는 울먹거리는 목소리로 나에게 그럴 거면 정말 관두라며 그만하라고 했다. '상처'라는 게 남아 있어서 어떤 걸 해도 받아줄 수 있고 품어줄 수 있는 사람이 필요하다나. 나는 이때 알았어야 했다. 그놈의 상처란 놈의 전주곡이 화려하게 울리며 자신의 자태를 위엄 있게 드러냈다는 것을.

그러면서 다희는 목소리를 가다듬고 아주 진중한 음성으로 말을 이었다.

"재현아, 정말 그만하자. 왜 있잖아. 원래 남자 여자가 자주 보고 몇 번 만지고 그러다 보면 눈이 맞게 되어 있어. 내가 무슨 말 하는 줄 알지? 너라고 뭐 다를 것 같아?"

드라마를 숱하게 찍은 배우의 오래된 명대사 같았다. 나, 참 내가 만지면 얼마나 만졌다고.

"무슨 소리를 하는 거야? 내가 그럼 자주 보고 몇 번 만졌다고 해서 네가 좋다는 거야?"

"그야 모르지…… 그리고 넌 곧 시들해지고 난 네가 좋아지겠지."

무슨 연애지침서를 펴놓고 읽는 건 아닌가 싶은 생각이 들었다.

"도대체 그딴 생각은 왜 하는 건데? 그럼 지금은 내가 널 좋아하는 만큼 넌 날 좋아하지 않는다는 말이군."

유치하게 사랑의 크기나 재고 있을 때가 아니었는데.

"어제쯤까진."

"뭐가 어제쯤까지란 말이야?"

원래 듣기 좋은 말은 한 번 더 묻는 법이다.

"몰라. 그리고 정말 구구절절 내 얘기 하는 거 너무 힘들고 그냥 그러려니 해주는 거 정말 안 될까?"

뭐가 이리 복잡해.

우리는 또 길고 각각 한쪽으로 치우친 이야기만을 했다. 그래서 그것은 서로를 마주 보며 평행선을 그리고 말았다. 새롭게 알게 된 사실은 다희는 뭐든 감당할 만큼 나를 좋아하진 않는다는 것이었다. 그리고 내가 더 좋아졌다는 이유로 나를 그만 만나겠다는 그 심보를 내 머리로썬 이해할 수 없었다. 여태껏 16년의 공교육과 사교육을 받아왔지만 어디서도 배워본 적이 없는 논리였다. 그럼 실컷 나를 짝사랑하기나 하라며 그녀를 저주했다. 그리고 다시는 연락하지 않을 자신 있냐며 그녀를 몰아세웠고 절대 연락하지 말라는 엄포까지 놓았다. 내가 다시 그녀에게 연락을 한 것은 한 시간이 겨우 흐른 뒤였다. 나는 한 번만 살려달라며 너 없인 숨도 못 쉴 것 같고 너밖에 없다는 유의 신파적인 말로써 그녀와 나 사이에 가느다랗게 붙어 있는 숨을 어떻게든 살려보려고 애를 썼다. 다희는 자신이 그만하자고 한 뒤 얼마나 가슴이 아팠는지 아냐며 그런 자신에게 화를 내고 악담만 퍼부은 나를 꾸짖었다.

그리고 자기를 정말 소중하게 여기는 척하지 말라고 명쾌하게 나를 찔러댔다. 나는 사실 그럴 자신도 없이 모든 걸 이해하겠다고 약속했다. 다희는 절대 그렇게 자기를 이해하지 못할 것이라며 제발 '척'을 하지 말아 달라고 간곡히 부탁했다. 이에 나는 계속해서 조아리며 사정을 했다. 마땅한 수익이 없던 나를 못마땅히 여긴 그녀에게 늘 상기시켰던 1억짜리 문학상을 정말 꼭 받겠다느니, 그 돈으로 함께 세계여행을 하자는 말도 덧붙였다. 그러자 어느 순간 다희는 꺼져, 닥쳐 등의 메시지를 보내왔다. 나는 그 글자들을 보고서 그제야 신경이 느슨해질 수 있었다. 어느 정도 장난이 섞인 그 말은 하나의 관용을 의미했다. 이제는 숨을 좀 쉴 수 있다는 메시지였다. 나는 앞으로 밉상스럽기까지 한 내 큼직한 발을 과신하지 않을 것이며 정말이지 발 하나만큼 따위의 비유는 쓰지 않겠다고 스스로 맹세했다. 이리도 역한 파장이 있을 줄을 알기나 했을까. 나의 그런 향긋한 수사도 못 알아먹다니. 바보 멍청이.

그날 시계의 시침은 3을 넘겼지만 나는 견딜만했다. 불안이라는 것이 오그라들었기도 하고 애착이라는 것이 더욱 불어났기 때문이었다. 그래서 그때의 새벽은 몹시나 보드랍고 나른했다. 흐뭇하다면 흐뭇하다고도 할 수 있었다. 입가가 천천히 올라가는 그런 미소가 나오고야 말 정도로. 나는 침대로 향하지 않고 책상으로 향했다. 엽서를 써 내려가기 위해서였다는 것을, 그 새벽 그 바보 멍청이는 알기나 했을까.

다음날 오전, 전날의 일은 꿈에서조차 본 적이 없다는 표정의 다희는 자연스럽게 내 손을 잡았고 나는 자연스럽게 그녀의 허리를 감싸 안았다. 그리고 엽서를 건네주었다. 그녀는 숱한 남자들을 만나 왔지만 이런 엽서는 처음 받아본다는 얼굴로 엽서의 앞면과 뒷면을 번갈아 보며 미소를 지었다. 그리고 그녀의 수업이 끝나고 저녁이 되었을 때 그 엽서는 그녀의 다이어리 앞면의 안쪽에 끼워져 있었다.

"이런 걸 뭣 하러 다이어리에 넣어 다녀?"

"왜? 내 마음인데. 좋기만 한걸."

그녀는 싱긋 웃었다. 장문의 편지라도 썼으면 액자에 넣어 보관이라도 할 그녀의 태도가 전날의 피로를 가시게 해주었다. 우리는 다시 여느 때와 다름없이 손을 잡고 호흡을 함께하며 걸었다. 또한 여전히 도로에서 신호를 기다릴 때가 되면 어깨를 감싸거나 손을 턱 안으로 감아 얇은 살을 매만지기도 했다. 턱뿐만 아니라 그녀는 내가 좋아하는 자신의 부위를 일부 허락하는 모습을 보여 왔다. 짧은 핫팬츠를 입고 오는 날 인적이 없는 버스에라도 타게 되면 그녀의 허벅지를 조금씩 조금씩 매만졌다. 그럴 때면 그녀는 도저히 더워 못 견딜 정도가 아니면 싫은 내색을 잘 하지 않았다. 그 과감함과 희생이 털털하게 다가왔지만 응당 흡족한 것만은 아니었다. 도대체 얼마나 많은 손이 그 허벅지를 거쳤을까 계산해보며 결혼만큼은 절대 하지 않아야겠다는 생각이 여전히 유효하고 있다는 걸 확인할 수 있었다. 버스가 잠시 멈추었고 그때 우리는 모유 수유에 관한 이야기를 주고받고 있었다. 누가 먼저 그 이야기를 꺼냈는지는 잘 모르겠다.

"애기들은 모유 수유를 해야 잘 큰대."

"알아. 나도 그랬는걸. 그래서 이렇게 크지."

그녀는 나의 신체에는 큰 관심이 없어 보였다. 그리고 나는 물었다.

"그런데 애기가 그걸 매일 빨면 엄마한테서 그게 남아나긴 해? 금방 마르는 거 아냐?"

"아냐. 생각보다 많이 나와. 빨면 빠는 대로 나오는 샘이라고 할 수 있지. 그리고 주기적으로 매일 같은 시간에 빨게 되잖아? 그럼 그 시간이 되면 저절로 나오기도 해."

"아, 그래? 그런데 넌 그런 건 어떻게 그렇게 잘 알아? 해보기라도 한 사람 같다?"

교통사고로 젖통을 잃은 사람을 보는 듯한 표정으로 다희는 황당해했다.

"뭐? 말이 되냐 그게?"

"농담이야. 놀래긴. 나 오늘 몸이 좀 안 좋은 거 같아."

"몸이 왜?"

진심으로 걱정하는 모습이었다.

"몰라. 아침부터 이상하게 그래. 네가 좀 도와줘야겠다."

"내가 어떻게?"

"음, 그러니깐……. 모유 수유?"

나는 눈을 끔뻑거리며 노골적으로 그녀의 가슴을 쳐다보며 말했다.

"으이구! 정말!"

뺨을 살짝 때린 그녀였지만 연신 터져 나오는 웃음을 스스로도 막을 수 없어 보였다. 나는 이 정도의 농담이 먹히는 걸 보면 그녀와의 관계가 다시 돌아왔으며 나아가 더욱 진전되리라 생각했다. 어린이날을 맞이하여 대구를 벗어날 정도로 분위기가 좋았으니.

우리는 어린이날의 나른함을 함께 보내기 위해 청도로 향했다. 나는 전날 청도의 유명한 맛집과 예쁜 카페를 인터넷에서 검색하여 포스트잇에 미리 적어놓는 철두철미함을 보였다. 다희는 그런 사소한 여행조차 가보지 못해 보였기 때문에 이왕이면 가장 괜찮은 곳으로 그녀를 데려가고 싶었기 때문 이었다.

우리는 먼저 유명한 돌판 오리구이 집으로 향했다. 차를 세우자마자 다희 는 내 목을 끌어안고는 눈을 감고 입술을 내밀었다. 나는 응당 응답해주었는 데 다희의 그 발랄이 무척이나 사랑스러웠다.

식당은 문자 그대로 돌판에 고기를 구워주는 곳이었다. 이색적이었던 건 고기가 섞인 판 한가운데에 계란을 터트려 프라이를 만들어주는 것이었다. 다희는 연신 맛있다며 음식에다 카메라를 갖다 대고 있었다. 개인적으로 음 식을 찍어 미니홈피 따위에나 게시하는 것을 내켜 하지 않았지만 나는 움직 이던 젓가락을 세우며 그의 작품을 도와주기까지 했다. 다희가 이곳을 마음 에 들어 하는 것에 나는 적당한 보람을 느낄 수 있었다.

점심을 먹고 우리는 '이슬미로'라는 카페로 향했다. 내비게이션에 주소를 입력하기 위해 준비해 적어온 포스트잇을 꺼냈는데 그만 다희가 그것을 보 고야 말았다. 그것은 형체를 알아볼 수 없는 나의 글씨체가 휘갈겨져 있어 보여주기가 괜히 머쓱했는데 다희는 것을 1억짜리 문학상 상장이라도 되는 것 마냥 귀히 접어 자신이 갖겠다고 했다.

우리는 유자에이드와 아이스 아메리카노를 주문하고 야외 파라솔 아래에 서 찬찬히 주변을 둘러보았다. 정지한 듯한 작은 호수와 그리 높지 않은 산이 시야 대부분을 메워주었다. 우리는 그것을 보고 좋다 좋다로 시작해 또 하릴 없이 대화를 주고받았다. 다희는 내 미래에 대해 불안해했다. 지금이라도 늦지 않았고 조금만 노력하면 대기업에 쉽게 갈 수 있을 것이라는 의견이었다. 나는 그것을 듣는 등 마는 둥 하며 유자에이드를 홀짝였다. 그리고 대화는 우리가 처음 만났을 때로, 또 '제어장치'로 넘어갔다. '제어장치'란 컴퓨터에서 쓰이는 중요한 장치가 아니라 다희 자신의 마음을 나에게 전부 쏟기 지는 않게 하겠다는 일종의 스스로의 주문이었다. 나는 참으로 그것이 거슬렸다. 무슨 '연애를 복잡하고 어렵게 해 상대방 배알이 꼴리게 하는 비법'이라는 책을 구독이라도 하는 모양이었다. 그것은 아무리 내가 애를 써도 내가 누릴 수 있는 건 일정 부분 이상을 초과할 수 없다는 말이었다. 그러니깐 삼일 밤낮으로 컵라면으로 겨우 끼니를 때우며 게임에 몰두했음에도 불구하고 어느 순간부터 캐릭터의 레벨 업이 되지 않는다는 소리였다. 답답했지만 어느 순간 그 대화를 포기하고 말았다.

덕분에 헤어질 때까지 별 탈 없이 다시 웃으며 마주할 수 있었다.

늦은 오후가 되어서야 여러 풍경을 스치며 천천히 대구로 돌아왔다. 극심한 커브길이 자주 나타나 부담스러웠지만 다희의 재잘거림이 운전에 도움을 줬다. 예의 그 밝음은 선천적인 것이라 여겨질 만큼 자연스러웠다. 화기애애해진 분위기를 싣고 나는 대구 MBC 근처의 어느 골목에 차를 세웠다. 그리고 언제나처럼 그녀에게 가까이 가 보조석의 좌석을 친절하게 눕혀 내 사랑을 실었고 다희도 자연스럽게 받아줬다. 묵직해지는 순간이었다. 평소와 다름없이. 내 목에 검붉은 자국이 하나 생겼다는 것 빼고는 정말 평소와 다를 것이 없었다.

이런 영광의 상처도 잠시, 두 번째 통보가 그녀의 입에서 나온 것은 바로 다음 날 저녁이었다.

그날은 동성로의 이느 일인용 식당에서 저녁을 함께하고 있었다. 우리는 돈가스와 주방장 마음에 내키는 대로 요리해주는 랜덤메뉴를 주문하고 음식을 기다렸다. 다희는 또 제어장치에 관해 얘기하고 있었다. 나는 그것이 못마땅했다. 그녀는 그럼 너도 똑같이 하든지 마음대로 하라고 했지만 어투로 봐서는 절대자 그분의 기적을 맛보지 못하더라도 언제나처럼 꾸준한 광신도가 되길 원하는 교주의 뉘앙스였다.

"넌 정이라고는 없어. 만약에 내가 전쟁이 터져서 징병이라도 되면 정말 모른 체할 사람이군."

나는 교주를 벌하기 위해 내려온 정의의 사도가 된 양 비꼬며 말했다.

"그렇진 않은데? 뭐, 물론 생각은 나겠지. 그런데 솔직히 그렇게 떨어져 있으면 사랑 같은 건 없어지게 돼. 그럼 나는 뭐가 되냐? 나도 먹고는 살아야지."

"그래서 다른 남자를 만나겠다? 참, 말이라도 너같이 하는 사람은 처음 본다."

정말 처음 듣는 말이었다. 그녀는 방언이 터지듯 내 말에 재잘재잘 대꾸를 해왔다.

"야, 이런 건 정말 솔직해야 돼. 그리고 내가 겪어봐서 알아."

그녀는 마치 월남에서 돌아온 김 상사의 도망간 부인 같은 얼굴을 하며 말했다.

"그래도 그건 너무 하잖아. 뭘 겪어 봤다고 그래?"

"묻지 마. 더 이상은. 어쨌든 난 솔직할 뿐이야."

사랑의 철학자는 자신의 경험에서 우러나온 사랑이 그 자신에게 고귀하고 숭고했으며 그것은 죽을 듯한 고통이자 감추어둔 환희로써 현상하고 있다고 말해 주었다.

"아니, 도대체 뭐기에. 뭐 외국에 있는 유학생이라도 기다려봤다는 거야? 말 좀 해봐. 뭐 어때서 그래?"

"야, 내가 그만하라고 했지? 넌 어째서 그렇게 계속 물어봐."

"내가 뭘 그렇게 많이 물었다고 그래?"

"너 정말 많이 물어. 내가 그만 하라면 좀 그만해, 제발. 정말 싫어. 내가 몇 번이고 묻지 말아 달라고 했잖아. 정말 그만 좀 하라고."

랜덤으로 나온 크림 스파게티와 돈가스는 양이 적어서인지 어느새 종적을 감추고 말았다. 포만감이 크게 불러오진 않았다. 할 말이 없었다. 내가 할 수 있는 말이 크게 많지 않다는 것을 감지한 순간이었다. 다희 역시 말이 없었다. 우리는 자리에서 일어나 계산대로 갔다. 규칙에 맞게 다희가 지갑을 꺼낼 차례였다. 그리고 돈을 내면서 가위바위보를 이기면 1,000원을 할인해 준다는 이색적인 피켓을 보고 그 서먹한 분위기에서도 그녀는 주먹을 꺼냈다. 안타깝게 승부에서 진 다희는 혜택을 받지 못했지만 공짜를 좋아하는 그녀를 제대로 알아본 것인지 점원은 쿠폰에 도장을 세 개나 찍어주었다.

우리는 어색하게 지하철역에서 헤어졌고 그녀는 내 문자에 한동안 답이 없었다. 그러다 답장이 왔는데 그것은 그만하자는 그녀의 두 번째 통보였다.

역시나 첫 번째와 비슷한 말이었다.

'재현아. 니 잘못이 아니라 내가 아직 사람 만날 준비가 안 된 것 같아. 괜히 이렇게 계속 만나면 정말 친구로도 못 볼 만큼 나빠만 질 것 같다. 홧김에 하는 말도 아니고 너 괜히 떠보는 것도 아니야. 그냥 내가 안 되겠어. 정말 이렇게 말도 안 되게 화날 때마다 내가 너무 힘들어. 나 정말 연애할 때가 아닌 것 같아. 나 좀 이해해주라.'

장문의 문자였다. 너무 화가 치밀어 오른 나머지 답장을 하지 않았다. 두 번째 상황이다 보니 몸이 기억하며 반응하고 있었다. 슬퍼서라기보다는 지쳐서였다. 누군가 나무젓가락처럼 가벼운 것으로 관자놀이를 쑤셔 누르는 것 같았다. 그녀가 원망스러웠다. 그리고 그 원망은 곧 자기비판으로 색이 바뀌어갔다.

멍하게 아니 오직 핸드폰에만 신경을 집중한 채 소파에 걸터앉아있는데, 문자가 왔다.

'너 나랑 친구로도 싫지? 이럴 줄 알고 있었어.'

뭐하자는 거야, 라는 말이 절로 튀어나왔다. 그리고 나의 무반응에 따른 반응이라 신경이 곤두섰다. 그것은 좋기도 하고 좋지 않기도 한 것이었다. 끝까지 나와의 연을 놓고 싶지 않아 하는 것 같아 좋기도 했고 함부로 관계를 뒤집어엎어 친구라는 말을 쓰는 것이 좋지 않기도 했다.

나는 먼저 미안하다고 했다. 그러자 다희는 오히려 자기가 미안하다며 모든 것은 자기 문제며 별것 아닌 일에 화내는 자신이 너무 싫다는 것이었다.

생각보다 그렇게 화를 낸 것은 아니었는데. 그녀는 자기애가 너무나 강해서 인지 아니면 약해서인지 자신 스스로를 너무나 쉽게 자책하는 버릇이 있었다. 모든 책망이라는 책망은 오로지 자신만을 위한 용어였고 자기 부정은 기본 옵션이었다. 자존감이 너무나도 낮은 그녀가 안타까워 관련된 얘기를 꺼낼라치면 다희는 정색을 하며 대화를 거부했다.

다희는 자신의 화에 관한 자책에 이어 '상처'에 관한 독자적인 감상을 털어놓았다. '상처'란 놈의 재림이었다.

'나는 이제 내가 괜찮은 줄 알았는데 아직도 조금만 건드려도 화내고 너한테 괜히 상처 주는 거 싫어. 내가 어디선가 상처받은 걸 알게 되는 것도 싫어.'

진심으로 안타까웠지만 그 '상처'란 놈에게 소금이라도 뿌려주고 싶은 심정이었다. 상처에 연고가 소용없을 때는 상처가 난 부위 자체를 베어내는 것이 나을지도 몰랐다. 나는 그녀에게 그런 걸 받아주는 나에 대해 조금이라도 생각해 보았냐고 반문했다. 역지사지라는 말을 섞어 보다 유식한 모양새를 만들려다 그만 참았다.

그러자 다시 답장이 왔다.

'알아서 더 싫어. 내 말도 안 되는 짜증 받아주는 것도 미안해서 싫고 계속 만나다 보면 이런 나한테 질리게 될 것도 싫고 그러다 내가 이상한 애로 남게 되는 것도 싫어.'

작가는 내가 아니라 그녀가 해야 할 판국이었다. 얼마나 더 이상한 애가 될지 상상할 수 없었다. 이미 충분했기 때문이었다. 그리고 알아서 더 싫다고?

남에게 피해 주기를 싫어하는 다희의 본성이 가장 잘 나타나는 문장이었다. 하지만 그녀는 당장에 하고 있는 행동이 가장 나에게 미안해야 할 짓이며 피해를 주는 짓이라는 것을 모르는 것 같았다. 그녀의 상처와 과거의 표면이 조금씩 보여 나 역시 속상했지만 그것으로 인해 내가 감당해야 할 부분이 너무나 가혹했기에 무척이나 그녀가 괘씸해졌다. 난 아무런 이유도 없이 그녀의 과거로부터 직접적인 타격을 받아야 했다. 마치 수십 년 전에 전파된 방송이 현재의 라디오에서 송출되는 영화 속 이야기처럼 그 과거는 현재의 나에게도 유효한 것이었다. 종로에서 뺨 맞고 한강에서 화풀이한다는 말을 대구 한복판에서 해도 유효할 것 같았다. 그녀 역시 멀쩡한 나에게 그런 고통을 주는 것이 너무나 미안해서 싫다는 말을 몇 번이나 했다. 만약 그녀의 그 극성스런 미안함, 즉 '오바'만 없었어도 우린 끝까지 잘 만났을지도 몰랐다.

그리고 다음날이 되었다. 나의 심리는 나 스스로도 갈피를 잡을 수 없었고 아무래도 될 대로 되라는 식의 마음이 컸다. 부유한 집안에서 자랐으며 이따금 비싼 안경을 사주거나 두툼한 외투를 사주던 첫 번째 여자 친구가 굳이 떠올라서 그런 것만은 아니었다. 모든 것에서 자유롭고 싶었던, 힘을 빼 버리고 싶었던 마음이 컸다.

그러자 아침부터 그녀에게서 문자가 왔다. '뭐해' 식의 상투적이고 큰 용건이 없는 문자였다. 나는 간단히 몇 자로 답을 하며 문자를 부러 이어지지 않게끔 했다. 그러자 조금씩 반응이 왔다. 답을 하지 않았음에도 그녀는 다른 형태의 글로 말을 걸어왔다. 자문자답을 하기도 했으며 하루 종일 한가한 자신의 스케줄을 일러주며 만남의 권유를 유도하기도 했다. 나는 그런 문자에

화가 나면서도 동시에 즐거움을 느꼈다. 다희의 입장에선 내가 그녀의 메시지에 큰 관심이 없어 보였겠지만 나는 그 글자 하나하나에 모든 신경이 곤두서 있었고 어떤 식으로 반응할지를 고심하며 즐기기까지 했다. 그것은 실로 대단한 것이었다. 자그마한 상대의 반응에도 희열을 느끼며 더욱 나에 대한 간절함을 보이기를 원했으며 그 시간이 느긋이 흘러가기를 기원하고 있었다. 나는 그녀가 '통보'를 하는 이유를 조금은 알 것 같았다. 그 말을 뱉자마자 존귀해지고 마는 자신의 존재는 그 어떤 일상에서도 느낄 수 없는 흐뭇함을 가져다주기 때문이었다.

하던 짓을 멈추게 된 가장 큰 요인은 그녀가 보낸 '보고 싶다.'라는 문자 때문이었다. 나는 처음부터 그녀가 보낸 문자를 찬찬히 다시 되새겨보며 미소를 짓다, 다시 그녀에게 관심을 가져주기로 했다. 못 이기는 척하면서. 그리고 서로의 위치로 돌아올 것을 권고했다. 또한 앞으로 이런 일이 있을 시에는 그땐 정말 어떠한 할 말도 없을 거라며 경고했다.

그 경고는 얼마나 갔을까.

세계는 다시 잠잠해졌다. 난 최소한 그렇게 생각했다. 반면 다희는 월세를 못내 힘겨움을 겪고 있었다.

"아, 어떡하지. 윗집 아줌마 너무 무서워."

나는 듣고 있을 수밖에 없었다.

"저 아줌마는 두 번 정도 약속을 어기면 바로 집을 빼라고 한대. 사람들이 그랬어. 그리고 것보다 더 무서운 건 아줌마의 눈빛이야."

"그냥 한 번 버텨보는 건 어때?"

"안 돼. 저 아줌마 소문을 네가 몰라서 그래. 윗집에 아저씨가 없잖아. 그러니깐 남편이 없는데 그 남편을 저 아줌마가 죽였다는 소문이 있어. 남편은 큰 둔기로 내려 맞아 즉사했대. 범인은 아직까지 잡히지 않았고. 경찰을 제외하고는 아줌마가 범인이라고 다들 생각해. 나 정말 어떡해야 돼?"

겁먹은 그녀를 도우려면 얼마든지 도울 수 있었다. 하지만 자존심이 강한 그녀는 나의 선의를 거절할 것이 뻔했고 나 역시도 금전 때문에 나를 존귀히 여길 것이 내키지 않아 짐짓 모르는 척을 하였다. 당시 형과의 연습 때문에 그녀가 몇 번씩이나 윗집 아줌마의 경고를 받은 터라 나는 더욱 마음이 무거웠지만 정말이지 어쩔 수 없었다.

학교생활보다 형과의 연습에 더욱 지쳐 있던 다희를 위해 나는 어떻게든 그녀에게 여유를 주려고 애를 썼다. 다희는 정말 힘을 빼야 할 필요가 있었다. 웃으면 작아지던 눈이 웃기 전부터 줄어들어 있는 것이 못내 안타까웠다. 그녀의 도움이 되고 싶었다. 그러다 마침 어느 대화의 테이블 위에 '금요일 저녁'이 올라왔고, 뚜껑을 열자 '심야영화'가 피어올라 왔다. 그녀에게 힘이 되기에 괜찮은 날과 항목이었다. 우리는 대화에 집중했다. 그래서 다시 그것을 썰자 한창 화제가 되고 있던 음모론을 토대로 한 영화가 흠뻑 흘러나왔다.

"그 영화 볼래? 음모론에 관한 거라던데."

다희가 제의했다.

"그러자. 그런데 잠깐만. 음모론?"

"응. 음모론."

"다시 말해 봐. 음, 모, 론?"

나는 한 자, 한 자 또박또박 발음하며 되물었다.

"뭐라는 거야?"

"음, 모, 론? 음, 모?"

그제야 내 농을 알아차린 그녀는 내 손을 빼내고 뺨을 살짝 한 대 때렸다. 역시나 웃음이 묻은 손길이라 통증 따윈 전혀 없었다. 온도가 느껴지는 손길이었다.

하지만 그 온도와는 상관없이 전부터 조금씩 느꼈던 소외감은 더욱 제 모습을 띠기 시작했다. 그녀는 연락도 잦았고 애교도 잦았으나 무슨 이유에선지 난 혼자서 생각하는 시간이 많아지고 그로 인해 우울의 심층에서 헤맬 때가 잦아졌다. 그런 나를 알아챈 다희 역시 속상해했지만 그걸 막을 순 없는 노릇이었다. 그렇지만 여전히 그녀에게 향한 마음은 변함이 없었다.

그럼에도 세 번째 '통보'는 약속이라도 한 듯 다가왔다.

그날도 여느 때와 다름없이 월드컵스타디움 주차장에서 보조석을 눕히고 내가 그녀 위로 올라타며 시간을 보내고 있을 때였다. 늘 그랬듯 나는 입을 맞추고 목과 귀를 내주고선 한 움큼 가슴을 잡았다. 부드럽고 황홀한 시간이었다. 나는 습기가 생긴 손을 가슴에서 떼고 그 손으로 상의와 브래지어를 더욱 끌어 올렸다. 다희는 자신의 가슴을 보는 것이 부끄러웠던지 얼른 옷을 내리려고 했다. 그녀의 가슴을 눈으로 확인코자 했던 것이 아니었다. 나는 입을 가슴 가까이 가지고 갔다. 그리고 혀로 유두를 살살 문질렀다. 미세하게 뒤틀리는 그녀의 몸을 혀로 느낄 수 있었다. 다희는 그만 민망했던지

내 머리를 밀어냈는데 나는 이 정도 가지고 뭐 어때, 하는 미소를 머금으며 다시 입을 갖다 댔다. 이번에는 약간의 흡입력으로 그것을 빨았다. 모유는 아니었지만 수유라면 수유라고 할 수도 있었다. 다희의 말대로라면 이렇게 며칠을 반복했을 때 이 시간마다 무언가가 흘러나올 예정이었다. 나는 좀 더 그 예정에 확신을 보태기 위해 그것을 문 상태에서 혀로 툭툭 치거나 간질거려 보기도 했다. 그러자 다희는 머쓱했는지 아니면 정말로 흥분을 한 것인지 목을 꼿꼿이 세워 내 이마와 상박을 차례로 핥아 들었다. 그 모양새가 참으로 우스웠다. 그것은 내가 하던 행위보다도 더욱 선정적으로 보였다. 그녀의 여전하고 충성스러운 혀가 날 단단히 세우고 말았다. 어느새 위치는 역전되어 그녀 밑에 깔리게 되었다. 그녀는 여세를 몰아내 상의 안으로 손을 집어넣어 듬직한 등을 탐하고 있었다. 조금씩 난 여드름이 부끄러웠지만 그녀는 그런 것을 아랑곳할 사람이 아니었다. 손은 이미 팬티 안으로 들어와 엉덩이를 만지작거리고 있었다. 이때다 싶어 나 역시 그녀의 엉덩이 살 위로 손을 가지고 갔다. 납작하고 보통 크기의 엉덩이였다. 나는 손을 앞으로 가져가고 싶었지만 그래선 큰 사달이 벌어질 것만 같았다. 입이 붙어 있는 상태에서 그녀는 말했다. 손 떼. 파장이 없는 소리는 굴절이 되지 않은 채 바로 전달되어졌다. 나는 순한 수컷이 되어 손을 잠깐 뗐다가 기회를 엿보고 다시 엉덩이에 손을 갖다 대었다. 역시 손 떼라는 말이 나왔고 다시 손을 뗄 수밖에 없었다. 이런 순간에도 그녀는 참으로 이기적이었다. 하지만 순한 수컷은 바보가 아니었다. 나는 기지를 발휘하여 한 번 더 시도를 하게 되었고 마침내 그제야 그곳에 안전하게 안착할 수 있었다. 몸의 모든 신경은 온갖 집중을 하는데도 불구하고 전혀 지치거나 힘든 내색을 하지 않았다. 오히려 내가 더 큰 세계로 나아가길 빌고 있었다.

그때쯤 다희는 입을 떼고 시름시름 앓는 고양이 소리를 얕게 내고 있었다. 나는 여세를 몰아 그녀의 목을 다시 핥기 시작했다. 그러자 고양이는 점점 더 죽을병에 걸려가는 것 같았다.(참고로 그것은 고질병이었다.) 그리고 나는 고민했다. 수차례 고민 끝에 내린 결정을 나는 따르기로 했다. '음모' 론을 확인하기 위한 것은 아니었지만 나의 손은 자연스럽게 사타구니 쪽으로 향했다. 마침내 손이 그곳에 닿았고 일순 무지막지한 정적이 쿵 내려앉았다. 그것은 2초에서 3초 정도밖에 안 되는 시간이었지만 체감되는 시간은 정말로 어마어마했다. 불길한 기운이 그 시간에 어느샌가 파고 들어가 있었다. 그리고 '짝' 하는 소리가 들려왔다. 이제껏 맞아본 따귀 중 가장 묵직한 한 방이었다. 그것은 장난도 아니었고 실제라 하기에도 너무나 비현실적인 소리였다. 감성은 가고 성감만 남아있는 순간이리라.

이것을 계기로 다시금 그녀는 모든 것을 놓으려고 했다.

다희는 전과 마찬가지로 하루 동안 시큰둥한 대답을 하거나 아직은 누굴 만날 때가 아니라는 지겨운 소리로 나의 설득을 뭉그러뜨렸다. 중요한 것은 전날의 일은 내 잘못이 아니었다며 그것은 정말로 괜찮다는 것이었고, 그것과는 상관없이 모든 걸 관두자는 점이었다. 오히려 전날의 일도 자신의 잘못이 컸다며 그녀는 자신을 탓했다. 모든 게 내 잘못이라며 사정을 해도 소용이 없었다. 내 말이 먹혀들지 않아 조금씩 화가 났지만 그래도 다희에겐 다정한 모습을 유지하려 애를 썼다.

그녀는 위악적이었고, 나는 위선적이었다.

만약 이렇게 모든 것이 끝나면 꼭 식음을 전폐할 것 같은 사람처럼 나는 부러 그 고통을 드러냈다. 그러자 다희가 답해왔다.

'재현아. 원래 이렇게 끝날 수도 있는 거야. 나 정말 딱 죽기 전까지 힘들었고 저 먼 나라까지 가서 이 년 동안 뒹굴면서 회복하고 돌아왔어. 그리고 나한테도 미안한 짓 하고 싶지 않아. 다시 그렇게 힘들면 난 정말 죽을지도 몰라.'

대체 또 무슨 소리야. 누가 묻기나 했나. 죽기 전까지 힘들었다니. 죽음을 알기나 하고 하는 소리야. 건방지기도 하고 묻지도 않은 자신의 과거에 대해 말하는 그녀가 마음에 들지 않았다. 하지만 그녀가 가지고 있을 연애지침서에는 이러한 것을 끌어안아야 한다고 가르쳐 놨을 터였다. 물론 나 역시도 응당 그런 마음이 들기도 했다. 하지만 다희는 날 받아들이지 않았고, 나는 모든 것을 포기했다. 모든 것을 포기하고 내려놓으니 집에 있던 수족관이 보다 신선하게 보였고 퇴근을 하는 아빠가 짠하게 느껴졌다. 하, 이걸 왜 이제서야. 물론 이러한 의식에는 다시 눈을 돌리고 마는 다희의 변덕스러움이 저변에 기대로써 깔려있었기에 가능했다고 생각한다.

다음날, 무심히 책을 보다 울리는 핸드폰을 보았다. 다희였다. 오니기리가 맛없다는 내용의 문자였다. 나는 처음 그것이 수신자가 잘못 지정된 것인 줄 알았다. 하지만 얼마 뒤 연이은 그녀의 문자로 사태를 파악할 수 있었다. 나는 이번에도 상황을 즐겼는데, 그녀의 조급함과 고통이 나에겐 완연한 희열로 다가왔다. 이 역시 일종의 보상이리라. 나는 그것을 저녁이 될 때까지 끌고 갔다. 그리고 학교를 나오다 우연히 다희와 마주치게 되었다. 우연이 아니라 어쩌면 그녀가 내 길목을 기다리고 있었는지도 몰랐다. 다희는 나를 보자마자 부드럽게 웃고 있었다. 그 미소에 나는 웃지 않을 수 없었다. 따라 웃는 나도 이상했지만 다희의 태도가 정말로 황당했다. 그래서, 그래서 참으로 좋은 기분이 들었다. 그럼에도 다희를 보자마자 흥분된 어조로 물었다.

"야, 너 혹시 변태야?"

다희는 민망하고 미안해 웃기만 했다. 어리석게도 그 순간, 그만 나의 모든 것이 누그러뜨려져 버렸다. 그녀에겐 그런 능력이 있었다. 원래부터 약간 나온 턱과 부러 삐죽 빼낸 아랫입술, 그리고 길게 뻗었지만 조금 처진 눈은 나로 하여금 크나큰 동정을 불러일으켰다. 못 냈던 월세를 그녀 모르게 내야겠다는 생각을 왜 하지 못했을까 하는 생각이 떠오를 정도였다. 하지만 무엇보다도 궁금한 것이 있었다. 그때 다희도 모든 것이 누그러졌던 것일까. 아니면 순간적인 요동이었을까.

몇 번을 반복하다 보니 어느샌가 내성이 생겨버렸다. 어떤 것이 달려들어도 자못 감당할 수 있을 것만 같았다. 하지만 피곤한 이유로 자기 전에는 이제 전화를 하지 말자는 말 같은 것은 쉽게 감당해내기엔 여전히 어려움이 있었다. 한낮의 권태와 나태를 체감하며 멍하니 시선을 떨어뜨리고 있을 때 다희와 관련된 무수한 생각들이 스쳐 지나갔다. 스쳐 지나가기보단 의도를 가지고 깊이 탐구하는 쪽에 가까웠다. 늦은 밤에 함부로 '통화' 버튼을 누르지 못하는 내 처지와 '제어장치', 그리고 다 같이 귀를 파고 있거나 그녀의 허벅지를 매만지고 있는 한 무리의 남자들을 심층적으로 파고들었다. 그것은 크나큰 인내를 필요로 했다. 중간에 한 번이라도 끈을 놓치면 처음부터 다시 시작해야 했는데 그만한 고통이 또 없었다. 그것이 제대로 연결되더라도 생각은 도통 끝이 없었지만 나는 쉽게 멈출 기미를 보이지 않았다. 그것은 오직 내가 원하는 답에 이르러야만 멈출 수가 있었다. 더불어 모든 것의 원흉인 '상처'라는 것을 준 놈은 뭘 하는 놈인지 그놈이 자행한 짓은 도대체 어떤 것인지 파헤쳐보고 싶었다. 그것은 모든 문제 중 가장 커다란 모양새를 한 것임이 분명했다. 잡념은 쉽게 사그라지지 않았다. 하지만 스스로 문제를 해결하는 데는 한계가 있었다. 어설픈 상상은 두통과 불안만을 더욱 낳을 뿐이었다. 나는 생각했다. 그것을 알아야만 모든 것이 해결될 것이라고. 최소한 내 생각엔 그랬다.

나는 날을 잡고 용기를 내보기로 했다. 그녀가 불편해하며 내키지 않을 것이 너무나 자명했지만 어쩔 수 없는 일이었다. 처음 말을 꺼내기가 어려워 주저하고 있자 다희가 뭣 때문에 그러냐며 할 말이 있으면 하라고 나를 재촉해왔다. 마침내 나는 용기를 내 무슨 일이 있었는가를, 이유를 물어보았다. 그것이 우리 사이를 더 단단히 할 것이라는 말과 둘 사이의 허물이 없길 바랄 뿐이라는 말을 함께 하면서였다.

역시나 다희는 화를 냈으며 그것이 지금의 우리 사이에서 왜 중요하냐고 따져 물었다. 그것은 지릿한 싸움의 시작이었다. 다희는 말했다. 그렇게 듣고 싶으면 모든 것을 말해줄 수 있다고. 하지만 그것은 나와 그만두는 것보다 더 싫은 것이며 그것이 싫다면 자신은 얼마든지 모든 걸 포기할 생각이 있다는 것이었다. 또한 그때의 기억을 다시 끄집어내고 난 뒤 너널너널해실 자신이 두렵다고 했다. 나는 졌다고 생각했다. 저도 한참을 진 것이었다. 병이 있는 자에게 함부로 대할 순 없는 노릇이었다. 그녀는 내가 미안하다는 말에도 그치지 않고 자신의 말을 이어갔다.

"너 어제까지 사랑한다고 한 사람이 한날 사라져서 일주일씩 한 달씩 피 말라가며 지내봤니? 어디 살아있는지 죽었는지도 모르고 일주일 한 달 그렇게 살아봤냐고? 마주치지도 못하고 폰이고 인터넷이고 내가 하고 싶은 말 할 수도 없고 들을 수도 없을 때의 기분 니가 알기나 해?"

추측은 할 수 있었지만 확신은 할 수 없는 기분이었다. 그리고 누군가로 인해 피 말라간 그녀를 생각해보았다. 생각보다 기분은 꽤 담담했다. 하지만 별 대수롭지 않은 일을 늘 대형 참사로 이어지게 만든 그 장본인의 피는 똑같이 말리고 싶었다. 아니 오히려 더욱 과하게 수혈을 해 불어터지게 만들고 싶었다. 나에게 죄가 있다면 가장 늦게 그녀를 만난 것이었다. 외삼촌은 이런 나를 보고 이렇게 말했을지도 모른다. 뭘 그렇게 어렵게 생각해여. 똥 밟았다 생각해여. 눅진눅진한 똥.

이어 다희는 모든 걸 다 말할 수 있지만 그 말이 끝나면 자신은 터져버린다는 둥 헤어질 거라는 둥의 협박을 해왔다. 화가 날 대로 난 상태였다. 어떻게 대처해야 할지 알 수 없었다. 다희가 너무나도 가련하게 느껴졌다. 그런 감상도 잠시, 예상대로 다희는 그만하자고 했다. 너는 결국 그걸 꼭 알아내고 말거라느니, 자신은 그것이 너무 견딜 수 없다느니. 그리고 또 전과 비슷한 소리를 한 뒤 전화는 끊겨 버렸다. 수십 번의 전화는 역시나 신호만 갈 뿐이었다. 예상된 수순이었다. 그 통보가 네 번째라면 네 번째였다. 이제 숫자는 큰 의미가 없었다. 만약 이렇게 기록을 하지 않았다면 그 서수는 전혀 알 수 없었을 것이다.

다음날, 점심이 한참 지나서까지 그녀의 연락이 없었고 나 또한 하지 않았다. 버릇을 고쳐 주고 싶었고 언제나처럼 상투적인 대화체로 말을 걸어올 그녀를 생각했기 때문이었다. 하지만 연락이 없자 닫치고 있던 불안이 조금씩 입을 벌리고 있었다. 나를 간사하다고 손가락질해도 어쩔 수 없었다. 초조함이 더욱 일자 이번엔 내 차례라고 생각했다. 그래서 핸드폰을 들어 그녀에게 전화를 했다. 목이 꽤 잠겨 있는 목소리였다. 꼭 일요일 늦은 아침에 전화를 건 기분이었다. 다행히 몇 번의 설득 끝에 저녁을 함께하기로 했다. 다희의 눈은 퉁퉁 부어 있었다. 눈물을 보이게 했다는 사실이 나를 끝없이 책망하도록 만들었다. 나는 어디에도 불필요한 인간이 되고 말았다. 함부로 그녀를 판단하지 않겠다고 스스로 다짐하며 어떤 것이든 받아들이겠다고 속으로 맹세했다. 탄 고기를 집어 먹는 다희를 보니 더욱 마음이 안쓰러워졌다. 그것도 모르고 다희는 넉살 좋게 웃으며 고기를 집어 먹고 있었다. 꼭 자신을 버렸던 부모가 몇 년 만에 나타나 사주는 고기를 마음껏 먹는 고아의 얼굴 같았다. 칠칠맞지 못한 데가 있는 고아는 흰 티셔츠에 그만 주황빛의 양념을 다 쏟아버렸다. 음식을 먹다 보면 당연히 벌어질 수 있는, 벌어질 수밖에 없는 일이라고 감싸주고 싶었다. 나는 얼른 물수건을 건넸고 장난스럽게 울상을 짓는 그녀의 얼굴이 환해 보였다. 고기를 더 주문하려고 하자 고아는 나를 막으며 밥을 주문했다. 고아는 어느새 철이 들어 있었다. 나는 무엇이라도 해줄 수 있을 것 같았다. 길을 걷다 가판대의 귀걸이를 사달라고 하면

백화점의 일 층으로 걸음을 틀 준비가 되어 있었다. 그런 내 마음을 아는지 고아는 그릇을 깨끗이 비워 버렸다.

서로 피곤해 일찍 귀가하기로 했고 나는 그녀를 집에다 데려다 주었다. 그리고 준비해 놓았던 편지를 건네주었다. 몇 번이나 줬던 편지였지만 어수룩한 데가 있는 다희는 예상을 못했다는 얼굴을 하고 있었다. 다시는 묻지 않겠다고 또 늘 헤아려주는 남자가 되겠다는 유의 내용이 들어 있는 편지는 그런 얼굴을 할 만큼의 가치가 있다고 말해주고 싶었다.

집으로 돌아오는 길에 다희는 너무 고마워, 라는 문자를 보내왔다. 사실 스스로도 내가 대견스럽다는 생각이 들었고 그 덕에 횡격막 어딘가로부터 벅찬 공기가 뿜어져 올라왔다. 이것은 정말 과장이 아니었다. 지나가는 자동차의 라이트가 무척이나 따사롭게 흔들렸으며 멈추는 지하철에서 흘러나오는 안내방송은 고아원의 원장님처럼 푸근한 소리로 들려왔다. 얼마 만에 느껴보는 충만함인지. 나는 그것의 어느 편린도 놓치고 싶지 않았다.

한동안 우리는 좋은 사이를 유지했다. 그 시간 동안 나는 잠시 글 쓰는 것을 멈추고 처음으로 회사란 곳에 지원서를 넣기도 했다. 그녀의 말을 조금 수긍한 면도 있었고 돈이라는 것을 모아둘 필요도 있었으며 또 회사 생활이 어떤 글을 쓰는 데에 큰 도움이 될 거라는 합리적 사고를 한 면도 있었다. 다희는 연주회를 위해 더욱 형과 많은 시간을 함께했다. 그럴 필요가 있었다. 어릴 때부터 형을 봐 왔기에 연주회를 앞둔 연주자의 그 불안감이란 글로 다 표현할 수 없을 만큼 크다는 걸 진즉에 알고 있었으니. 하지만 바쁜 것은 충분히 이해가 되었다 하더라도 그 이해와 상관없이 혼자서 연애를 하는 기분은 여전히 지울 수가 없었다. 그녀가 바쁘지 않았더라도 혹여나 그녀가 '상처'에 관해 모두 털어놓았더라도 이 기분이 떠올랐을 것이다. 그것은 실로 필연적인 것이었다. 명확한 이유를 모르고 받아들여야 하는 필연만큼 무서운 것도 없다.

무시히 한 학기가 끝났다. 나의 학기는 아니었지만 한결 가벼운 기분이 들었다. 방학이 되면 좀 더 여유롭게 그녀와 마주할 수 있을 것 같았다. 나는 다희가 여태 못 봐왔던 7월의 녹음과 포말이 그리 깨끗하진 않은 동해의 해변, 그리고 북유럽 특유의 인테리어를 한 카페에 그녀를 데리고 가 고급스런 분위기를 담아낼 수 있는 사진을 찍을 수 있게 도와 미니홈피를 '있어' 보이게끔 하는 데 일조하고 싶었다.

하지만 다희는 마지막 남은 기말고사 하나를 끝내자마자 서울로 향했다. 여러 가지 이유가 있었다. 먼저 평소에도 자주 대구로 내려오는 언니를 만나러 간다는 것, 호주에서 만났던 오빠와 동생들이 마침 서울에서 모인다는 것, 가장 가까운 이모 댁에 들린다는 것, 마지막으로 가장 친한 친구인 인호와 초등학교 동창인 어떤 남자애를 만난다는 것. 그것이 그녀가 서울에 가는 목적이었다. 나는 시험이 끝나자마자 나와의 여유를 미루고 가는 것이 못내 아쉬웠지만 이유를 들어보니 그녀의 입장도 순순히 이해가 되었다. 다희는 나의 이해를 구하고 형에게는 양해를 구한 뒤 서울로 올라갔다.

그녀가 서울로 가기 전날부터 나는 미리 허전함을 느끼고 있었다. 그녀가 네일 케어를 받는 것을 기다려주는 데도 전과 다르게 지루하지 않고 붕 뜨는 기분이 들었다. 나는 그것이 불안도 불만도 아니라고 자부하고 싶었다.

다음날의 서울행으로 들뜬 기색을 감추며 쭈뼛거리는 다희의 미안함은 다소 부담스러웠고 불편했다. 괜찮다고는 했지만 마음 한켠에서 적당한 혼란이 자리를 하고 있었는데 그것이 어떤 종류의 것인지는 나 스스로도 알아챌 수 없었다.

그동안 쌓인 스트레스를 풀고 마음껏 자유를 즐기다 오라며 그녀의 마음을 보다 편안하게 해주려고 애를 썼다. 그것은 어느 정도 진심이 담긴 것이었다. 나는 그녀가 정말 많은 사람을 만나 지친 심신을 회복했으면 했고 더불어 나의 소중함을 아는 기회가 되었으면 하는 바람이 있었다.

그리고 다희가 기차를 타던 날, 나는 그녀와 모든 걸 그만하게 되면 어떨지 가정을 해보았다. 가정은 하나의 충동에 의해 진행된 것이었다. 만약 다희와의 관계가 끝이 나도 이제는 큰 요동도 감흥도 없을 것 같았다. 무릇 그런 생각이 들었다. 그녀가 떠나자 오히려 심신이 더 가벼워진 것 같았다. 다희는 간혹 자신의 위치를 알리거나 일거수일투족을 전하기 위해 전화를 걸어왔다. 보고 싶다는 말을 들었음에도 그녀의 전화가 일련의 의무감에서 비롯된 것이라는 느낌이 들었다. 나는 일부러 전화를 자주 할 필요는 없다며 신경 쓰지 않아도 된다고 그녀를 위하는 척 말해 주었다. 사실 나에게도, 누군가에게 해가 되고 싶지 않은 근성이 있었던 데다 정말 자의가 묻지 않은 전화는 썩 받고 싶지가 않았다.

다희는 첫날을 언니 집에서 묵었고 다음날은 가장 친한 친구인 인호를 만난다고 했다. 나는 딱 한 번 인호라는 친구를 만난 적이 있었다. 학교에 잠깐 다희를 보러 왔을 때였고, 그때 우리는 짧게 인사를 하고 헤어졌었다. 그는 남자였지만 다희의 가장 가까운 친구였다. 전혀 의심이 들지 않을 만큼 둘은 허물이 없어 보였고 심지어 가족처럼 느껴졌다. 나는 그가 사교성이 좋은 사람임을 단번에 알아챌 수 있었다. 그에게 호감이 갔다. 다희는 그날 저녁을 그의 집에서 잘 것이라고 했다. 인호는 그의 여자 친구의 집으로 갈 것이라는 말도 빼놓지 않았다. 무언가 꺼림칙하긴 했지만 괜히 속 좁아 보이는 것 같아 알아서 잘하라는 말로 말을 마쳤다.

한동안 다희는 연락이 없었다. 나 역시도 먼저 연락을 하지 않았다. 그리고 밤 열 시가 넘자 나는 핸드폰을 들어 전화를 걸었다. 신호음만 세차게 울릴 뿐이었다. 그리고 몇 분 뒤 '친구랑 노래방'이라는 문자가 왔다. 나는 신경 쓰지 말고 놀라고 했고 다희는 '이따 전화할게.'라고 답을 해왔다. 문자를 즉시 답하는 걸로 봐서 다희는 분명 내가 전화를 건 순간 휴대폰을 확인했을 것이었다. 가족처럼 편하다던 친구를 두고 잠깐 나와서 전화를 받는 것이 그렇게 어려운 일이었을까. 전화를 건 순간에 휴대폰을 보지 못했더라도 문자 대신 왜 전화를 하진 않았을까. 나는 비위가 점점 상해갔다. 그때 다희에게서 다시 문자가 왔다. 나에게 화가 났냐고 물었고 나는 화나지 않았으며 신경 쓰지 말고 편하게 놀라고 했다. 이미 신경이 팔린 그녀에게 더 하고 싶은 말이 없었다. 말이 없자 다희는 너 정말 화났어? 미안해, 자? 잘자 등의 문자를 연달아 보내왔고 나는 내가 알아서 잘 것이니 내버려 두라고 답을 했다. 언제부터 그렇게 내 말을 잘 들었는지 다희는 정말로 날 내버려 두었다. 마치 주먹을 불끈 쥐고 예스! 라고 외치고 있을 것만 같았다. 기분이 몹시 상했다. 열두 시가 넘었기 때문이기도 했지만 처음 받아보는 이런 대우가 몹시나 괘씸했던 이유가 컸다. 무엇보다도 나에게 미안해하며 그 이유를 알면서도 자신의 태도를 멈추지 않는 행위는 정말로 나를 견딜 수 없게 만들었다. 또한 생각을 해보니 인호의 집에서 잘 것이라고 미리 계획한 것도 의심스러운 데가 있었다. 거리가 조금 멀었던 이모 집을 차치하더라도 전날 묵었던 언니 집이 있었는데도 그녀는 굳이 인호를 쫓아 보내고 그의 집에서 잘 것이라고 언질을 해 왔다. 물론 믿진 않았지만 오래전, 아무리 친한 친구라도 남자 혼자 있는 집엔 가본 적이 없다며 태연스럽게 말한 그녀의 말이 사실이라면 그녀는 새로운 기록을 세우고 있는 셈이었다. 이제 시간은 두 시를 넘어갔다. 다희가 인호라는 친구와 함께 있는 것은 걱정이 되지 않았지만 그 시간까지 '남자'라는 존재와 그것도 그 '남자'의 집에서 단둘이 있는 것은 나에 대한 최소한의 예의를 저버리는 것이었으며 나를 무척이나 우습게 여기는 처사로 받아들일 수밖에 없었다. (물론 운 좋게 인호가 문을 열어주기만 하고 곧장 자신의 여자 친구 집으로 갔을 수도 있었지만 그럴 가능성은 극히 낮아 보였다.) 그것은 무시무시한 무시였다. 여태껏 살이 쪘을 때도 내성적인 성격을 가졌을 때도 당해 보지 못한 무시였다. 몸이 뜨뜻해졌다. 점차 그 열기는 올라가고 있었다. 나는 참을 수 없는 지경이 되고 말았다. 분노가 치밀어 오르는 순간이었다. 다짜고짜 그녀에게 문자를 보냈다.

'우리 그만 하는 게 좋을 거 같다.'

그러자 갑자기 왜, 라는 답장이 왔고 나는 우리 둘은 안 맞는 것 같다고 했다. 그리고 주절주절주절. 그때 여러 사실을 알 수 있었고 나는 정말 모든 것을 끝내야 할 때라는 결단을 하게 되었다.

역시나 예상대로 다희는 인호의 집에서 그와 함께 놀고 있었으며 그 사실을 비꼬자 다희는 자신을 어떤 여자로 생각 하냐며 되로 화를 냈다. 또한 이어서는 그래, 내가 잘못했는데 더 뭐 어째? 라는 식의 배짱을 보이기도 했다. 정말이지 당황스러웠다. 그리고 마침내는 미안하다는 말을 했는데 그것 또한 당황스러운 말이었다. 그 말은 자신의 행위에 대해 미안한 것이 아니라 이제 그만두게 되어서 자신이 너무 부족해서 미안하다는 것이었다. 그것은 순간의 잘못에 대해 시말서를 쓰라는 사장의 말에 자신의 부족함과 관대한 회사에 비해 적은 애사심을 이유로 사표를 쓰겠다는 말이었다. 더불어 잃을 게 없어서인지 자신이 원하는 것을 얻어서인지 다희는 그 와중에도 전화 한 통을 하지 않는 용단을 보이기도 했다. 역시나 미안해하면서도, 내가 싫어하는 것을 알면서도 자신의 행위를 멈추지 않는 그녀가 너무도 잔인하게 다가왔다. 좀 더 변명이라도 했으면 어땠을까. 나는 그만하자고 정말 그만하자고 했다.

하루가 지나고 곧 이틀이 지났는데도 다희에게선 전화가 없었다. 내가 생각한 수순과는 조금 다르게 시간이 흘러가고 있었다. 멋대로 하라지. 그녀는 자신의 소식을 미니홈피를 통해 전해왔다. 호주에서 알게 된 친구들과의 사진이 올려져 있었고 다이어리에 글이 적혀져 있었다. 사진 속 그녀는 어느 누구보다도 밝은 웃음을 짓고 있었다. 그것은 내가 없어도 아니 내가 없기 때문에 더욱 행복하다는 웃음이었다. 그리고 다이어리엔 암시와 비유가 뒤섞인 글로 채워져 있었는데 뭐 뒤돌아보지 않고 가겠다는 말이 눈에 들어왔다. 최대한 밝게 나온 사진을 정리하고, 일일이 남에게 보여주기 위해 고심하며 한 자 한 자 글을 입력하는 그녀의 모습을 상상하니 참으로 우습다는 생각이 들었다. 나는 마음껏 그녀를 비웃어댔다. 나는 그럴만한 자격이 있었다.

하루가 더 흐르자 나는 조급해져 갔다. 너무나도 보여주기 싫었으며 나타내고 싶지도 않은 것이었다. 하지만 그것은 하루 종일 나를 짓눌러 버리고 있었다. 아무리 친하더라도 감히 남자 집에서 선머슴인 마냥 자리를 까는 여자를 용납할 수가 없었다. 과연 자신의 엄마에게도 자신 있게 남자의 집에서 하루를 보냈다고 말할 수 있었을까. 하지만 정말 빌어먹게도 그 순간마저 나는 그녀를 원하고 있었다. 실수였다고 오해였다고 설명을 한다면 모든 것을 다시 생각해 볼 기회를 줄 수 있었다. 아니 나 스스로가 다시 생각해보겠다고 말해주고 싶었다. 그 사실이 나를 더욱 고통스럽게 만들었다. 인정하지 않을 수 없는 나 스스로를 받아들여야만 했다. 그런 후, 자괴감에 허덕일 때는 먼저 행동으로 그것을 벗어나야 한다고 생각했다.

나는 그녀에게 전화 걸었다. 대여섯 번을 걸었는데도 여전히 응답이 없었다. 그리고 마침내 전화 받은 그녀는 그저 미안하다고만 했다. 덧붙여 자신이 모두 잘못되었고 나는 정말 괜찮은 사람이었다고 일러주었다. 화를 억누르고 최대한 안정된 목소리로 그녀에게 내 의사를 전달했지만 그것은 받아들여지지 않았다. 나는 알겠다고 하고 전화 끊었다. 생각보다 쉽게 전화를 끊었던 것은 나도 모르는 사이에 이제껏 그녀가 보였던 변덕을 꽤나 믿고 있었기 때문일지도 몰랐다.

다음날 마침 서울에 갈 일이 생겼다. 그것은 실로 기막힌 타이밍이었다. 원서를 넣었던 대기업에서 면접을 보러 오라고 통보를 했는데, 마침 그날이었다. 깔끔한 정장 차림을 하고 KTX에 몸을 싣고서 서울로 향했다. 기차 안에서 그녀에게 연락했지만 반응이 없었다. 하지만 반드시 서울에서 만나고 돌아오겠다고 스스로 다짐을 했다. 서울까지 간다면 어느 정도 승산이 있어 보였다.

면접을 보러 갔는데도 전혀 긴장되지 않았다. 그 사실이 오히려 잠잠하던 나를 조금이나마 떨리게 만들었다. 그 많은 대기자 중 나는 가장 먼저 면접을 보게 되었다. 하필이면. 당당한 걸음으로 면접장을 향해 걸어갔다. 그리고 문을 열고 들어가 공손하게 면접관 세 명에게 인사를 하고 자리에 앉았다. 자기소개를 했고 여러 질문이 날아왔다. 거의 모든 질문에 막힘없이 답변을 할 수 있었다. 기억에 남는 질문은 이 회사에 왜 들어오려고 하느냐는 질문이었다. 나는 그 질문에 머뭇거리지 않고 자신 있게 답을 할 수 있었다. 혁신과 도전 운운하며 글로벌로 도약하는 회사를 웅장하게 그려낸 것이었다. 나 자신도 놀랄 정도로 평소 잘 쓰지도 않던 어휘들이 입 밖으로 나오며 위대한 회사의 이미지를 만들어낼 수 있었다. 그러자 가장 몸이 말랐던 면접관이 자신의 막내딸을 차지하러 온 중세의 기사를 보는 듯한 표정으로 말했다.

"우리 회사는 내부적으로 경직되고 보수적인 이미지가 대체로 강한데 도대체 그런 소리는 어디서 들었어요? 혹시 회사에 아는 사람이라도 있어요? 이건 제가 정말 궁금해서 물어보는 겁니다."

그랬다. 한 마디로 나는 면접을 망친 것이었다. 준비를 소홀히 한 내 잘못이 컸지만 나보다 형편없을 것 같은 면접관들에게 낙제점을 받았다는 것에 분했다. 핸드폰을 꺼내 다희에게 연락을 했다. 그러자 자신은 지금 가족과 있으며 다시는 연락하지 말라는 답이 왔다. 정말 다시는 연락하지 말라고 냉소체로 일러주었다. 내가 서울이라 했음에도 불구하고. 정말 끝이라는 생각이 들었다. 홀가분하기도 했지만 자욱한 불안이 대부분의 나를 지배해 버렸다. 끝은 생각보다 짧고 단순명료했다.

대구로 돌아가는 KTX에서 돌이켜보니 몇 가지 사실이 하나씩 하나씩 정리가 되었다. 먼저 다희는 꼭 내가 그만두자고 말하길 기다린 사람 같다는 것이었다. 그 가정을 해보았을 때 모든 이야기는, 맞물리며 알맞게 돌아갔다. 또한 그녀는 내가 괜찮은 사람이라 말하며 실은 자신이 '괜찮았던 사람'의 이미지로 남고 싶어 한다는 것을 알 수 있었다. 그리고 그녀는 친구들에게 아니 새로운 남자에게 이렇게 말하겠지.

"나한테 먼저 관두자고 하면 정말 끝장이 날 거야. 전에 먼저 관두자고 해놓고 다시 만나 달라고 사정을 한 놈이 있었거든. 그런데 난 안 만나줬어. 자기가 뱉은 말에 책임을 져야지. 너도 새겨들어."

그녀는 내가 그 말을 뱉은 것에 대해 큰 후회를 하길 바라며 내가 조금이라도 후회를 하는 과정에서 큰 쾌감을 느끼는 것 같았다. 그것은 무의식의 세계에서 비롯된 것이라 알아채기가 어려웠지만 나는 충분히 느낄 수 있었다.

대구에 도착해 그녀의 미니홈피를 들어가 보았다. 그녀는 남자 동창과 찍은 사진을 올려놓았다. 그날 그녀가 자신의 말대로 정말 가족을 만났던 것인지 아니면 동창을 만났던 것인지는 알 수 없었지만 사진의 표적이 나였다는 것은 너무나 분명한 사실이었다. 분명 따져 묻는다면 신경도 안 썼던 건데? 라고 눈을 동그랗게 떴을 것이었지만 그녀는 그러고도 남을만한 인간이었다.

형은 나와 다희의 소식을 듣고서 겸연쩍게 나를 위로해 주었다. 전혀 위로가 되지 않는 위로였다. 형은 프로였기 때문에 나와는 상관없이 다희와의 연주회를 계속해서 준비했다. 그것은 정말 내가 바라던 바였다. 나는 형의 일에 조금의 차질도 주고 싶지 않았다. 형이라면 다희를 만나도 나와 관련된 얘기를 더 이상 언급할 사람이 아니었기 때문에 내가 크게 신경 쓰지 않아도 될 것 같았다.

문제는 나였다. 낭패감에 휩싸여 모든 시간을 밤처럼 보내며 거의 누워 있거나 눈을 감고 있었다. 운이 좋으면 잠이 들었고 잠이 들지 않으면 온갖 불안과 분노로 스스로를 갉아먹으며 누운 상태에서 벽을 치거나 짧고 굵직한 소리를 내뱉기도 했다. 운 좋게 잠이 든다 하더라도 문제는 발생했다. 꿈에 다희가 나온다는 것이었다. 원래 꿈엔 스쳐 지나갔거나 내가 가볍게 놓친 대상이 주로 등장하고, 종일을 골몰한 대상은 거의 보이지 않는 것이 일반적이었다. 하지만 잠이 들라치면 수많은 꿈을 꾸기가 일쑤였는데 그럴 때마다 다희는 자신의 존재를 증명해왔다. 꿈은 대체적으로 비관적이거나 애완견이 죽었을 때와 같은 잔혹함과 암울함이 뒤섞여 있을 때가 많았다. 또한 내용도 다양했다. 그녀의 손을 잡고 앞이 보이지 않는 곳으로 뛰어 내려가기도 했고, 바둑(혹은 장기)을 두다 동그란 눈으로 나를 노려보는 그녀의 아버지를 만나기도 했다. 가끔 그것이 꿈인지 환각인지는 알 수 없을 때가 많았다. 그것은 반수면 상태에서 나의 의지에 따라 그에 맞는 영상이 피어났고 움직였으며 몰입할 수 있는 것이었다. 그 세계는 견고하지 못해 쉽게 깨어져 버렸는데, 한밤중에 그렇게 되면 나는 몇 시간 동안이나 아무것도 할 수 없는 처지가 되고 말았다.

그리고 두통은 만성이 되어 늘 따랐으며 극도로 예민해진 나는 모든 것에 짜증스럽게 대하곤 했다. 형은 그런 나를 진정시켰지만 그것은 내 의지대로 될 성질의 것이 아니었다. 특히 혼자 있을 땐 거의 써본 적이 없었던 상스러운 욕을 소리 내어 내뱉으며 맹렬한 기세로 다희를 욕하고 저주했다. 그럼에도 다희와 관련된 일련의 사고들은 무수히 떠올라왔다. 그것은 고통 없이는 진행될 수 없는 것이었다. 하지만 나는 기꺼이 그 고통을 감수하며 그녀를 떠올릴 수밖에 없었고 나중에는 그 고통을 즐기기까지 하였다.

절대적인 박탈감으로 나태한 나날을 보내던 중 유일하게 생산적인 일을 한 것이 있었다. 그것은 매체를 이용한 것이었다. 안방의 흔들의자에 앉아 책을 보거나 티브이를 보거나 혹은 티브이를 켜놓고 책을 보는 따위의 일. 하지만 뭐 하나 제대로 집중할 수 있는 것이 없었다. 그것은 생산적이기보다 소모적인 것이라 봐도 무방했다. 책을 보면 문자를 읽어 내려갈 순 있었지만 그것들이 자꾸만 떠다녀 그 내용의 의미를 파악할 수가 없었다. 그래서 첫 문장부터 다시 읽기를 수차례 반복하다 그만 지쳐 쓰러져 버렸다. 발음기호가 적혀진 외국 문서를 읽으면 이런 기분일까. 티브이를 켜면 어느 한 채널을 가만히 두고 볼 수가 없었다. 내 관심을 끌 만한 것이 없었다는 얘기다. 무의미하게 남자연예인이 여자연예인을 들고 림보게임이나 하든지 딱한 사연을 가진 소녀 가장의 일상이 축축한 목소리의 해설과 함께 전해지든지 내가 마음 놓고 집중할 수 있는 것이 없었다. 늘 관심 있던 야구 채널은 그나마 다른 것보다는 꽤 오래 볼 수 있었지만 예의 그 흥분을 느낄 수는 없었다.

또 VJ 특공대 같은 식욕을 불러일으키는 프로그램 역시 보다 눈에 들어왔지만 늘 느끼곤 했던 극도의 허기 따위는 전혀 느껴지지 않았고 이내 지루함에 눈의 초점을 놓아 버리곤 했다. 그러면 흔들의자를 고정시킨 뒤 다시 얕은 잠에 빠져들기 일쑤였다. (참고로 잠을 자기에 가장 좋은 채널은 골프 채널이었다. 푸른 잔디와 알아듣지 못할 용어, 이 두 가지면 충분했다.)

그런 생활을 한 지 일주일이 채 안 되었을 때 희수에게서 연락이 왔다. 다희를 만난 뒤 그녀를 알게 해준 희수에게 통 연락을 하지 못했었는데 웬일인가 싶었다. 희수는 나를 위로 해 주었다. 오히려 잘 된 건지도 모른다며. 네가 뭘 아느냐고 대꾸해주고 싶었지만 생각대로 말이 입 밖으로 나오진 않았다. 희수는 위로를 마친 뒤 하나의 소식을 전해 주었다. 별 대수롭지 않은 것을 전해준다는 말투였으나 그것이 전화를 건 목적 같아 보였다. 바로 전날 오수훈과 다희가 만나고 있는 것을 봤다는 게 그 내용이었다. 처음 그 음성, 그 소리를 들었을 땐 별 감흥이 없었다. 만날 수도 있지 뭘. 하지만 점점 아주 엷은 데서부터 화가 조금씩 차올라왔다.

오수훈에 대해 자세히는 몰랐지만 어느 정도는 알고 있었다. 사진 속에서만 본 그의 얼굴은 지나가다 알아볼 정도의 기억이 되어 남아있었다. 그리고 그는 과거 그러니깐 나를 만나기 전부터 다희가 알고 지내던 남자 중 하나였다. 내 또래보다 두 살 혹은 세 살가량이 많으며 카페를 운영하고 있다는 것. 그리고 다희가 일방적으로 그를 좋아했다는 것. 하지만 그 남자는 다희에게 큰 흥미를 느끼지 못 했고 오히려 희수에게 관심이 있었다는 것. 그 정도가 내가 아는 것의 전부였다. 내가 마음을 뒀던 여자의 마음을 거부하고 큰 관심을 두지 않은 남자에게 나는 일종의 열등감, 패배감 같은 것을 느꼈다.

다희는 왜 그를 만났을까. 여러 가지 상황을 유추해 볼 수 있었다. 그녀의 짝이 없다는 것을 알아챈 오수훈이 심심하던 차에 전엔 없던 관심을 가지며 연락을 해왔거나 반대로 다희가 먼저 연락을 해 만났거나. 더 이상 하고 싶지 않은 유추였다. 정신을 가다듬을 필요가 있었다. 더 이상의 흥분은 유익할 것이 못되었다. 나는 그렇게 무력해지거나 스스로를 다잡지 못할 때 전여자 친구를 떠올렸다. 겉으론 이기적이긴 했지만 나를 위해 희생플라이 하나 정도는 쳐줄 수 있는 여자였다. 얼마나 그녀가 나에게 많은 자비를 베풀고 포용했는지 이제야 새삼 느낄 수 있게 되었다. 그것이 참으로 못마땅하고 그녀에게 미안했다. 감히 다희 같은 여자가 나를 이렇게 만들 순 없는 노릇이었다.

인도의 카스트제도를 대한민국 현대의 나와 그들에게 투영시켜 본다면 나는 왕이나 귀족 계급인 크샤트리아 계급이었고 공주 풍의 전 여자 친구 역시도 같은 계급이라 볼 수 있었다. 반면 다희는 노예나 천민에 해당하는 최하층 계급인 수드라에 포함시키면 될 것 같았다. 네 개의 계급 밑에 아웃 카스트라 하는 불가촉민도 있었으나 그곳에 까진 넣고 싶지 않을 따름이었다. 보다 높은 카스트에 속한 사람은 보다 낮은 카스트에 속한 사람의 곁에만 가도 더럽혀진다고 했는데 나는 정말 다희 덕분에 더럽혀졌다고 할 수 있었다. 그렇게 생각하자 나는 그녀를 잃었다기보다 나 스스로를 잃었다고 상실했다고 누구에게라도 토로하고 싶었다. 하지만 다희에게는 크샤트리아에선 맛볼 수 없는 수드라 특유의 매혹이 있었고 생의 노곤함이 묻은 그녀의 모습은 쉽게 빼낼 수 없는 크사트리아의 동정을 부드럽게 잘 끄집어냈다. 그래서 다희는 내가 아니어도 아니 나보다 더 형편이 괜찮은 크사트리아를 만날 수드라임이 틀림없었다. 그놈의 '상처'와는 상관없이 그녀는 어떻게든 크사트리아를 만나고 매혹시키고 결국에 결혼할 것이었다. 나는 확신할 수 있었다. 내가 유치하고 노골적으로 아빠의 벤츠 자동차를, 영이 많이 찍힌 통장을, 15억짜리 삼 층 건물을, 들먹이며 넌 저 모든 걸 놓친 거나 다름없지, 라는 생각 따위로 그녀를 밀어내도 그건 크게 소용없는 짓이었다.

복잡하기만 하고 머리를 싸매기만 하다 나는 마침 학교에서 빌렸던 책을 반납해야 할 때가 되었던 것이 떠올라 조용히 쾌재를 불렀다.

학교는 방학을 맞이해 덥지만 그늘이 많았으며 사람들은 많지 않았다. 나는 책을 반납하고 세 권의 책을 다시 빌렸다. 우연을 가장하기 위해선 세 권 정도면 될 것 같았다. 나를 마주쳐도 다희는 아, 책 때문에 학교엘 왔구나 할 것으로 나는 생각했기 때문이었다. 나는 다희의 집으로 향했다. 어린 애들의 재잘거리는 소리만이 이따금씩 들려오고 있을 뿐이었다. 그녀의 집 근처에 가까이 다다르자 나는 괜히 딴청을 부리며 핸드폰을 들여다보고 있었다. 그리고 멀리서 한 남자가 보였다. 그자는 눈에 익은 자였다. 오수훈이었다. 얼른 몸을 돌려 왔던 길로 돌아가다 파란 트럭이 보여 그 옆으로 몸을 숨겼다. 운이 좋았다면 그는 나를 보지 못했을 것이었다. 그는 다희의 집이 있는 쪽 골목에서 내려오는 중이었다. 그가 다희의 집을 들렀을 수도 있고 아닐 수도 있었지만 이 동네에 그가 올 이유는 그리 많지 않아 보였다.

그때 전화가 왔다. 몸을 낮은 자세로 숙이고 한 손으로 입을 가린 채 전화를 받았다. 출판사였다. 전화를 건 쪽에서는 목소리가 잘 들리지 않는다고 짜증스러운 말투로 지적해주었다. 나는 점점 가까워지는 오수훈과의 거리를 눈으로 확인하며 목소리를 더 작은 소리로 줄여 말할 수밖에 없었다. 말씀하세요. 상대방은 아예 듣기를 포기한 것인지 자신의 의사만을 전달했다. 얼마 후에 지역 신문과 인터뷰가 있을 예정이라고 했다. 그리고 가장 아끼는 음반을 들고 사진촬영도 있을 계획이라고 덧붙여 주었다. 유명세도 실력도 없는 작가에겐 지역신문도 황송할 따름이었다. 감사하다는 말을 남기고 전화를 끊었다. 나는 오수훈을 인터뷰하고 싶었다. 무슨 심사로 그녀를 만났는지. 나를 알기나 하는지. 대충이나마 그에 관한 답을 스스로 할 수 있을 것 같았다. 그러자 차라리 직접 다희를 만나 인터뷰해 보는 편이 더 나을 것 같다는 생각이 들었다. 우연을 가장하는 따위의 쓸데없는 짓은 애초부터 필요가 없었던 것이었다.

오수훈이 시야에서 완전히 사라진 것을 확인하고 다시 길로 나왔다. 그리고 오르막을 천천히 올라갔다. 등에서는 지글지글 땀이 다시 흐르기 시작했다. 나는 오른팔을 높게 들어 겨드랑이에 코를 갖다 댔다. 다행히 메스꺼운 냄새는 나지 않았다. 오르막을 오르면서 여러 가지 생각이 겹쳤다. 다희는 집에 있을까. 가장 좋아하는 음반은 뭘 고를까. 이왕이면 국내 앨범이 낫겠지. 땀 냄새는 안 나야 할 텐데. 생각이 엉키자 더욱 혼곤함이 몰려왔다. 다행히 그늘이 보였다. 그리로 들어가자 양지와는 현격하게 온도 차이가 나 걷기가 수월했다.

다희의 집에 다다랐다. 다행인지 아닌지 대문은 열려 있었다. 숨을 한 번 크게 몰아쉬었다. 그리고 조심스럽게 안으로 들어갔다. 인기척이라고는 전혀 느껴지지 않았다. 나는 멍하니 서 있었다. 90년대 중반의 여느 가정집 방에서나 볼 수 있던 나무 여닫이문은 요동이 없었다. 막상 문 앞에 당도하고 나니 두드릴 용기가 나지 않았다. 내용과는 전혀 상관없이 '병신과 머저리'라는 소설 제목이 떠올랐다. 병신, 머저리. 우연을 가장하기 위한 책은 기발했다고 다시 여겨졌으나 책을 이런 상황에서 쓸 계획은 아니었다. 나는 정말 병신과 머저리처럼 긴장이 되었고 그녀를 맞닥뜨린다 해도 어떤 말부터 내뱉어야 할지 알 수 없었다. 형편없이 모욕이나 당할 것이 너무 자명했으므로.

그때였다.

나무문이 열렸다. 다희는 나를 보자 소스라치게 놀라며 '아'라는 탄성을 짧게 그리고 큰 소리로 뱉어냈다. 여러 단어가 연상이 되었지만 그것들이 하나의 문장으로는 이어지지 않아 어떤 말을 꺼낼 수가 없었다.

그 자리에 서서 한동안 다희와 여러 말을 주고받았다. 대문을 나서서도 그리고 오수훈을 만나러 가기 전인, 이 글을 적고 있는 지금도 나는 대화의 순서나 세밀한 내용은 기억이 나지 않는다. 정황과 분위기, 목소리의 크기 정도만이 기억날 뿐이다.

어떻게 말을 꺼냈는지는 모르겠지만 먼저 오수훈과 관련해 따지듯 캐물을 수 있었다. 스위치가 내려가 있던 용기란 놈이 어디서 그렇게 급작스럽게 나타났는지는 여전히 의문이었다. 내 말을 듣자 다희는 네가 생각하는 그런 게 아니라며 그런 소리를 할 거면 당장 나가라고 했다. 그렇게 나갈 거라면 진작 나갔겠지. 결국 다희와 나는 사나운 태도로 서로를 지적하고 원인을 규명하는 데 혈안이 되어 치졸한 싸움을 벌이게 되고 말았다. 수많은 '나' 중 다희는 자신의 곁에서 모든 것을 품어줄 것처럼 그러면서 해주는 만큼 받길 원한다는 '나'에 대해 격한 어조로 비난했다. 그것이 가장 기억에 남는 다희가 기억하는 '나'였다. 지금 생각해보면 나는 왜 그 말에 더 강한 말로써 대응을 못했던 것인지 못내 아쉬웠다. 적어도 정말 적어도 나쁜 년, 정도의 말은 했어야 했는데. 그 뒤로 몇 분을 더 우리는 지긋한 다툼을 벌였다. 나는 여전히 오수훈에 대해, 다희는 나의 태도에 대해 뜻을 굽히지 않으며 극렬히 앙분했다. 무엇보다도 내가 가장 참기 어려웠던 것은 다희가 그 녀석을 은근히 감싸는 부분이었다. 내 언성은 처음보다 훨씬 커진 상태가 될 수밖에 없었다. 그 때문인지 그때 윗집 주인아줌마가 득달같이 계단을 따라 내려왔다. 그리고 예의 그 퀭한 눈으로 나를 노려보았다. 나는 그 어떤 것보다 깊은 공포를 느꼈다. 귀신과 마주한다면 그런 기분일까.

"학생! 뭐하는 거야? 남의 집 앞에서. 전에도 자주 왔던 학생 아닌가?! 키는 멀대같이 커 가지고. 킷값을 해야지 남자가. 더는 못 참겠으니깐 얼른 나가 여기서. 얼른."

차분하면서도 냉소적인 호통이라 더욱 기분이 불쾌했다. 그 집을 벗어날 수밖에 없었다. 그래, 정말 잘 먹고 잘살아라. 아니 잘살든지. 유다희. 나는 그녀의 이름 앞 두 글자만을 떼어서 유다라 부르기로 했다. 배신의 아이콘 '유다'를 아시는지. 나는 그녀의 새로운 이름을 그녀가 죽기 5일 전에야 붙일 수 있었다.

나는 그 집을 등진 채 다시 길을 걸어나갔다.

지릿한 감성의 숭배자, 영원한 사랑의 패배자 유다에게 안녕을 고하는 순
간이었다.

11

잠들어있는 지호에게 인사도 하지 않고 미리 서두른 탓에 생각보다 일찍 수원에 도착했다. 원주에서 휘갈겨 정리한 대학노트가 눈에 들어왔다. 나는 가장 마지막으로 적힌 부분을 찾아 그 뒤부터 이어적기 시작했다. 소설을 쓸 때처럼 골몰하지 않아도 돼 그것이 참으로 마음을 편하게 만들었다. 없던 것 을 만들어내는 것보다 있었던 것을 끄집어내는 일이 얼마만큼이나 더 쉬운 지를 설명하는 것도 피곤한 일이다. 나는 모든 기억을 끄집어내어 글을 적어 갈 수 있었다. 그것은 '글'이라는 이름을 붙이기에는 거창했고, 기록이라는 말이 어울려 보였다. 소설을 이렇게 적었다면 얼마나 좋아.

정말 말 그대로 미친 듯이 적으니 검지 끝이 짓눌러져 다시 부풀어 오를 기미가 보이지 않았다. 겨우 목표치를 마무리하고 시계를 보았다. 약속 시 간은 10분 정도가 남아 있었다. 거의 정확하게 약속 시간에 맞춰 글을 모두 썼다는 사실에 말로 다 못할 부푼 만족감을 느낄 수 있었다.

흰 벽돌 바탕에 'hello, stranger'라는 검은 글씨의 간판은 멀리서도 세련된 분위기를 풍기고 있었다. 벽을 대신한 기다란 창은 가게 안을 훤히 보여주고 있었다. 저 어딘가 오수훈이 앉아 있겠지. 나는 조심스럽게 걸어갔다. 어느 정도 긴장은 되었지만 못할 짓은 아닌 것 같았다.

핸드드립 전용 카페라 그런지 안으로 들어가자 커피 볶는 냄새가 카페 안을 가득 메우고 있었다. 탄 냄새일까 싶을 정도로 냄새는 강했다. 환풍기가 안 보여서 그런지 후각이 더욱 예민하게 반응했다. 카페 안은 대체적으로 빈티지 소품으로 꾸며져 있었다. 선반용 선풍기를 비롯해 빈티지 티브이, 새빨간 스탠드, 줄에 매달아 놓은 사진 등 여대생들이 좋아할 만한 분위기였다. 커피를 내리는 카운터 뒤쪽에는 가로가 긴 선반이 삼단으로 설치되어 있었고 거기엔 주로 핸드드립을 위한 여러 종류의 주전자와 색이 예쁜 컵이 놓여 있었다. 나는 주위를 둘러보았다. 그때 오수훈의 옆모습이 눈에 들어왔다. 그는 나의 인기척을 못 느낀 것 같았다. 그는 남성 패션 잡지를 보며 느긋하게 커피를 마시고 있었다. 나는 눈을 내려 내 차림새를 한 번 더 확인한 뒤 그에게 다가갔다.

"저……."

그가 반응했다.

"아, 오셨군요. 수고 많으셨습니다."

그는 악수를 청했다.

이게 대체 어떤 식의 기구한 운명인지. 나는 화를 내 볼까도 생각해봤지만 처음부터 일을 그르치고 싶진 않았다. 음악은 Demian Rice의 〈The blower's daughter〉로 바뀌고 있었다.

그는 자리를 권했다. 그는 형만큼은 아니었지만 꽤나 잘생긴 얼굴을 가지고 있었다. 외삼촌이 봤다면 거 참 기생오라비 같이 생겨 먹었군, 하고 말했을지도 몰랐다. 콧수염을 깎는다면 외모가 더 출중해졌을 텐데. 털이 잘 안나는 체질의 그가 어렵사리 기른 수염은 꼭 친일파를 떠올리게 하는 구석이 있었다. 하지만 값비싸 보이는 시계나 안경을 차치하더라도 그에게선 풍요와 여유가 몸에 배어 있었다. 그 풍요와 여유는 부모에게서 비롯된 것이리라. 그리고 차, 그것도 외제 차를 좋아할 것 같은 남성 특유의 거만함 역시 빼놓을 수 없는 그의 기운이었다.

"뭐 하나 주문하시죠? 여기요!"

웨이트리스를 대하는 태도를 보고 사람을 구별하라는 어느 CEO의 말을 적용해 본다면 그는 그리 오만하거나 센 척하지 않는 사람으로 누구에게나 소탈한 인간으로 판단해 볼 수 있었다. 나는 그 말을 신뢰하지 않기로 했다. 그리고 에티오피아산 커피를 주문했다.

"저, 먼저 여기까지 오느라 수고 많으셨습니다. 역시 제 예상대로 쉽게 잘 찾아오시네요. 음, 제가 누군지는 알 거라 생각합니다."

"네? 아, 네."

알다마다요.

"아시다시피, 저는 수배 중이라 그런 식의 약속을 제의할 수밖에 없었습니다. 그 점 이해해 주셨으면 좋겠습니다."

그는 마치 나에게 꼭 외제 차를 팔아야만 하는 판매원 같은 말투를 하고 있었다.

나는 무슨 말을 해야 할지 몰랐다. 그의 말을 먼저 전적으로 들어 봐야겠다고 생각했다.

"먼저, 제가 재현 씨를 만나자고 한 것은 두 가지 이유에섭니다. 한 가지는 다희와 관련된 것이고 또 다른 한 가지는 재현 씨에 관한 것입니다."

그리고 이어 덧붙였다.

"재현 씨는 어떻게 받아들일지 모르겠지만 아무래도 다희보단 재현 씨와 관련된 이야기가 재현 씨를 만나자고 한 이유의 대부분이라 할 수 있습니다."

무슨 소릴 하는 거야.

"먼저 궁금해하실 것을 말씀드리겠습니다. 저는 정말 맹세코 다희를 죽이지 않았습니다. 손도 대지 않았어요. 일이 이렇게 흘러가서 정말 미칠 노릇인데 이제 곧 진실이 밝혀질 거라서 걱정이 많이 줄어들었습니다."

진실이 밝혀진다니. 지가 뭘 안다고. 나는 가장 궁금한 것을 물었다.

"일단 그 얘기를 하기 전에, 궁금한 것이 있어요. 도대체 다희랑 무슨 사이였습니까?"

그는 슬쩍 미소를 보였는데 그것은 정말 기분이 나쁜 미소였다.

"아, 제가 그 얘기부터 했어야 하는데. 어떻게 알고 계신지는 모르겠지만 저는 정말 다희를 여자로 생각해 본 적이 없어요."

그럼 뭐 노리개로 생각했다는 말인가.

"사실 예전에 다희가 저를 많이 좋아하긴 했습니다. 예전에요. 하지만 저는 다희가 여자로는 보이지 않았습니다. 사실 그렇게 예쁜 외모는 아니잖습니까. 저는 솔직히 외모를 많이 보거든요. 키도 큰 데다 톡톡 튀는 맛은 있었지만 그렇게 애정이 가는 얼굴은 아니었습니다."

참 가진 자의 여유란. 어느 CEO의 말은 앞으로 더욱 믿지 않기로 했다. 그때 주문했던 커피가 나왔다. 향이 꽤 괜찮았다. 나는 뜨거운 커피를 조금씩 홀짝이며 그의 말에 더욱 집중하려 애썼다.

"어쨌든 다희가 절 많이 좋아했죠. 전 정말 관심도 없었습니다. 그리고 다희가 재현 씨를 만나는 동안은 거의 만난 적이 없었지요. 원래는 굉장히 막역한 사이였어요. 이성을 떠나서."

듣고 보니 유다가 한 번쯤 오수훈을 만나러 간다고 한 적이 있었던 것 같기도 했다. 확실치는 않은 기억이었다.

"최근에 몇 번 만나게 되었던 건 제 돈을 받기 위해서였습니다. 아시다시피 다희가 형편이 안 좋았잖아요. 제가 한 달 전쯤에 돈을 좀 빌려줬거든요. 방세에 뭐에 뭐 돈 들어가는 게 많아 보였습니다."

"얼마나 빌렸던 거죠?"

"사실 정말 얼마 안 되는 액수였습니다. 하지만 사업을 하는 저에게 돈이란 어떤 것보다도 철저히 원칙에 맞게 지켜야하는 것이거든요. 그건 제 어릴 적부터 지니고 있던 습관이라고도 할 수 있습니다. 왜 그런 것 있잖습니까. 아침에 일어나면 으레 냉장고 앞 문에 있는 요구르트를 먹는다든지 하는 거. 그런 거랑 같은 거라 보면 됩니다."

있는 놈이 더 하다더니. 나쁜 놈.

"그리고 제가 이렇게 쫓기는 건 그 채무 관계와 더불어 잘못된 증언 때문
입니다."

누구의 증언이란 말인가.

"재현 씨도 아실 것 같은데 그 윗집에 살던 삐쩍 마른 아줌마 있지 않습니
까. 그 사람이 저를 몰고 간 모양이에요. 그 더러운 눈빛은 정말 생각하기도
싫습니다. 제가 그 집에 갈 때면 그 눈빛으로 저를 뚫어져라 골똘히 쳐다봤
거든요. 누군가와 혼동하는 것 같기도 했습니다. 아무튼 그건 정말 끔찍한
눈빛이었죠."

그 말에 잔뜩 긴장되어 얼굴에 열이 차올라왔다. 아마도 내 얼굴은 검붉게
되었을 것이었다.

"그리고 제가 신고를 한 사람인데 이렇게 저를 수배할 생각을 하는지. 오
히려 저한테 고마워해야 되는 거 아닌가요? 경찰들은 국민을 지키지는 않고
무슨 범죄 영화나 잔뜩 빌려보나 봅니다."

그의 말이 이해가 되었다. 최초 신고자를 범인으로 모는 처사가 너무나도
우스웠을 것이다. 나는 그의 말에 묻은 진심을 느낄 수 있었다.

"처음에도 말했듯이 저는 범인이 아닙니다. 재현 씨도 범인이 아니라는 걸
알고 있습니다. 그리고 곧 모든 게 밝혀질 겁니다. 조금만 기다리시면 될 거
에요. 두고 보십시오."

정말 두고 볼 일이었다. 확신에 찬 그의 어조가 자못 당당했다.

"그럼 이제 본론으로 들어가야 할 것 같군요. 어떤 것보다 이것이 정말 재
현 씨를 만나자고 한 이유입니다."

유다 얘기를 꺼낼 때보다 더 긴장이 되었다. 그가 지레 겁을 줘서 그런 것인 진 몰라도.

"제가 보낸 메일을 봤을 때 느끼셨을지 모르겠지만 저는 재현 씨의 어머니, 이렇게 말하니깐 되게 어색하네요. 그러니깐 허 선생님을 알던 사람입니다."

하! 그러고 보니 그가 보낸 메일의 세 번째 문장은 엄마의 시 〈서낙〉이지 않았던가. 너무 급했던 나머지 그 사실을 까마득히 잊고 지나쳐 버렸다. 그는 어떻게 엄마를 알고 있다는 말인가. 두 번째 편지에서 카뮈의 〈이방인〉을 인용한 자라면 문학에 지극히 관심이 많은 청년으로 이해하면 될까?

"사실, 처음 허 선생님을 알게 된 것은 시집 「시초」를 만나게 되면서부터였습니다. 그 책은 다름 아닌 다희의 작은 책장에 꽂혀 있던 것이었죠. 우연히 제목이 마음에 들어 꺼내 펼쳐 봤는데 뭐랄까요, 단순히 감각적이거나 묘사 위주의 통속적인 언어가 아니라 정말 뒤통수를 한 대 갈기는 듯한 힘 있는 언어들이 마음에 들더군요."

엄마의 시를 좋아한다는 것은 이해가 되었지만 내가 그 시인의 아들이라는 것은 어떻게 알았을까. 물론 지방 신문 따위에 이따금씩 소개되긴 했지만 그만한 관심은 없으리라 생각되었다. 그러면 유다 역시 자신이 구입한 시집의 시인과 나와의 관계를 알았을까. 여태 나를 만나면서 한 번도 이와 관련된 얘기를 꺼낸 적은 없었다. 아마 모르지 않았을까. 알았다면 호들갑을 떨면서 몸을 떨었을 텐데.

"그럼 저와 저희 엄마와의 관계를 어떻게 알게 되었나요?"

나는 속에 있는 마음을 그대로 드러냈다.

"네. 안 그래도 그 부분에 대해 얘기할 참이었습니다. 혹시 제가 카페를 운영하는 건 아십니까? 크게 인기는 없지만 제가 좋아서 하는 일입니다. 어쨌든 지금은 다른 곳으로 옮겼지만 예전의 제 카페는 대명동에 있었습니다. 뭔가 떠오르시는 게 있으신가요?"

대명동이라면, 엄마의 작업실?

"네, 그렇습니다. 허 선생님의 작업실은 저희 가게 2층에 있었죠. 그러다 보니 자연스럽게 저희 가게 단골이 되셨습니다."

아! 그러고 보니 엄마의 작업실 아래층엔 넉넉한 공간의, 개성이 크게 없는 카페 하나가 있었다.

"제가 즐겨봤던 시집을 쓰신 분이 저희 가게 위층에서 글을 쓰고 있으실 줄은 정말 꿈에도 몰랐습니다. 처음 얼굴을 보고선 시인인지조차 몰랐는데 알고 보니 그분이시더라구요. 정말 그때의 느낌이란. 정말 눈부신 느낌이었습니다. 제가 연예인을 봐도 크게 놀라거나 호들갑을 떨거나 하진 않거든요."

엄마가 자랑스러웠다. 실로 오랜만에 가져본 느낌이었다.

"허 선생님께서는 저희 가게에 오시면 주로 에스프레소를 더블 샷으로 드시거나 허브차를 주로 찾으셨어요. 그 가운데서도 특히 페퍼민트를요. 커피보다는 페퍼민트를 주로 드셨던 거 같네요."

몰랐던 엄마의 취향을 타인에게서, 그것도 남자, 남자 중에서도 전 여자친구를 살인했다는 혐의를 가지고 있는 남자에게서 들으니 기분이 참으로 묘했다. 그것은 무조건 더러운 것만은 아니었고 잃어버린 엄마의 유품을 찾아준 것과 같은 일종의 고마움 같은 것도 혼재되어 있었다. 이왕이면 알고 있는 모든 걸 얘기해주었으면 했다.

"허 선생님께서 저희 가게에 들르시면 두 아드님 얘기를 꼭 빠뜨리지 않고 하셨습니다. 첼로를 전공한다는 형 되시는 분과 소설을 쓴다는 재현 씨 얘기를요."

누군가 소원이 무엇이냐고 묻는다면 엄마가 이 자리에 함께했으면 좋겠다고 말할 것 같았다. 그것이 남북통일과 같은 유의 대답이다 하더라도.

"허 선생님께서는 두 분에 대해 상당한 자부심을 가지고 있었습니다. 그것은 정말 보통 엄마들이 가지고 있는 것 이상의 대단한 것이었죠. 조금 섭섭하실 수도 있겠지만 특히 형님에 관해서 더욱 그랬습니다. 하지만 저는 그것보다 재현 씨에 관한 얘기를 더 듣고 싶어 했었죠."

나에 대해? 그가 엄마를 만나게 된 것은 내가 유다를 만나기 전이었을 것인데. 이유가 궁금했다.

"부끄럽지만 저도 사실 어릴 적 꿈이 소설가였습니다. 흰 백지 위에서 어떤 세계를 구축한다는 건 상상만으로도 황홀해지더군요. 마치 레고로 커다란 성을 짓듯이 촘촘히 견고한 세계를 구축하고 그 안에 인물들을 던져 놓으면 또 거기서 살아 움직이고……참. 하지만 저는 보시다시피 꿈을 못 이뤘습니다. 그래도 여전히 문학에 대한 관심이 많고 언젠가는 제대로 된 글을 써보려고 열심히 연마 중에 있습니다."

열정 하나는 나보다도 더 우세한 것 같았다. 하지만 그가 쓰고 싶어 하는 글이나 세계엔 큰 관심이 생기진 않았다.

"그래서 예전에 허 선생님께서 보여주셔서 재현 씨의 등단작을 읽어

봤었습니다."

　바지를 입고 있지 않다면 이러한 기분일까. 4년 전의 쓴 그 글은 지금 보면 아찔하기만 한 것이었다. 에너지 하나는 대단한 때였지만 구성이라든가 여러 면에서 부족한 것투성이였다.

　"처음 그 글을 보고 대단히 신선하다는 느낌이 강했습니다. 유머 역시 저와 코드가 맞았고요. 20대 초반의 열정이 참 마음에 들었습니다. 그리고 뒤에 재현 씨의 전공을 보고는 정말 깜짝 놀랐지 뭡니까. 화학공학도에게서 그런 글이 나올 줄은 정말 몰랐습니다."

　등단 후 여태껏 가장 많이 들은 말을 그가 전부 하고 있었다.

　"이런 말은 해도 될지 모르겠지만 사실 조금 아쉬운 부분도 더러 있었습니다. 너무 현대성이 강해 주류를 답습하고 있는 것이 아닌가 하는 생각이 들었구요, 그렇게 독창적이진 못했던 게 사실이었던 것 같습니다"

　나는 왜 그에게서 나의 작품에 관한 비평을 들어야 하는지 몰랐다. 즉, 기분이 나빴다. 하지만 그의 말은 정확했다. 칭찬으로 번지르르했던 심사평보다도 오히려 더욱 정확한 구석이 있었다.

　"제 글을 읽어봐 주셨다니 감사하네요. 날카로운 비평이었습니다. 언젠가 다른 작품도 하나 나올 텐데 그것도 한번 재밌게 봐주셨으면 좋겠네요."

　"아, 물론입니다. 보다마다요. 이전부터 다른 작품도 한번 보고 싶었습니다. 저는 이렇게 먼저 재현 씨를 알게 되었는데 재현 씨는 저를 언제 아셨는지? 사실 한참 후에 재현 씨가 다희와 만난다는 사실을 알고 정말 깜짝 놀랐습니다. 제가 아는 사람, 그것도 다희와 만나는 사람이 재현 씨라서…….

꼭 소설에 등장하는 두 인물을 보는 느낌이랄까요. 어쨌든 신기하게만 느껴졌습니다."

난 크게 신기하지 않았다. 그럴 수도 있는 거지 호들갑은.

"저도 저희 어머니 작업실에 자주 가곤 했는데, 사실 그때는 아래층에 카페가 있는 것만 알았지 거의 들르진 않았거든요. 나중에 다희와 만날 때쯤 다희의 미니홈피에서 처음 얼굴을 보게 된 것 같습니다."

"아아, 그러셨군요. 뭐 사실 그런 게 중요한가요? 지금이라도 서로가 어떤 사람인지 알면 되는 것 아니겠습니까."

나는 여전히 그를 파악하지 못한 것만 같았다. 그는 엷게 웃으며 말을 이어갔다.

"이야기가 조금 샜긴 했는데 정말 즐거운 대화인 것 같습니다. 그래도 이젠 정말로 본론으로 들어가야 할 것 같네요."

나는 준비가 되었다.

"먼저 양해를 구하고 이야기를 시작해야 할 것 같습니다. 조금 듣기 불편하시더라도 끝까지 참으실 수 있으시겠죠? 이것은 제가 허 선생님께 할 수 있는 마지막 도리인 것 같습니다."

나는 숨을 한 번 깊게 들이쉬었다. 여전히 긴장은 풀리지 않았다.

"송구스럽습니다만 허 선생님께서 돌아가실 때가 기억이 나십니까?"

기억만 날까. 엄마의 이야기라 그런지 더욱 두려움이 몰려왔다.

"네, 물론 누구보다 잘 아시겠죠. 아시다시피 허 선생님께서는 자살로 돌아가셨습니다. 하지만 저는 그것이 완전한 자살이 아니라는 것을 잘 알고 있습니다. 아마도 그건 저밖에 모르는 사실일 겁니다."

몹시나 뜨악하게 만드는 소리였다. 그러면 모종의 음모라도 있었다는 것인가. 가슴이 급박하게 뛰기 시작했다. 그건 내 의지로 조절되는 형질의 것이 아니었다. 이어 가슴뿐 아니라 배 아래까지도 울렁댄 것은 예상되었던 일이었다.

"사실 허 선생님께서 돌아가시기 5일 정도 전쯤 저희 카페에 오셨는데 그날은 표정이 너무 어두우신 거예요. 가까이서 보니 눈에는 눈물도 고여있더라구요. 그때 느꼈죠. 무슨 일이 있으셨구나 하고."

나는 기억을 더듬어봤지만 그 당시 엄마의 눈에서 눈물이 나올 만한 일은 없었던 것 같았다. 내가 물었다.

"혹시 글이 잘 안 써져서 그랬던 거 아니에요? 엄마가 죽기 일주일 전이라 했으니깐 '글을 버려라.' 라는 유서만 봐도 그렇게 추측이 되는데."

내 말을 예상했는지 오수훈은 침착하고 친절하게 대답을 해주었다.

"네, 맞아요. 저도 처음엔 허 선생님의 얼굴을 보고 그렇게 생각했습니다. 계획한 게 잘 안 되시나보다. 진척이 없으신가 보다. 그런데 눈을 계속 들여다보니 그런 것과는 조금 다른 문제 같았습니다. 어딘가 서러워 보인다고 해야 할까요?"

그는 물을 한 번에 다 들이키고 다시 말을 이었다.

"그래서 제가 물어봤습니다. '선생님, 무슨 안 좋은 일 있으세요? 하고요."

그는 이야기를 맛있게 할 줄 아는 사람 같았다. 몹시나 흥미진진했다.

"그러자 선생님께서는 그냥 고개를 저으시며 저를 물러나라고 손짓

하시더라구요. 그때 제가 할 수 있는 것은 아무것도 없었습니다. 그저 기다려야만 할 것 같았거든요. 그리고 한 시간인가 지났을까요. 선생님께서는 저를 부르셨습니다. 저는 한달음에 달려갔죠. 원래도 손님이 잘 없는 곳인데 오전이라 아무도 없어서 정말 달려갈 수 있었습니다."

그는 땀이 났던지 휴지로 자신의 이마를 연신 찍어댔다.

"저는 선생님 맞은편에 가 앉았습니다. 그리고 조심스럽게 선생님 얼굴을 쳐다봤는데 선생님께서는 눈이 퉁퉁 부어 있으셨어요. 그래도 그때는 저와 말할 준비가 되었다는 인상을 받았습니다. 그래서 저는 선생님께서 말씀하시기를 기다리며 잠자코 있었죠. 역시나 선생님께서 먼저 입을 여셨습니다."

그가 하는 모든 말을 어떤 식으로든 새겨 놓고 싶었다.

"선생님께서는 전날 첫째 아드님과 심하게 싸웠다며 너무나 순수한 눈을 하고서 말씀을 하셨습니다. 사정을 들어보니 선생님께서는 첫째 아드님이 손가락을 다쳐서 첼로를 한동안 놓게 되어, 그 기회에 몸이 썩 편치 않으셨던 아버님의 일을 배워 사업을 물려받으면 참 좋겠다고, 서로가 서로에게 더없이 좋은 기회라고 여겨졌다고 합니다. 그래서 형님에게 조심스럽게 그 말을 꺼냈는데 형님은 완강하게 거절했다고 했습니다. 하지만 선생님께서도 뜻이 확고했기 때문에 좀 더 강한 어조로 나갔다고 그러더군요. 그런데도 말이 안 통하자 선생님께서는 자신도 모르게 손가락을 다친 형님의 부주의를 비난하고 그 부주의로는 최고가 될 수 없다는 말로 형님을 설득하려 했다고 하셨습니다. 말을 뱉고 난 순간에야 선생도 말이 조금 심했던 걸 느끼셨다고 하시더군요. 그리고 얼마 뒤에 듣고만 있던 형님이 엄청나게 큰 소리로 꺼져! 라고 소리를 질렀고 그건 정말 경악할만한 음성이었다고 선생님께서 그러셨습니다."

아, 그제야 생각이 났다. 그 일은 엄마가 죽기 일주일 전에 일어났던 일이었다. 그가 말한 내용은 내가 전부 아는 내용이었다. 좀 더 들어봐야 할 필요가 있었다.

"네, 거기까진 저도 압니다만."

"네네, 그러실 겁니다. 그런데 문제는 다음 날 아침이었습니다. 그 괴물 같은 큰 소리에 충격을 받아 잠을 잘 못 이루셨는데 아침에 일어나서 밥을 차리고 설거지를 한 뒤에 형님의 방으로 그냥 들어가 보았다고 합니다. 전날 소동의 잔상을 확인하러 간 것도 아니었고 무엇을 깊이 생각하고자 간 것도 아니었다고 하셨습니다. 선생님께서는 정말 아무도 없는 방에 무심코 들어간 것이었는데, 들어가자마자 책상 위에 놓인 연습장이 눈에 들어왔다고 하더군요. 그건 스프링 악보 노트였고 선생님께서는 그것을 휙, 빠른 속도로 넘겨보았다고 하셨습니다. 봐도 알 수 없는 악보라서 그냥 지나친 거죠. 그런데 제일 마지막 장에 가자 확실히 알아볼 수 있는 것이 있었습니다. 그건 장문의 글이었고 누가 봐도 형님이 쓴 글이었습니다. 당연히 선생님께서는 그것을 다 읽으셨겠죠. 그것을 다 읽고 나자 선생님께서는 정말 다리에 힘이 빠져 그 자리에서 쓰러질 수밖에 없었다고 하셨습니다."

나는 그가 빨리 말을 잇길 원했다.

"아, 아니 도대체 왜요? 왜 쓰러졌는데요?"

"네네, 제가 다 말씀드리겠습니다. 선생님께서는 형님의 글을 본 것이

어릴 적 이따금 검사했던 독후감 이후로 그때가 처음이셨다고 했습니다. 하지만 정말 안타깝게도 그렇게 오랜만에 보는 글엔 선생님을 파멸시키는 형님의 언어가 가득 차 있었습니다. 그것은 전날의 소동뿐만 아니라 이제껏 담아두었던 선생님에 관한 모든 욕지거리로 가득했고 그것을 한 자 한 자 읽어나가는 것이 너무나 큰 고통이었다고 하시더군요. 그것은 정신적이기도 하면서 육체적 고통에도 가까운 것이었다고 했습니다. 그리도 잔혹하고 끔찍하게 강렬한 언어는 시인인 선생님조차도 처음 대면하는 거라고 하셨어요. 그리고 선생님께서는 이제껏 살면서 얼마나 형님에게 잦은 고통을 줘왔는지, 또 형님이 평소에 그에 따른 미움의 싹을 이마만큼이나 길러온 것을 처음 알게 되었다고도 하셨어요. 그래서 저는 화가 나서 일부러 그렇게 적은 것 같다고 설득 조로 말했는데 통 제 말에 동의하지 않으시더라구요. 그 글은 에이포 용지 세 장 분량으로, 샤프로 적었는지 희미하게 번져 있었는데 선생님 표현에 의하자면 거기에 적힌 모든 글자들은 벌레처럼 조금씩 꿈틀거리고 있었다고 합니다. 저는 시인의 표현치곤 너무나 진부한 게 아닌가 하는 생각을 했는데, 나중에 돌이켜보니 그것은 아마도 선생님 눈앞에서 마치 실재한 일이 아니었나 하는 상상마저 불러일으켰습니다. 그때의 선생님 표정을 보셨다면 아마 제 말이 이해가 가셨을 텐데."

실로 충격적이었다. 충격이라는 두 음절로는 그것을 모두 표현해낼 재간이 없었다. 나는 그의 말을 재촉하기 위해 그의 얼굴을 보다 또렷이 쳐다보았다.

"허 선생님의 마음을 완전하게 이해한 것은 아니지만 흰 도화지 같기도 하고 고아 같기도 한 표정을 보면서 조금이나마 이해할 수 있었습니다. 선생님은 태어나 처음 마주하는 무지막지한 욕지거리에 굉장한 쇼크를 받으셨는데 것보다 더한 것이 선생님을 짓눌렀다고 하더군요. 그것은 바로 형님에 대한 죄스러움이라고 했습니다. 이제껏 선생님께선 남부럽지 않게 잘 키워주었다고 생각했는데 형님의 그 글을 보고선 정말 자신이 형님을 위해 해준 것이 없다는 걸 깨달았다고 말씀하셨어요. 그리고 그 말을 마치자마자 선생님께서는 다시 오열을 하셨습니다. 그 울음은 정말 괴물과도 같았습니다. 형님의 그때 그 목소리가 아마 이랬나 싶더라구요. 한참을 우시더니 선생님께서는 저에게 본인이 꺼낸 모든 얘기를 비밀로 해달라고 하셨어요. 무슨 일이 일어나더라도요. 그 '무슨 일'이라는 발음에 강조를 하셨는데 저는 미련하게 그때 그것을 알아차리지 못했습니다. 5일 후쯤에 선생님께서 자살했다는 소식과 그 유서에 대해 알게 되었을 때 저는 탄식을 금치 못했고, 모든 것이 허망하게 무너져 내렸습니다. 물론 그 탄식이 재현 씨에 비할 바는 아니지만 저에겐 일찍 그 기미를 알아차리지 못한 잘못이 있었습니다. 이것은 정말 저의 진심입니다. 너무나 죄송스럽고 후회스러운 마음이 컸습니다. 그리고 어쩌면 저에게 있어서 선생님의 유서는 그 울음과 선생님이 본 것에 대한 비밀을 지켜달라는 것이었습니다. 그래서 지금껏 이렇게 아무에게도 심지어 아드님인 재현 씨에게도 말을 하지 못했습니다. 하지만 지금 이렇게 이야기를 하는 것은, 물론 저의 혐의가 곧 풀리겠지만 혹여나 제가 평생 국가에서 나오는 밥을 먹으며 살아갈 수도 있는 일이기 때문에 이렇게나마 재현 씨에게 고하는 것입니다. 어쩌면 이것이 선생님에 대한 저의 마지막 도리가 아닌가 싶네요. 선생님께 또 재현 씨에게 정말 진심으로 죄송합니다."

아무 말도 할 수 없었다. 만약 어떠한 말이라도 했다면 그것은 나의 본연의 진짜의 말이 아니었을 것이다.

12

　오수훈의 말이 끝난 후, 난 어떤 말도 할 수가 없었다. 그것은 거의 한 시간이 되도록 유효했다. 오수훈은 앉아있기가 머쓱했는지 한 시간이 거의 지날 무렵에 인사를 하고 자리를 떠났다. 나는 어떠한 이성적인 판단도 사고도 어려웠다. 어느 정도의 충격이 가해지면 통증이 느껴지지만 무지막지한 힘으로 충격을 가하면 아무런 통증도 고통도 느껴지지 않는 것과 같은 이치였다. 나는 어떤 것도 침입할 수 없는 부양된 상태에 도달하고 말았다. 어떤 소리도 냄새도 느껴지지 않았고, 시각만이 미세하게 작용하고 있을 뿐이었다. 나는 형의 언어를 그려보았다. 하지만 생각만큼 잘되지 않았다. 어떤 것을 사고하는 것이 이토록 어려웠던 적은 없었다. 함부로 이런 말을 해도 될지는 모르겠지만 나는 거의 반식물인간 상태가 된 것만 같았다. 모든 것이 아득하기만 했고 형체가 불분명했다. 차라리 분노라도 들끓었다면 좋았을 것이었다.

감각의 진공 상태 속에서 나는 겨우 작은 숨만을 몰아쉬고 있을 따름이었다. 내가 스스로 숨을 쉬고 있다는 것을 의식하자 호흡마저도 부자연스럽게 느껴졌다. 누군가 간을 빼내 갔어도 나는 알아차리지 못했을 것이라고 하면 사실 과장이겠지만 지갑과 차 키 정도는 가지고 간다 해도 몰랐을 것이다.

다행히 한 시간이 넘게 지나, 단 하나 떠올랐던 것은 대전으로 향해야 한다는 것이었다. 형의 연주회를 위해서였다.

경부고속도로를 따라 두 시간 반 정도를 운전해 대전에 도착했다. 하루 종일 먹은 것이라곤 커피밖에 없었지만 허기라고는 전혀 느껴지지 않았다.

둔산대공원 내에 위치한 대전문화예술의전당은 독특한 외관을 형성하고 있었다. 건축된 지가 얼마 안 되어 보이는 건물은 지붕의 유연한 추녀 곡선이 특히 인상적이었다. 꼭 네모난 창이 넓은 보통의 학사모처럼 지붕은 그것을 받치는 원형 건물 전체의 부지 면적보다도 훨씬 컸다. 공연 시작시간까지는 한 시간 정도가 남았지만 마땅히 갈 곳도 없고 해서 건물 안으로 미리 가 있기로 했다.

로비는 한적했다. 한 시간이나 남아 있으니. 나는 커다란 기둥 주위에 둘러진 푹신한 의자에 앉았다. 어깨 위로 가벼운 아령이라도 얹힌 것처럼 몸이 딱딱하고 무겁게 느껴졌다. 피곤인지 몸의 고장인지는 알 수가 없었다. 분명한 것은 정상이 아니라는 것이었다. 왕성한 식욕이라도 느껴졌다면 좋았겠지만 정말이지 어떤 것도 입에 대고 싶지 않았다. 식욕뿐 아니라 의욕 또한 없는 것은 마찬가지였다. 하지만 형의 연주는 어떻게든 보고 싶었다. 봐야만 했다. 그 생각이 미칠 때쯤 이미 눈은 감겨있었고 눈을 떴을 땐 공연 시작을

십분 앞두고 있을 때였다.

웅성거림보다는 형의 공연을 봐야 한다는 강박관념에 스스로 깨어났다. 하룻밤을 잔 것처럼 피로는 생각 이상으로 풀려 있었다. 참으로 달콤한 잠이었다. 대신 턱이 좀 아려왔지만 참을만한 것이었다. 나는 팸플릿을 하나 챙기고서 기념촬영을 하는 사람들과 전화를 거는 사람들, 커피를 마시는 사람들 사이를 지나 앙상블홀로 향했다. 친절한 안내원이 티켓을 찢으며 대충이나마 자리를 가리켜 주었다.

공연장은 2층으로 구성되어 있었고 약 오륙백 명 정도가 들어설 수 있는 규모의 홀이었다. 자리와 자리는 앞뒤로 너무 비좁지 않아 여유가 있었고 무대 역시 앞뒤로의 공간이 깊어 소리의 증폭이 잘 형성될 것 같았다. 무엇보다도 실내악을 위주로 하는 공연장답게 무대와 객석이 아주 가까이 있다는 것이 마음에 들었다. 특히 A, B, C, D, E, O 석 중 O 석이 가장 앞쪽에 마치 섬처럼 분리되어 있었는데, 나는 형 덕분에 O 석에, 그것도 가장 앞줄에 앉을 수 있게 되었다.

무대 위에는 작은 의자 하나와 피아노 그리고 첼로가 숨을 죽인 채 조용히 놓여 있었다. 손가락을 다친 이후, 형은 몇 번의 협연은 가진 적이 있었지만 이런 독주회는 실로 처음이었다. 분명 자신이 원했다면 언제든지 무대에 오를 수 있었겠지만 자신 스스로가 만족하지 못했던 탓으로 지금껏 미뤄온 것 같았다. 그렇다면 이제는 스스로에게 오케이 사인을 보낼 수 있게 된 것이고 만족했으며 감히 자신이 있다는 소리였다. 과연 자신의 말대로 전보다 더 나은 소리를 들려줄지, 형의 가족이기 이전에 음악을 좋아하는 청중으로서 막연한 의문과 기대가 스며 나오고 있었다.

내 주위엔 색색의 폴로 피케셔츠를 입은 노년의 부부와 화장이 진한 중년의 아줌마들이 더러 모여 있었다. 혼자 앉아 있는 것은 나뿐이었다. 그래서 당연히 옆자리 하나도 비어 있었다. 좀 더 무대에 집중할 수 있을 것 같았다. 또한 시체 같은 잠을 잔 덕택에 정신은 아주 온전해진 상태였다. 나는 형을 기다릴 준비가 되어 있었다. 얕은 웅성거림만이 대기 중에 흩날리고 있었고 조명의 순차적인 소등은 곧 있을 시작을 알려왔다. 그리고 얼마 지나지 않아 정적이 공간에 가득 찼다.

무대에만 더 강한 조명이 들어오면서 형이 걸어 나왔다. 중키였지만 몸보다 약간 큰 턱시도가 꽤 잘 어울렸다. 형은 의자 끄트머리에 앉아 조심스럽게 첼로를 들어 그 끝을 무대 위에다 고정시켰다. 그리고 자신의 명치보다 약간 왼쪽에 첼로 몸체를 조심스럽게 뉘었다. 줄을 튕겨보며 안정된 자세로 튜닝을 하는 형의 얼굴은 무심했다. 첫 번째 연주는 바흐의 무반주 첼로 조곡이었기 때문에 피아노 주자는 없었다. 말 그대로 무반주 속에서 독주를 하는 것이었다. 튜닝은 언제 끝났는지 어느새 연주는 시작되었고, 나는 눈을 감았다.

형이 연주하는 곡은 바흐의 무반주 첼로 조곡 중에서도 No.1이었다. 그러니깐 정확한 곡명은 Cello Suite No.1 in G, BWV 1007이었다. 바흐의 무반주 첼로 조곡은 첼로를 하는 사람들에게 있어서 성경처럼 여겨지는 곡이었다. 형도 예외는 아니었다. 형은 활을 잡은 이후 이 곡을 가장 많이 연습해왔었다. 그중에서도 No.1 이 특히 그랬다. 형은 이 곡을 교본처럼 여겨 자신이 가장 높은 곳에 섰을 때나 바닥의 그늘에서 헤매고 있을 때나 어김없이 연주하며 스스로를 다잡았었다. 마치 절대자에게 회개하며 무릎을 꿇듯, 또 솔로몬의 반지에 새긴 '이 또한 지나가리라.'는 말을 보고 밑줄을 긋듯. 그러니깐 형은 가장 신봉하며 동시에 가장 기초가 되면서 가장 자신이 있는 곡을 연주곡으로 택한 것이었다. 그런 만큼 완벽을 필요로 했기에 그에 상응하는 부담감도 따를 것은 너무나 자명했다. 또한 이 곡은 음악에 조금이라도 관심이 있는 사람이라면 누구나 잘 아는 곡이었기 때문에 어쩌면 가장 좋은 반응 혹은 그와 가장 반대되는 반응을 불러일으킬 가능성이 컸다. 식탁 위로 치자면 가장 기본이 되는 '밥'과도 같았다. 얼마나 알맞은 물을 부을지, 적당한 시간에 불을 피울지, 그래서 또 어떤 윤기를 낼지는 두고 볼 일이었다.

형에게는 말하지 않았지만 나 역시도 평소 바흐의 이 무반주 첼로 조곡을 좋아했다. 사실 이 곡은 바흐가 죽은 지 200년가량이 흐른 뒤에야 빛을 보게 되었다. 이 곡은 어려운 기교를 요하고 있을 뿐 아니라 제대로 연구도 되지 않아 연습곡 정도로만 연주되고 있을 뿐이었다. 그러다 첼로의 성자라 일컬어지는 파블로 카잘스에 의해 세상의 빛을 보게 되었다. 알려지긴 영화의 한 장면처럼, 어느 고서점에서 열세 살의 카잘스가 먼지로 뒤덮인 악보들 사이에서 바흐 사후 한 번도 세상에 알려지지 않고 사멸된 곡의 필사본을 기적과도 같이 최초로 발견한 것으로 되어있다. 하지만 사실은 훨씬 이전에 바흐의 무반주 첼로 모음곡은 이미 출판되었으며 악장별로 따로 떼어내 모음곡 형태가 아닌 단일악곡 형식으로는 종종 연주되곤 했었다. 상상했던 극적인 에피소드의 가치가 떨어진다 하더라도 분명한 것은 카잘스가 아니었다면 우린 바흐가 전해주는 무한한 감동을 1초도 접하지 못했을지도 모른다는 점이다.

첼로 주법의 결함을 깨달은 13세의 카잘스는 악보를 발견한 후 새로운 기법을 위해 피나는 연구를 했다. 매일 밤마다 그 곡을 연습했지만 용기가 나지 않던 카잘스는 12년 뒤인 25세가 되어서야 비로소 첫 공개 연주를 열게 되었고 마침내 그 곡의 진가가 세상에 알려졌다. 그것은 오랜 기간만큼 고대할 가치가 있는 진가였다. 것보다 더 그의 신중함을 잘 보여주는 대목은 악보를 발견한 지 47년 만에 녹음을 했다는 것이다. 47년이라. 그것은 스물일곱의 내가 판단할 수 있는 종류의 숫자가 아니었다. 이 천재적 성자의 고뇌가 더욱 신성해지는 순간이었다. 이 레코딩은 오늘날까지도 무반주 첼로 모음곡 해석에 기초를 놓는 모범적인 해석으로 존경받고 있다. 나 역시도 형이 집에 없을 때면 몰래 들어가 종종 듣곤 했던 앨범이었다. 벗겨진 머리의 카잘스가 담배 연기를 내뿜고 있는 앨범의 표지는 보라색으로 인쇄된 그의 이름과 묘하게 어울렸다.

표지도 표지였지만 나는 카잘스라는 사람 자체에 매력을 느꼈다. 나로서는 도저히 불가능한, 오직 한 가지만을 깊이 있게 파고드는 집요함 또 그것에 대한 애정은 질투마저 불러일으켰다. 훌륭한 인격까지 갖췄으니 질투가 괜히 난 것은 아니었다. 스페인 내전으로 망명해 오는 사람을 돕기도 했으며 프랑코가 스페인을 지배하는 한 절대로 첼로를 연주하지 않겠다고 선언하기도 한 그의 넘치는 마음과 확고한 사상은 예술가의 삶은 응당 이러해야 한다고 일러주고 있었다. 어쭙잖은 생각이나 몰래 누군가를 비난하기만 하는 내 머릿속을 그가 몰라주었으면 했다.

형은 무난하게 연주를 해 나갔다. 첫 시작인 Prelude는 누구나 잘 아는 멜로디였다. 형은 또렷한 얼굴을 하고서 보통의 템포로 멜로디를 자연스럽게 이어나갔다. 평소 자주 들어온 곡이었지만 이날만큼은 더욱 생생하게 음 하나하나가 찰싹 다가와 각인되고 있었다. 그러고 보니 형의 연주를 이렇게 가까이서 들어본 적은 처음이었다. 형의 손끝이며 그 끝이 향하는 운지 하나하나가 정확히 보였고 작은 떨림까지도 마주할 수 있었다. 무엇보다도 일말의 작은 소리마저 미세하게 전달되어 꼭 형의 실력에 점수를 매기는 심사위원이 되어 앉아있는 듯한 기분이 들었다.

내가 평소 이 곡을 좋아했던 이유는 알파부터 오메가까지 다른 악기의 반주 없이 오로지 첼로만이 움직이며, 듣는 이로 하여금 들뜬 정서를 가라앉게 해주는 데 무척이나 효과가 있었기 때문이었다. 무반주, 그것이 바로 이 곡의 가장 큰 특징인데 그렇기 때문에 첼로 한 대로 선율과 반주를 동시에 해야만 했다. 그러니깐 보통 피아노를 칠 때 오른손으로 멜로디를 치고 왼손으로 그에 맞는 반주를 하며 곡을 연주하는 것처럼. 첼로 역시 그 두 가지가 필요하다는 말이다. 하지만 첼로를 켤 땐 활이 한 개로써 동시에 누를 수 있는 현은 극히 한정적이다. 그래서 이 곡은 주법상으로 어려움이 많이 따르는 기교가 필요했다. 카잘스 덕분에 그 난제가 어느 정도 해결되었지만 여전히 쉬운 것은 아니었다. 형은 제대로 선율과 반주를 동시에 짚어내고 있었다. 바흐가 내 자리에 앉아있었다 하더라도 특유의 곱슬머리를 손으로 꼬으며 흐뭇하게 바라봤을 것 같았다.

형은 전혀 긴장하고 있는 것 같지 않았다. 다행스러운 일이었다. 형의 의도는 모르겠으나 이 No.1을 들을 때면 꼭 갖게 되는 생각을 내가 이 자리에서 똑같이 하고 있는 것을 보면 최소한 형은 유명한 음반의 수준에서 놀고 있는 것은 분명했다. 그러니깐 늘 이 곡을 들을 때면 그랬듯 이 곡의 정확한 메시지나 분위기를 파악하기가 어려웠다. 의젓한 아이 같기도 했고 보리밭에 누운 나체의 중년 여인 같기도 했으며 이 옷 저 옷을 바꿔 입어보며 멋을 부리는 가난한 아가씨 같기도 했고 일요일 오후에 말을 타고 돌아온 가장 같기도 해 그 핵심을 파악하기가 어려웠다. 전체적으로는 긍정적인 해피 엔딩 같았지만 완전한 행복은 아닌 것 같았고 일말의 불편한 슬픔 같은 것이 존재했다. 그래서 어딘가 뭉뚱그린 느낌이 있었다. 굳이 하나의 이미지를 꼽아보라면 꼭 속내를 절대 드러내려 하지 않는, 멋진 슈트를 입은 밝은 인상의 신사 같았다. 속내를 드러내려 하지 않아 그를 대하기가 여간 불편한 것이 아니었다.

곡은 난해하지 않았으며 분명 단순한 형태로 이루어진 것 같았다. 하지만 그래서 더욱 어렵고 심오하게 느껴지는 건지도 몰랐다. 분명 자주 들어본 익숙한 소리였지만 여전히 어렴풋했다. 어쩌면 추상적이기까지 했다. 그림으로 치자면 꼭 몬드리안의 기하학적 추상화 같았다. 쉽게 따라 할 수 있을 것 같았지만 범접하기 어려운 세계였다.

조금 더 적절한 표현을 위한 단어를 생각하니 '회화적이다'라는 말이 불쑥 떠올랐다. 이 말은 대학 시절 고스톱 점수와 라면 끓일 때 필요한 물의 양을 시험으로 내 유명해진 어떤 미술 교수에게 배운 말이었다. 교수는 수업

시간에 이렇게 말했다.

"좋아하는 여자와 함께 미술관을 가거나 그림을 보게 되면 혼잣말이되 여자가 들길 정도의 목소리로 이렇게 중얼거리세요. '음, 이거 참 회화적인 구석이 있군.' 그러면 어딘가 굉장히 있어 보일 겁니다. 꼭 써먹어 보세요. 특히 어떤 색이 딱히 정의 내리기 어렵고 섞여 있는 듯한 느낌이 들 때 하면 되는 것입니다."

유다가 옆에 있었다면 나 역시도 이렇게 말해보고 싶었다. 이 음악 참 회화적인 구석이 있군.

바흐의 의도대로 형은 첼로로 낼 수 있는 다양한 음을 풍성한 소리로 내고 있었다. 오후, 오수훈에게 들었던 말도 잊을 정도로 나는 몰입이 되어 갔다. 나뿐만 아니라 그곳에 있었던 특히 O 열에 앉은 사람들에겐 더욱 그랬다. 숨죽인다는 표현에 가장 정확한 하나의 예 같았다. 소리는 형이 전부 내고 있는 것이 아니라 O 열에 앉은 우리도 일부를 차지하고 있다는 느낌이 들었다.

나는 연주를 들으며 녹음이 되고 있는 것인지 궁금했다. 만약 녹음이 안 되고 있다면 참으로 안타까운 일이라 생각되었다.

이제 연주는 마지막인 Gigue로 치닫고 있었다. 이제 숨죽이는 것을 넘어서 정적마저 느껴지는 순간이었다. 데시벨이 있는 소리가 분명 들기긴 했지만 정적인 순간이면 느끼게 되는 예의 그 살 떨리는 고요함이 뒤따른 것이었다. 나는 잠시 형의 얼굴을 놓치고 있다 다시 바라보았는데 어느샌가 이마에서부터 땀이 흐르고 있었다. 다행히 그 순간, 소리는 멈춰버렸다.

준비한 첫 번째 곡이 끝난 것이었다.

템포가 없는 박수소리가 끝없이 들려왔다. 고전적인 표현 같지만 정말 그것은 실제 우박이 떨어질 때 나는, 쉼이라고는 없는 화려한 소리였다. 소리는 공간을 가득 메웠다. 나는 박수를 치면서 한 가지 충동에 휩싸였다. 처음으로 형의 연주를 듣고 생긴 충동이었다. 바로 첼로를 배우고 싶다는 원초적인 충동. 그것은 급작스러웠지만 그만큼 강렬한 것이었다.

형은 자리에서 일어났고 자신 스스로는 그렇게 흡족하지 않았는지 무표정한 얼굴로 고개를 숙여 관객들에게 인사를 했다. 그때 나와 눈이 잠시 마주쳤으나 실제로 나를 알아본 것인지 아닌지는 알 길이 없었다. 형이 무대에서 사라지자 박수는 점차 줄어들더니 어느새 명을 다해 버렸다.

인터미션은 15분 정도가 주어졌다. 나는 화장실에 가서 힘없는 오줌을 누고 로비의 푹신한 의자에 다시 앉았다. 마치 막 연주를 마치고 나온 첼리스트처럼 다리에 힘이 빠져 있었다. 연주를 하는 것만큼이나 집중해서 듣는 것도 대단한 힘을 필요로 한다는 것을 처음 알게 되었다. 그 사이에 형은 무엇을 할지 궁금했다. 다음 곡은 피아노 주자와 함께하는 것이었기 때문에 그녀의 긴장을 풀어주고 있겠지. 시간은 금세 지나가고 있었다. 나는 다시 한 번 충동을 느끼기 위해 공연장으로 들어갔다.

두 번째 곡은 쇼스타코비치의 첼로와 피아노를 위한 소나타였다. 정확한 제목은 Sonata for Violoncello and Piano in D minor, Op.40이었다. 이 곡은 쇼스타코비치의 유일한 첼로 소나타 곡이었다. 앞서 연주했던 곡과는 어떤 연관이 있을까 머리를 굴려 보았다. 음악적인 유사성은 발견할 수 없었고 그나마 발견한 것은 파블로 카잘스와 쇼스타코비치가 모두 사회주의자

였다는 사실 정도였다. 그것이 이 독주회에 어떤 영향을 미치는지는 알아낼
도리가 없었다.

형은 피아노 주자와 함께 무대 위에 올라왔다. 피아노를 맡은 사람은 유다
보다도 나이가 들어 보였고 노련한 기운이 전신에서 뿜어져 나왔다. 나는 앞
의 곡보다 이 두 번째 곡에 걱정이 컸다. 그것은 유다와 관련된 문제였기 때
문이었다. 형이 유다의 부재를 어떤 식으로 메웠을지 궁금했다. 주어진 시간
이 단 4일에 불과했으니. 그럼에도 나는 형에게 기대가 컸고 내 걱정이 기우
가 될 것이라고 단정할 수 있었다.

이내 연주는 시작되었다. 피아노가 추가되니 그나마 거의 없었던 공간의
빈틈마저도 여실히 채워지게 되었다. 1악장은 슬픈 서정으로 출발했다. 그
때 슬픔은 오열을 불러일으키는 것이라기보다 감당할 수 있을 정도의 슬픔
으로 잔잔하기까지 했다. 잔잔함은 이어져 어느덧 마치 하나의 일상처럼 평
온한 상태에 이르렀다. 그때의 형의 얼굴 역시 큰 감정 없이 평온한 표정을
유지하고 있었다. 그러다 중반쯤에 와서는 밀접해 있던 피아노와 첼로가 약
간 어긋나는 듯한 인상을 주었다. 아주 잠깐이었지만 두 악기가 서로 다른
장소에서 연주되고 있는 듯한 느낌이 드는 순간도 있었다. 이것이 작곡가의
의도인지 형의 의도인지는 알 수 없었다. 템포는 계속해서 반복적으로 빨라
지다 느려지고 다시 또 빨라졌는데 이것은 앞의 것과의 반복 같았다. 음률
상으로도 거의 같은 게 아닐까 하는 생각을 불러일으켰다. 하지만 조금 다른
것이 있었다. 느려질 때는 평온한 일상의 우수가 다시 느껴진 것에 반해 빨
라지는 템포에서는 앞에서 느낄 수 없던 것이 귀에 들어왔다. 그것은 어떤

일에 대한 불길한 암시 같기도 했고 봐서는 안 될 것을 보거나 큰 실수를 저질렀을 때의 불안 같기도 했다.

마침내 쇼스타코비치의 불안을 보여주는 것이었을까. 쇼스타코비치는 두 가지의 이미지로 대중들에게 각인되었는데 하나는 사회주의자로서 또 하나는 신경질적이고 격렬한 음악으로써다. 그가 신경질적이고 격렬한 음악을 한 것은 틀림없는 사실이지만 그것이 그의 전부는 아니었다. 섬세하고 한없이 부드러운 음악도 많이 만들어냈으며 또한 특유의 유머러스함으로 그의 정서를 표현하기도 했다. 그는 실제로 채플린 영화의 광팬이기도 한, 유머가 있는 남자였다. 나는 그의 음악성을 떠나 국적과 사상을 모두 추월해 그와 만난다면 쉽게 친해질 수 있겠다는 생각을 해본 적이 있었다. '기괴하고 신경질적이며 동시에 유머러스한 별난 취향'은 내가 나를 소개하는 문구 같기도 했다. 그는 나의 벗이 되기에 충분했다. 아니 되어준다면 황송할 따름이었다.

다른 하나인 사회주의자로서의 이미지는 그와는 떼려야 뗄 수 없는 관계에 있었다. 그는 스탈린에 의해 혁명의 선전도구로 이용된 불운한 작곡가라는 평도 있고 체제와 그럭저럭 타협하며 살아간 기회주의자라는 평도 있었다. 아무래도 나는 그가 불행한 사회주의자였다고 생각했다. 당시 스탈린은 사회주의 리얼리즘에 입각하여 노동자를 위한 쉬운 음악을 음악가들에게 요구했고 이에 다른 작곡가들은 서방으로 망명을 가게 된 것에 반해 쇼스타코비치는 체제에 순응하며 당국이 원하는 음악을 만들어 내게 되었다. 하지만 그것이 그의 이념과 같았기 때문에 그러했던 것은 아니었으며 더불어 그의 순응이 체제에 대한 완전한 순응을 의미하는 것도 아니었다. 즉, 그는 사회주의자였지만 그에게 있어서 비틀어져 버린 사회주의적 전제주의는 순응의 대상이 아니라 오히려 하나의 고발 대상으로써 기인한 것이었다. 그러니깐 그는 오랫동안 스탈린을 찬양하며 체제에 굴복하는 것 같았지만 그것은 정말 음악을 하기 위한 마지막 수단이었던 것이고 오히려 그는 끝까지 저항했다고 볼 수 있었다. 그것은 음악에서 여실히 드러났다. 그 특유의 풍자와 유머가 바로 그것이었다. 이 작품 역시 탈피를 위한 시도로써 스탈린의 억압적인 정치에 대한 풍자와 즐거움의 세계로 알려진 작품이었다. 형은 얼마나 이 곡을 탐구했을까. 형보다도 실은 피아노 주자가 형에게 미칠 영향이 걱정되었다. 유다라면 어떤 곡보다도 이 곡에 자신이 있었을 텐데. 칠칠맞은 데가 있긴 했지만 누구에게도 없는 뻔뻔함은 아마 형이 유다를 택한 이유였을 것이다. 그 안목이라면 저 피아노 주자에게도 기대를 걸어볼 만했다. 아직까지는 알 수 없었지만 나는 형이 얼마나 두꺼운 얼굴을 할지 기대가 되었다.

이윽고 2악장이 시작되었다. 리드미컬한 전개였다. 꼭 오래된 디즈니 만화에서나 볼 수 있던 도망가는 캐릭터가 떠올랐다. 과장되게 빨리 움직여 꼭 바퀴 모양의 다리를 하고서 거의 날아가듯 뛰어가는 캐릭터. 그것은 놀라기도 하며 뒤를 훔쳐보기도 하며 빠른 속도로 도망을 가고 있었다. 그러다 쾌감을 느끼기도 했는데 그것은 잠시, 아주 정말 잠깐 동안이었다. 어느새 다시 긴장을 하고서 처음의 속도로 도망을 가게 되는 것은 너무나 자연스러운 것이었다. 형의 표정은 1악장 때보다 짐짓 굳어 있었다. 나는 그것을 좋은 신호로 받아들이고 싶었다.

3악장은 확실히 느린 악장이었다. 느린 대신에 첼로의 선율은 더욱 깊이 있게 울렸다. 그 선율은 나에게 다가와 가느다란 활이 되어 나를 간지럽게 그어댔다. 선율은 지친 심신을 이끌고 불이 거의 꺼진 어떤 마을로 걸어가는 한 마리의 말 같았다. 그는 주인을 잃은 가엾은 말이었다. 형체가 없는 누군가가 목소리로만 그를 원래의 곳으로 가라고 타이르지만 그는 미친 듯이 거부하고선 원래의 고향은 자신이 서 있는 바로 이곳이라며 코를 벌름거리면서 거친 숨을 내뱉고 있다. 나는 '말'도 안 되는 상상을 한 내가 우습게 느껴졌다. 클래식에 관심이 없는 사람이라면 졸기에 딱 안성맞춤인 시간이었다. 나는 피곤하지 않다고 자부했는데 그것은 여전히 형의 조그마한 떨림에도 함께 가슴을 쓸어내리며 같은 호흡을 가져갔기 때문이었다. 조금 안타까웠던 것은 중반쯤 피아노의 가장 왼쪽 부분을 치는 부분을 제외하고는 형과 피아노 주자가 썩 좋은 호흡을 보이지 못했다는 점이었다. 그렇다고 우려할 정도의 것은 아니었지만 형이 너무나도 잘 소화해내고 있어 그의 수고가 너무나도 아깝게 여겨졌기 때문이었다. 형은 그건 큰 영향을 못 준다는 듯 자신의 얼굴, 정확히 하자면 그 두 눈은 영롱한 빛을 띠고 있었다. 그것은 그의 천성이었으며 곧 마성이었다.

독주회의 마지막이라고 할 수 있는 4악장이 시작되었다. 피아노의 경쾌한 멜로디가 포문을 열었다. 이제껏 들었던 앞의 악장과는 모든 면에서 다르다는 것을 쉽게 알아차릴 수 있었다. 처음의 멜로디는 하나의 농담 같았다. 뻔뻔하게 장난을 걸어온 것이었다. 그 장난은 그 어느 악장보다도 자유롭고 독창적인 면이 있었다. 뒤뚱뒤뚱 거리기도 하며 과장된 몸짓을 하는 것 같았는데 그것은 꼭 누군가를 흉내 내는 것임에 틀림없었다. 그러다 어느새 굉장한 템포로 첼로와 피아노가 연주되고 있었다. 형은 특히 바이올린을 켜는 것처럼 가볍고 빠른 속도로 첼로를 켜고 있었다. 피아노가 조금 못 따라와 주는 것이 못내 아쉬웠지만 형의 깔끔한 속주로 그것은 크게 눈에 띄지 않았다. 바흐의 무반주 첼로가 이 독주회에서 잘 지어진 밥이었다면 이 작품은 메인 메뉴라 설명할 수 있었다. 과정이 복잡하며 자극적이면서도 맛이 좋은 메뉴. 특히 4악장이 식탁의 한가운데를 차지하고 있었다. 중간중간 형은 활 대신 손가락으로 현을 튕기기도 하며 마지막 남은 힘을 쏟아냈다. 소리는 시간이 흐를수록 더욱 정확하면서도 부드럽게 들려왔다. 그 소리는 마치 인간의 목소리 같았다. 정확히 하자면 목소리라기보다는 웃음소리에 가까웠다. 조롱하는 듯 껄렁대는 웃음은 조소이자 폭소였다. 또한 다시 한 번 속주가 나올 때는 혀를 빠르게 날름거리는 듯한 인상을 주었다. 바흐의 무반주 첼로가 속내를 알 수 없는 밝은 인상의 신사였다면 이 작품은 그 신사의 속내 같았다. 그는 그의 골방에 있는 책상 앞에 앉아 진탕하게 웃고 있었다. 너무 웃다가 정신을 가누지 못할 지경이 되도록. 그것은 히스테리에 가까운 것이었다.

나는 그때 형의 눈을 보고 놀라지 않을 수 없었다. 형의 눈은 어느새 살기마저 느껴질 정도로 강렬했다. 그것은 정말 난생 태어나 처음 보는 눈이었다. 형뿐만 아니라 어느 누구에게서도 볼 수 없었던 눈이었다. 나는 그것을 자세히 들여다보았다. 그러자 한 가지 새로운 사실에 봉착하게 되었다. 그 눈은 어쩌면 웃고 있는 눈이라고 착각을 불러일으킬 만큼 오묘하다는 점이었다. 곡선 속에서의 살기 어린 눈빛은 강렬하다 못해 비위가 상할 정도였다.

나는 그 눈을 오랫동안 쳐다볼 수 없었다.

또다시 피아노 주자로 인해 유다의 부재가 더욱 아쉬워졌다. 그럼에도 형은 턱과 몸을 부르르 떨기까지 하며 곡을 다듬어갔다. 첼로는 어느새 장기처럼 형의 일부가 된 것 같았다. 형이 연주를 마치고 일어나면 첼로도 함께 달라붙어 공중에 뜰 것 같은 기분이 들었다. 또한 그로테스크한 자유가 곳곳에서 느껴지는 것에 마침내 확신이 들었다. 형이 목표한 완벽과 그에 따른 성공에. 피아노와 첼로는 조금씩 어긋나며 불협화음을 내는 것 같기도 했는데 이것은 쇼스타코비치에 의도 같았다. 어긋난 선율은 그 자체로 아름다움이 있었다. 또한 극적이었으며 위험하고 아슬아슬했지만 그러면 그럴수록 더욱 가까이 다가가고 싶은 충동을 불러일으켰다. 바흐의 무반주 첼로를 몬드리안의 기하학적 추상화라 한다면 이 작품은 르네 마그리트의 노골적인 초현실주의 작품인 〈강간〉에 빗댈 수 있었다.

이어 곡은 거의 끝을 향해 달려갔고, 마침내 마지막 빠른 활과 피아노의 거센 멜로디로 끝이 났다. 그것은 어떤 자신 있는 미소와도 같은 것이었다. 모든 것이 끝나자 영적인 서정성이 여운으로 다가왔다. 형의 소리가 하나의 언어가 되는 순간이었다.

유다가 작품에 관해 물어본다면 이 작품은 비극이자 동시에 희극이었다고 멋지게 말해주고 싶었다. 또한 농담과 미소로 시작과 끝을 맺었지만 전반에 깔린 병적 우울은 아주 친숙한 것이었다고.

연주가 끝났지만 생각보다 박수소리는 쉽게 터지지 않고 있었다. 나는 의아했다. 하지만 그 이유가 청중의 실망 때문이 아니라는 것을 이내 알아차릴 수 있었다. 그것은 청중의 넋 때문이었다. 그 공간에 있던 거의 모든 청중들은 넋을 잃고 그저 무대를 바라보기만 했다. 형이 일어서지 않았다면 정말 그들은 자리에서 일어날 수 없었을 것이다. 한 20초가 지났을까. 일순 박수가 터져 나왔다. 그것은 어떤 식으로도 표현하기 힘든 크기의 소리였다. 소리는 마치 하나의 덩어리가 되어 공간을 가득 채웠다. 공산주의 국가의 수장이 나타나면 저럴까. 형은 스스로도 고무되었는지 시원한 웃음을 지었다. 넉넉하고 흔쾌한 웃음이었다. 박수소리는 5분이 넘게 이어졌다.

실로 완벽에 가까운 연주였다. 역시나 내 걱정은 기우였고 막상 형이 기대 이상으로 연주를 마치자 괜히 얄미운 마음까지 들었다. 형은 손가락을 다치기 전보다 오히려 더 괜찮은 소리를 냈다. 일말의 군더더기 없이 청명한 소리는 이명이 되어 밤이 되도록 귓가에 웅웅 울렸다. 나는 가장 괜찮은 좌석의 앉은 청중으로서 독주회를 만끽했다고 생각했다. 독주회는 전연 형의 부활을 알리기에 충분했다. 조금만 있으면 언론들의 인터뷰가 있을 것이었다. 그리고 주부들이 즐기는 여성잡지나 음악잡지에 크게 실리겠지. 형을 기다리는 것은 많았고, 앞으로가 훨씬 더 많을 것이었다. 어쩌면 베를린에서 돌아왔을 때보다 더 큰 명성을 얻을 수도 있겠다는 생각마저 들었다.

베를린이든 베른이든 벨기에든, 어딘가로 가기 전에 형을 만나야 했다. 사람들이 모두 빠져나갈 때까지 가만히 앉아 있었다. 객석에도 조명이 켜져 무대가 상대적으로 어두워졌다. 쿵쿵거리고 웅성거리는 시간은 그리 길지 않았다. 생각보다 빨리 사람들이 빠져나갔고 이윽고 나도 홀을 벗어날 수 있었다. 로비에는 기념촬영을 하는 사람들이 많았고 형의 모습은 보이지 않았다.

사인회 같은 것은 일정에 없는 모양이었다. 나는 대기실을 찾으러 나섰다. 안내원에게 물어보면 가르쳐주지 않을 것이 자명했기에 내가 직접 나선 것이었다. 양 끝을 모두 확인하고서야 대기실이 아닌 분장실이 있다는 것을 알 수 있었다. 개인 분장실에 형의 이름이 에이포용지에 적혀 붙은 것이 보였다.

문을 열자 형과 피아노 주자가 함께 대화를 나누고 있는 것이 보였다. 생각보다 넓은 공간에는 피아노도 놓여 있었다. 형은 나를 반겨주었다.

"어, 왔구나! 잘 왔다. 저녁은 먹었어?"

형의 첫인사였다. 나는 안 먹었다고 하면 받을 질문과 해야 할 답이 너무 많을 것 같아서 응, 이라고 대답했다.

그때였다.

다섯 명의 건장한 남자들이 문을 박차고 들어왔다. 그들은 예의라고는 없는 사람들 같았다. 나는 그들을 보고 아연실색할 수밖에 없었다. 그들은 언론이 아니었고 그 중 두 명은 눈에 익은 사람들이었기 때문이었다.

바로 목요일 날 집으로 나를 찾아와 조사를 했던 형사들이었다. 계급이 높은 쪽의 형사가 말했다.

"자, 유다희 씨 살인범으로 구속되었습니다. 경찰서로 같이 가야 할 것 같네요."

나는 경황이 없었다. 더 나를 정신이 없게 한 것은 그의 시선이 날 향하지 않고 있다는 사실이었다.

그가 말을 하며 바라보고 있는 것은 형이었다.

형은 놀라지도 않고 덤덤한 표정으로 아니 덤덤하기보다 마치 기다리고

있었다는 듯 로또번호를 세 개 정도 맞춘 사람처럼 히죽 웃고 있었다. 피아
노 주자는 우아한 드레스를 입은 채 자신의 낙태 소식이라도 들은 것처럼 경
악을 금치 못했다.

형사는 영화에서처럼 묵비권 어쩌고저쩌고하는 미란다 원칙을 말하진 않
았다. 그저 순순히 형을 기다릴 뿐이었다. 계급이 높은 쪽의 형사를 제외한
나머지 형사들은 조금 지루하다는 눈치였다. 그들은 모두 깃이 있는 티셔츠
를 바지 안에 넣은 채 입맛을 다시고 있었다. 아직 형에게 할 말이 많았는데.
나는 이 상황이 당황스럽기도 하면서 황당하기도 해서 어찌할 바를 몰랐다.
또한 여전히 불안하기도 했으며 한편으론 다행스럽다는 생각도 들었다. 그
러다 결국에는 목요일에 그랬듯 이들이 빨리 자리를 벗어났으면 좋겠다는
생각에 이르고 말았다.

형은 천천히 형사에게 다가갔다. 형이 움직이자 형사들은 걸음을 천천히
옮기기 시작했다. 따라 걸어오라는 말이었다. 그들은 형의 도주가 크게 우려
되지 않았는지 팔을 붙들거나 하지 않았고 두 명씩 세 명씩 조를 이뤄 형을
앞뒤로 포위했다. 문은 닫혀 버렸다.

참으로 놀라운 일이 벌어진 것이었다.

그리고 그건 참으로 뜻밖의 일이었다.

13

유다가 죽은 지 한 달, 형이 구속된 지 한 달이 조금 안 되는 시간이 흘렀다.

그사이 조금 특별한 일이 일어나긴 했지만 그 외에 별다른 일은 일어나지 않았다. 아니 어쩌면 유다와 헤어졌을 때보다는 훨씬 생산적이고 많은 일을 했기 때문에 그때와 비교하면 하루하루가 '별다른' 일이었다고 할 수 있었다.

먼저 나는 그날이 지나고 바로 다음날, 트럭을 몰고 김천으로 향했다. 내 비게이션에선 저질스러운 화질로 뉴스가 나오고 있었다. 형의 소식은 헤드라인으로 다루고 있진 않았다. 하지만 막 연주회를 마치고 구속된 살인범은 사람들의 이목을 끌기에 적당한 뉴스였다. 형은 첼리스트 박 모 씨로 소개되고 있었다. 형의 얼굴은 나오지 않았고 카메라는 고개 숙인 형의 모습과 뒷모습만을 비춰주었다. 평소 클래식에 관심이 있는 사람이라면 그 정도만 봐도 형을 쉽게 알아차렸을 것이다.

외삼촌 역시 형을 쉽게 알아봤는지 첼리스트 박 모 씨를 형이라 확신했다.

"그 너희 형 맞제? 첼리스트에 박 씨에, 뒷모습만 봐도 내가 알지. 어휴. 그게 뭔 꼴이라?"

그리고는 계속해서 혀를 끌끌 찼다.

"그 자슥은 와 그카노. 완전히 미쳤지. 그 잘 나가디만. 조용한 게 애가 순한 줄만 알았는데. 그게 또 니 여자 친구였다매? 니도 충격이 크겠구만. 괜찮여? 하 참. 지 엄마가 알면 참 뭐라 했겠어여?"

외삼촌은 흥분한 빛이 역력했다. 나는 엄마가 죽기 전에 봤던 형의 그 글에 관해서도 말을 꺼내기로 했다. 그러자 외삼촌은 노발대발했다.

"뭣이라? 지금 뭐라 캤어여?"

그 이후로 외삼촌은 거칠고 우악스러운 욕지거리를 형의 이름과 함께 뒤섞어 뱉어냈다. 나는 그것을 막을 재간이 없었다. 그것은 무지하게 강한 완력이 작용해 있었다. 자리를 벗어나 외숙모에게 갔다. 외숙모도 저럴 경우엔 못 말린다며 가만히 그저 가만히 내버려 두라고 했다. 한참이 지나서야 외삼촌의 상태는 우그러졌고 나직이 혼잣말을 하는 것이 들렸다.

"개 코나 잘나지도 못한 걸 키워줬더니……."

외숙모도 조금 놀란 눈치였지만 나에겐 크게 표를 내려 하지 않았다. 시간이 지나면 모두 괜찮을 거라며 나를 위로했고 넓적한 락앤락 통에 밑반찬을 한껏 담아주었다. 나는 문밖에서나마 외삼촌에게 인사를 하고 다시 차를 바꿔 타 대구로 향했다.

나는 대구로 돌아온 후 시체처럼 꼬박 자려고 별렀으나 그것은 뜻대로 잘 되지 않았다. 다음 날 아침 열 시도 채 안 되는 시간에 일어나게 되었고 피곤이 그리 쉽게 풀린 상태가 아니었다.

아빠는 형의 소식으로 한없이 가라앉아 있었는데 얼이 거의 빠진 표정이었다. 여전히 믿기지 않는다는 얼굴이었다. 나는 더 믿기지 않을 엄마의 자살과 관련된 이야기도 빠뜨리지 않고 해주었다. 그러자 아빠는 생각보다 별 충격이 없는 얼굴을 하고 있었다. 그것이 모든 걸 미리 알고 있었다는 것인지 이제 더 충격적일 것도 없다는 뜻인지는 알 수 없었다.

며칠 후, 나는 형사와 만날 수 있게 되었다. 전화로 대충 형의 소식을 전한 형사는 만나서 좀 더 많은 대화를 나누자고 했다. 계급이 높던 그 형사는 나를 반갑게 맞아주었다.

"박재현 씨. 좀 괜찮아요? 뭐 살다 보면 이런 일도 있고 저런 일도 있을 수 있는 거예요."

그걸 위로라고 하는 것일까. 사실 살다 보면 너무나 많은 일이 일어나곤 한다. 지난 4개월은 특히나 그랬다.

위로 후 의미 없는 안부인사가 오갔고 형사는 자연스럽게 사건에 관한 이야기를 천천히 꺼냈다.

"처음에 제가 박재현 씨 집에 간 거 기억나죠? 사실 그때까진 제일 의심스러웠어요. 본인도 그런 느낌 알아챘죠?"

대답도 하기 전에 그가 말을 이었다.

"그런데 왜 괜히 그런 거 있잖아요. 영화 같은 걸 봐도 그렇고 꼭 가장 가까이에 있던 사람이 의심받고 결국 누명 쓰이고, 어떤 건지 알죠? 괜히 우리가 그런 짓을 하는 건 아닌가 싶더라고요. 하필이면 또 그날 비슷한 시간 때에 그 집에 들어갔다고 했으니깐, 이 사람이 만약에 진짜 아니라면 얼마나 억울할까 싶은 생각이 자꾸만 들지 뭐야."

역시나 형사들은 영화를 많이 보는 모양이었다.

"내가 형사 경력이 이제 25년이 다 되어 가는데 그런 느낌이 있지. 있고말고. 척 보면 알아. 정황상으로는 이 사람인 거 같지만 그래서 더 억울할 거 같다는 그런 생각."

그의 생각에 축하파티라도 열어주고 싶은 심정이었다.

"그리고 박재현 씨. 며칠 동안 어디 간 거예요? 그러면 괜히 또 의심받는 거 몰라요? 사람이 연락이 돼야지 말이야. 우리가 분명히 자주 볼 거라고 했는데도. 그렇게 가 버리면 의심받을 수밖에 없지."

그가 나를 많이 위하고 있다는 기분이 들었다. 따뜻한 기분이었다.

"이렇게 빨리 끝나버린 게 다행이지 뭐. 혹시 오수훈이라고 알아요? 들어봤어요? 그 사람이 처음엔 용의자라 지목되었거든. 채무 관계에, 목격자도 있었으니깐. 그런데 그 목격자가 제정신은 아닌 거 같더라고. 그 집주인인가 그랬는데 확실히 오수훈이 맞다고 하면서도 스스로 자꾸 헷갈려 하더라고. 다른 사람이랑 헷갈렸는지 아니면 공상을 많이 하는지 말야."

그래, 그 여자는 썩 제정신 같진 않았다.

"어쨌든 오수훈 그놈을 잡으려고 하는데 이미 어디로 내빼있더라고. 그래서 재현 씨한테 전화를 하는데 전화가 돼야지 원. 그래서 둘 다 의심이 갔는데 마침 그때 지문 감식 결과가 나왔어."

지문 감식에 관해선 형이 구속된 다음날 그가 전화로 일러준 부분이었다.

"유다희 씨 몸에 그리고 온 방에 재현 씨 형 지문이 잔뜩 묻어 나오더라고. 그럼 뭐 말 다했지. 또 조사를 해보니깐 그날 형이랑 유다희 씨랑 학교에서 같이 연습하고 형이 한 시간 정도 먼저 나왔는데? 그 말이 무슨 말이냐. 먼저 나와서 범행을 계획했다는 거. 간단하죠? 또 그 주인아줌마한테 재현 씨 형 사진을 보여주니까 맞다고. 이번엔 정말 확실하다면서 똑 사진이랑 닮았다고 하더라고."

그는 신이라도 난 것처럼 말을 이었다. 원래부터 수다를 떨기 좋아하는 사람 같았다.

"그래서 그놈이, 아, 그놈이라고 해서 미안해요. 어쨌든 그 형님이 어디 있는지 알아보니깐 대전에 있더라고. 대전에서 연주회를 앞두고 있다고 하데. 처음에는 그게 거짓말인 줄 알았지. 아니 어떻게 그 상황에 연주회를 할 수 있나 생각했죠. 참 그렇게 뻔뻔한 사람은 정말로 정말로 처음. 딱 보니깐 광적인 느낌이 확 풍기긴 하던데. 원래 유다희 씨랑 같이 연주회 하기로 되어 있었다면서? 뭐, 그럼 안 봐도 뻔하지. 원래 예술가들은 그래요?"

그러니깐 그는 광적인 형이 함께 연습하다 자신의 예술적 욕구를 유다가 제대로 채우지 못하자 그만 살인을 저질렀다는 말을 하려는 것 같았다. 그리고 그는 정말 작은 목소리로 혼잣말을 했는데 내가 못 들을 줄 알았던 모양이었다.

"씨발, 예술은 좆도, 밥이 나와 뭐가 나와."

나는 부러 못 들은 체를 했다.

"뭐 어쨌든 그렇게 됐습니다. 궁금한 거 있어요?"

"변호사 선임은 어떻게 되는지?"

궁금했다기보다 그냥 떠오른 질문이었다.

"아, 맞다 맞다. 그걸 내가 까먹었네. 잘 물어봤어요. 사실 변호사 선임은 안 알아봐도 될 거 같네요."

"네? 그게 무슨 말씀입니까?"

"그 잘나신 재현 씨 형님이 변호사 선임을 거부하셨습니다. 국선변호사의 도움도 원치 않는다나 봐요. 그것도 아주 완강하게요. 그분 보니깐 고집도 징글징글하도록 세던데. 뭐, 하라는 대로 해야죠."

"네? 아······.네."

나는 사실 크게 기대를 하지 않았다. 솔직히 크게 관심이 없었다. 아니 차라리 변호사를 선임하더라도 형편없는 사람으로 세워 둘 작정이었다.

"그리고 아무리 비싼 변호사를 쓰더라도 지문이 이렇게 다 찍혀 나왔는데 크게 감형받기는 힘들 거예요. 차라리 그게 서로에게 나을지도 몰라요."

나는 그것에 동의했다. 그리고 빈손으로 경찰서를 들른 것이 후회되었다. 박카스라도 한 상자 샀어야 했는데. 나는 진심으로 형사에게 고마움을 표현했다. 형사는 언제든 오라며 기꺼이 나를 도와주겠다는 말로 인사를 대신했다.

그리고 하루가 지난 다음 날부터 나는 글을 쓰기 시작했다. 전국을 트럭으로 떠돌면서 짬을 내 썼던 글을 마무리 짓고 싶었기 때문이었다. 그것은 역시나 글이라기보다는, 허구와 상상이라기보다는, 기록에 가까운 것이었다.

일주일이 채 안 된 내 기억은 너무나도 선명해 그것을 기록하는 일은 크게 어려운 것이 아니었다. 나는 그 마지막을 처음과 같이 노란색 몸통의 BIC 볼펜으로 채워 나갔다. 노트북을 이용해도 됐지만 괜히 나는 고집을 부리고 싶을 따름이었다. 첫 장부터 볼펜으로 썼기 때문에 그 규칙이 깨지는 것이 이상하리만큼 싫었기도 했거니와 습관을 고치기가 쉽지 않았기 때문이었다. 나는 평소 글을 쓸 때 노트북을 이용하지 않고 먼저 대학노트를 이용하는 습관을 가지고 있었다. 노트북으로 글을 쓰는 것은 '쓰는' 것이 아닌 '두드리는' 것으로 벌써 '글을 쓴다.'는 어법 자체에 맞지 않았다. 그건 자연스러운 행위가 아니었다. 있는 것을 자유자재로 활용하지 않고 아예 처음부터 없는 것을 억지로 인공적으로 만들어내는 행위에 불과한 것으로 플라스틱, 인공섬 따위와 같은 것이었다. 그래서 그건 순간적인 안락함이 있을지 몰라도 딱딱하기만 할 뿐 은은하게 스며 나오는 잔향은 기대할 수 없었다. 또 모니터를 같은 눈높이의 평행 상태에 두고 작업을 하는 것은 그 대상을 완전히 지배하지 못하는 동등한 입장의 신이 되고 마는 한계, 그러니깐 완전한 신이 될 수 없음을 의미하는 것이었다. 그에 반해 종이에 글을 '쓰는' 행위는 '글을 쓴다.'는 말을 대표하는 행위이자 인류 초기부터 해온 행위로써 너무나도 자연스러운 작업이었다. 나무로 만든 종이에 글을 쓰다 보면 억지로 쥐어짜 낼 필요 없이 자신도 몰랐던 자신의 글이 저절로 펼쳐지게 되었다. 응당 거기엔 그늘이 있고 향이 부유하는 곳이라 할 수 있었다. 또 그것은 세워서 쓰는 것이 아니라 눕혀서 쓰는 것으로 완전한 신이 되어 자신의 세계를 높은 곳에서 아우르며 지배할 수 있게 되는 행위인 것이었다. 그래서 나는 그렇게 글을 쓰고 나면 노트북엔 그것을 그대로 타이핑할 뿐이었다. 그래서 그때 내가 쓰던 게 비록 기록일 따름이었지만 습관대로 그것을 대학노트에 적어나 갔던 것이다.

그것이 완성된 후 나는 카페로 향했다. 그것을 모두 노트북에 옮기기 위해서였다. 그 당시 14인치 모니터에 독감에 걸린 것처럼 골골대고 열이나 몸이 무거웠던 구형 노트북을 처분하고 1kg밖에 나가지 않는 11인치 맥북 에어를 막 구입한 때였다. 너무나도 가볍고 당당한 발걸음으로 카페에 입장할 수 있었다.

카페는 집에서 그리 멀지 않은 데 있었다. 계산성당 바로 옆에 자리한 '커피명가'란 곳이었다. 내가 그곳을 선택한 이유는 공간이 넓어 사람들이 적어 보였다는 것과 창이 엄청나게 컸기 때문이었다. 처음 며칠간은 한곳에 있지 못하고 이리저리 옮기며 작업을 했고, 그러다 셋째 날이 되어서야 마음에 드는 곳이 생기게 되었다. 카페는 가로가 아주 넓은 곳으로 그 가로 전면이 창으로 되어 있었다. 그 가운데서도 난 테라스가 없는 쪽의 창 앞이 마음에 들었다. 그곳에 앉으면 계산성당 전체가 한눈에 들어와 더없이 편안한 기분을 느끼게 해주었다. 나는 그 자리에 앉아 대학노트에 적었던 글을 그대로 노트북에다 옮기는 일을 했다. 그것은 별다른 과정이 없는 간단한 작업이었지만 워낙 빨리 써내려간 글이 많아 알아볼 수 없었던 것이 많았기 때문에 작업은 뚝뚝 끊기기 십상이었다. 또한 워낙 깨알 같은 글자를 계속 쳐다봐야 했기 때문에 눈에 쉽게 피로가 왔다. 그래서 한 번에 한 시간 이상을 작업할 수가 없었다. 그래서 쉴 때는 느긋하게 창밖을 보며 사람들을 구경했다.

그곳엔 관광객들이 많았다. 언젠가부터 중구에서 골목길을 비롯해 그 주위를 관광단지로 조성하면서 관광객들이 급속도로 늘어났다. 계산성당은 그 중심에 있는 것 같았다. 사람들은 예수님상 앞에서 합장하고 천천히 그 주위를 걸으며 사진을 찍은 뒤 성당 안으로 들어갔다. 거의 모든 관광객들이 그랬다. 개인뿐 아니라 단체로도 많은 관광객들이 찾았다. 유치원생부터 중년의 엄마들까지. 간혹 중국인이나 일본인들도 있었는데 나는 그 광경을 몹시나 흥미롭게 지켜봤다.

7월이었기 때문에 덥기도 덥거니와 햇살이 창으로 비춰 들어와 눈이 시큰거릴 때가 종종 있었지만 올해 유난히 길었던 장마로 인해 다행히 그 햇살을 쉽게 마주하지 않을 수 있었다. 비가 무수히 내리거나 멈추거나 다시 또 내리거나 하는 날씨의 반복이었다. 글을 두드리다 쉴 때면 창밖을 보는 것 이외에도 화장실을 자주 들렀다. 이상하게 그곳에만 가면 배가 아주 살살 아파왔기 때문이었다. 늘 주문해 홀짝이던 케냐 산 핸드드립 커피에다 정말 '핸드'로 휘휘 저어 커피를 태운 것은 아닐까 하는 생각이 들기까지 했다.

평일에 그곳엔 자리가 많이 남았다. 그래서 편안히 또 심심하게 작업을 할 수 있었다. 그러다 토요일이 되면 생각 이상의 많은 사람들이 몰려왔고 잠깐 자리를 비울 때는 노트북을 훔쳐가진 않을까 하는 불안이 일기도 했다. 다행히 성당 앞이라 그런지 악의 있는 사람은 전혀 없었다.

그곳의 사람들은 재잘재잘 잘도 떠들었다. 꼭 이국의 어떤 시장에 온 것처럼 그것은 때로 알아들을 수 없을 때도 있었지만 의식을 하고서 집중을 하면 종종 들렸다. 함께 스터디를 하며 취업에 관한 정보를 주고받거나 예수님에 관한 얘기를 하며 자신의 신앙에 대해 고민을 하거나. 나는 주문을 할 때 외엔 입을 여는 일이 없었다. 그것이 얼마나 나의 마음을 편안하게 해주었던지. 그러면 그럴수록 더욱 나 자신에 가까이 다가가고 있음을 느끼며 마음이 넉넉해졌다.

오후 여섯 시가 되면 성당에서 종이 울렸다. 나는 그것을 듣고 마무리를 지으며 그곳을 떠나곤 했다. 그리고 집으로 돌아와 옷을 갈아입었다. 아니 입었던 옷을 모두 벗고 팬티 하나만을 걸쳤다. 그리고는 선풍기를 틀고 저녁을 해먹었다. 그 당시 스파게티를 해먹는 것에 재미가 붙어 곧잘 만들어 먹었는데 그것도 얼마 안 가 질리고 말았다. 저녁을 먹고선 야구 중계를 보거나 그것을 틀어놓고 악기를 연주했다. 악기는 다름 아닌 형이 쓰던 첼로였다.

형이 구속된 후 나는 형이 쓰던 방을 깨끗이 비웠는데 첼로만은 버릴 수 없었다. 처음엔 그것도 아무렇지도 않게 버리려고 했으나 1억에 가까운 악기를 헤어진 여자 친구가 준 물건을 정리하듯 쿨하게 버릴 순 없는 노릇이었다. 결국 나는 그것을 거실 끝에 놔두다가 직접 한번 해봐야겠다는 생각에까지 이르게 되었다. 나는 기초 교본을 사 조금씩 익혀 나갔는데 손가락 끝도 아렸으며 기본적인 자세조차 제대로 잡을 수 없었다. 네 개의 줄이 각각 C, G, D, A라는 코드를 가진다는 것도 한참 후에야 알게 되었고 정확한 운지는 스스로가 판단하기에 너무나 역부족이었다. 그래서 곧잘 싫증을 느끼고 짜증이 났다. 하지만 하루라도 그것을 거르진 않았다. 정말 모든 것이 귀찮아질 때는 케이스에서 첼로를 빼내기만이라도 한 뒤 한참이나 그것을 그저 놔두었다가 제자리에 넣곤 했다.

첼로를 마치고 나면 운동을 했다. 아령을 이용하거나 팔굽혀펴기를 하면서 근력 운동을 했고 그것이 또 지루해질 때는 가벼운 복장을 하고 밖으로 나가 한 시간가량을 빠르게 걷다 돌아왔다. 걷는 것은 모든 면에서 유익했다. 살을 뺄 의도는 아니었지만 유다와 학교에 다니면서 쪘던 살이 조금씩 빠졌고 생각이 말끔히 정리가 되었다. 또한 많은 사람들을 스쳐 지나면서 내 존재에 관한 확인과 확신을 모두 할 수 있게 되었다. 그때마다 종종 형이 생각난 것은 사실이었다. 하지만 형사가 일러 준 현장 검증을 하는 날짜도 잊을 정도로 크게 관심이 없었다. 그것은 내가 의식을 하고서 일부러 애를 써 그런 것이 아니었다. 그것은 본연의 나의 의식이었고 맑은 정신이었다. 형은 집요하게 나를 괴롭히거나 나를 옥죄어 두거나 하는 잔상으로도 나타나지 않았다. 나 역시도 그 생각을 떨치려고 애쓴 적이 거의 없을 정도로 그것은 그저 보통의 대상처럼 가끔 나를 찾아온 것이었다. 만약 걷다 형을 마주쳤다면 그저 스쳐 지나갔을지도 몰랐다. 나는 정말 그렇게 하고 싶었다. 언젠가 길에서 꼭 한 번 만날 수 없을까. 그것이 불가능하다면 닮은 사람이라도 마주하고 싶은 심정이었다.

걷다 집으로 돌아오면 샤워를 하고 팬티 하나만을 걸친 채 과일을 먹으며 (주로 수박이나 천도복숭아) 음악을 들었다. 턴테이블엔 주로 클래식을 얹었다. 그건 형의 영향이라고 인정할 수밖에 없었다. 형의 마지막 공연 이후 나는 평소보다 더 클래식을 듣기 시작했다. 내가 가진 클래식 LP는 주로 하이든과 베토벤과 라흐마니노프였고, 그렇다고 그것만 주구장창 들은 것은 아니었다. 간혹 유다와 만났을 때처럼 올드팝이나 80년대 한국가요도 들었는데 그때마다 아련한 이미지들이 간지럽게 떠오르거나 하진 않았다. 그저 보통의 음악으로 내가 평소 즐기던 멜로디로써만 넘실대고 있을 뿐이었다.

음악을 듣고 난 후 글을 옮길 때도 마찬가지였다. 나는 음악을 듣고는 카페에서 작업했던 부분을 이어 다시 글을 옮기기 시작했다. 글을 옮기면서는 음악을 들을 때보다 좀 더 불가피하게 유다를 떠올릴 수밖에 없었다. 하지만 그것엔 거의 애정도 불안도 없었다. 간혹 작은 유두와 발랄함과 웃으면 작아지는 그 눈이 떠올랐을 뿐. 정말 순간적인 것이었다. 그것으로 인해 괴롭거나 들뜨거나 한 적은 정말 단 한 번도 없었다. 오히려 시간이 흐를수록 그녀에게 고마움을 느꼈다. 나를 거부해줘서, 나를 밀어내줘서. 그녀가 살아 있었다면 나는 더욱 자기몰입이 강한 사람이 되어갔을지도 몰랐다. 정말 그녀가 살아 있었다면 절이라도 했을 것이다.

글을 옮기기 시작한 시간은 주로 열두 시나 새벽 한 시였고, 그 시간은 아빠가 집으로 돌아오는 때였다. 그때는 잠시 방을 나서 인사를 하고 몇 마디를 나누고는 이내 또다시 방으로 들어오곤 했다. 그러고 나면 그 이후부터의 시간은 정말 내가 으뜸으로 꼽는 시간이 되었다. 생각 없이 글을 옮기고 있다 휙 지나간 시간을 확인하며 보람을 느끼기도 하고 모든 것을 가만히 내버려 두면 으레 찾아오는 정적을 누리기도 하면서. 그때 그 순간은 마치 별이라도 쏟아지는 환영을 본 것처럼 뭉실뭉실한 기분으로 가득 찼다. 그리고 매일은 아니었고 삼일에 한 번쯤 새벽 세시 정도가 되면 급하게 달리던 자동차의 급정지하는 소리를 들을 수 있었는데 그것 또한 나에겐 즐거운 감상이 되었다. 정말이지 새벽 시간만큼은 누구에게도 빼기고 싶지 않은 것이 되고 말았다.

그러고 나면 나는 다섯 시는 되어서야 잠이 들었다. 그리고 눈을 뜨면 열두 시가 좀 넘는 시간이 되었는데 그땐 아빠가 보이지 않았다. 아빠를 잘 볼 수 없게 되자 그 큰 집을 내가 혼자 쓰는 것 같은 기분이 들었다. 그것은 좋기도 하고 썩 좋지만은 않기도 한 기분이었다.

잠자리에서 일어나면 나는 체중계에 올라가 숫자를 확인하고 토마토를 하나 먹었다. 그리고는 천천히 샤워를 하고 나설 준비를 했다. 준비란 그날의 가장 잘 차려입을 수 있는 옷을 골라 입고 머리엔 약간의 왁스를 발라 깔끔하게 정리를 하는 행위를 말했다. 그것이 끝나면 나는 전날 먹었던 찌개를 데워먹거나 계란프라이, 비엔나소시지 같은 간단한 음식을 김치와 함께 아침 겸 점심으로 먹었다. 그리고 양치를 하고 집을 떠나 카페로 향하는 것이 나의 일상이었다. 그 일상은 여태껏 느껴볼 수 없었던 소소한 기쁨이 되어 나를 좀 더 낙관적인 인간으로 만들어 주었다.

카페에서 작업을 마치고 집으로 바로 향할 때가 많았지만 나는 종종 사람들을 만나기도 했다. 평일보다는 주로 주말에 그럴 경우가 많았다. 친구의 친구라든지 어떤 모임에 우연히 참석하게 되면서 새로운 사람들을 많이 만날 수 있게 되었다. 세상엔 정말 다양한 사람들이 살아가고 있었다. 나는 그들과 쉽게 융화될 수 있었다. 사람들은 나에게 생각보다 많은 호감을 보여주었다. 나는 그 자리의 주인공이 되어 모든 인원을 사로잡아 집중시키기도 하면서 유쾌한 기분을 자주 느끼게 되었다.

어느 때보다도 나는 사교적인 인간이 되어가고 있었다.

카페의 직원들과 몇 마디 나누며 친해질 무렵, 나는 작업을 거의 마무리 지을 수 있었다. 내가 휘갈겨 쓴 글은 생각보다 많았다. 마지막으로 저장 버튼을 누를 땐 진한 성취감을 느낄 수 있었다. 그것을 언제 다 적었나 싶어 스스로가 새삼 대견스러웠다. 나는 그 글을 처음부터 꼼꼼히 읽어보았다. 한 네 번에서 다섯 번 정도 읽었을 때 한 가지 생각이 사정없이 내 머리를 후려쳤다. 그것은 일지, 기록이기도 했지만 내가 아닌 다른 누군가가 본다면 그것은 하나의 소설로도 읽힐 수 있겠다는 생각이었다. 문제 될 것이 없어 보였다. 너무 나의 사적인 이야기가 많이 들어 있어 출판을 생각하는 데까진 얼마간의 시간이 걸렸지만 출판이 되면 더할 나위 없이 만족할 나를 상상하는 것은 그 자체만으로도 흥미로웠다. 나는 오타와 각 장에 맞는 시제만을 수정하고 그 외에 다른 어떤 글자도 건드리지 않은 채 그것을 평소 잘 알던 출판사에 보냈다. (알긴 했지만 그렇게 내 글에 썩 반응이 좋은 출판사는 아니었다.) 사실 그 전에 약속되었던 인터뷰가 취소된 뒤라 조금 껄끄럽긴 했지만 아는 곳이라곤 거기밖에 없었다.

그날 나는 형의 형이 확정되었다는 소식을 들을 수 있었다. 무기징역이었다. 적당한 형량이라는 생각이 들었다. 하지만 그것이 나의 생활에 큰 변화를 주진 못했다. 형에게 두부를 줄 일도 없겠다는 생각이 장난스럽게 들 뿐이었다. 그럼에도 혹시나 운이 좋으면 책이 출판될 수 있다는 소식 정도는 전해주고 싶었다.

하루가 지나서야 출판사에서 연락이 왔다. 생각했던 것보다 출판사는 훨씬 시원한 반응을 보였다. 이번 주 안에 계약을 마치고 바로 출판을 하자는 대표의 말은 책이 나오기도 전에 나를 흥분시키기에 충분했다. 이제껏 몇 번, 다른 작가의 단편과 함께 엮어 출판된 적은 있었지만 첫 페이지부터 끝 페이지까지 전부 내 글로 채워진 단행본을 낸 적은 한 번도 없었기 때문에 나는 한껏 고무될 수밖에 없었다. 분량도 원고지로 1,000장 정도가 되어 장편소설로 출판되기에 문제가 없었다.

계약을 하러 간 날 대표는 이렇게 말했다.

"아, 전 사실 박재현 씨가 이분의 동생인 걸 알고 깜짝 놀랐습니다. 흠⋯⋯. 어찌 됐든 글이 좀 덜 다듬어지긴 했는데 그래도 뭐 이 정도면 출판해 볼 만한 것 같네요. 제목도 마음에 들고. 한 번 잘해봅시다."

내 책이 서점에서 볼 수 있다는 상상에 나는 감격에 벅차올랐다. 하지만 나는 감히 대표에게 조건을 걸었다. '작가 후기'를 넣지 말고 차라리 글의 마지막 부분에 나의 일상을 책이 출판되기까지의 과정을 넣자는 것이었다. 그러니까 글은 형사가 집을 방문한 순간부터 내가 감히 대표에게 조건을 걸어 책을 출판하게 되기까지를 담게 되는 것이었다. 그는 좋은 생각이라며 내 말에 흔쾌히 동의했다. (그래서 나는 이 글마저 소설에 넣을 수 있게 된 것이다.)

결국, 책 「당신만 모르는 이야기」는 그렇게 출판이 확정되었다.

14

(출판된 책에는 밝히지 않았지만 이 부분부터는 나의 개인적인 기록으로 두려고 한다.)

사실 출판사 대표를 만났을 때, 내가 건 조건은 두 가지였다. 나머지 하나는 이랬다. 그것은 얼마 전에 있었던 실제 첼리스트의 살인 사건을 배경으로 쓴 소설, 혹은 실제 존재한 살인범의 동생이 직접 쓴 잔혹소설, 같은 마케팅은 절대 해선 안 된다는 것이었다. 난 나 자신 이외에 모든 사람들이 그 글을 내 이야기가 아닌 보통의 소설처럼 봐주기를 원한다는 의사를 확실히 전했다. 그러자 대표는 그것이 이 책의 핵심인데 도대체 무슨 소릴 하냐고 따져 들기 시작했다. 꼭 팥이 하나도 없는 호빵을 씹은 얼굴이었다. 나는 정말이지 사람들이 그 글을 이곳이 아닌 외계의 다른 세계에서 있었던 일로 그저 받아들이길 원했다. 이제 형에 관한 뉴스는 물론이고 사람들의 관심은 거의 바닥에 가까운 상태였지만 다시 그 사건이 사람들의 관심을 얻게 되고 화제가 되는 것이 걱정되었다. 어찌 됐든 그렇게 되면 너무나 불쾌한 기분에 빠질 것이 분명했다. 나는 뜻을 굽히지 않고 강하게 나갔고 다행히 대표는 한껏 기세가 누그러지고 말았다.

결국 타협은 성공해 정말로 「당신만 모르는 이야기」는 출판이 확정되었다.

나는 책이 발매되는 날 미리 서점에 가 있었다. 대표가 그 사실을 안다면 웬 호들갑이라 생각할지도 몰랐지만 나는 전날부터 잠을 제대로 이룰 수가 없을 정도로 환희에 차 있었다. 나는 교보문고 2층의 푹신한 의자로 가 조용히 시간을 보내기로 했다. 그럴 때 인간은 인간에게 시간을 소중히 쓰라고 발명한 것이 있었다. 그것은 내 오른쪽 바지 주머니에 있었다. 핸드폰을 꺼내 인터넷 뉴스를 확인하고 조작이 간단한 몇 개의 게임을 하며 시간을 보냈다. 하지만 그것도 이내 시시해져 나는 이것저것 평소 눌러 본 적도 없던 것을 마구 실행시켜 보았다. 핸드폰에 그렇게 많은 기능이 있다는 사실을 새삼처음 깨닫게 되는 순간이었다. 그러다 아침에 확인했던 채팅 어플을 켜 보았다. 새롭게 온 메시지도 없으면서 으레 한 번 켜 본 것이었다. 전날 주고받았던 메시지를 다시 한 번 읽어 보았다. 정말 의미 없는 말뿐이었다. 나는 당장에 거기서 빠져나왔다. 그때 '대화' 메뉴 옆에 '히스토리'라는 메뉴가 보였다. 그것을 누르자 '음성쪽지'와 '사진', '동영상' 등이 나타났다. 이제껏 주고받은 것들이 자동으로 저장된 모양이었다. 나는 '음성쪽지'를 누르고 이어 '받은 파일'을 눌렀다. 그리고 가장 이른 날짜의 파일을 눌러보았다.

'야, 이 자식아.'

유다의 목소리였다. 기억이 났다. 그것은 음성메시지 기능이 있는 어플을 서로 처음 설치하고 그녀가 나에게 보낸 첫 번째 목소리였다. 또렷이 기억났다. 그런데 그 말은 녹음된 소리가 아니라 실시간으로 나에게 보내는 목소리처럼 들렸다. 그건 실로 섬뜩한 기분이 들게 했다. 그리고 그 말의 내용 자체도 꼭 나에게 하는 말 같았다. 야, 이 자식아. 그 말은 참으로 함축적이었다. 그렇게 생각하니 그녀가 꼭 시인 같았다. 하지만 얄궂게도 시인은 이른 나이에 요절해 버리고 말았다.

다시 한 번 그녀에게 고마움을 느꼈다. 그녀와 지금까지 함께했다면 더 큰 비극에 시달릴 것이 너무도 자명했다. 다만 그녀가 내 책을 볼 수 없다는 사실이 너무 안타까웠다. 그녀에게만큼은 누구보다도 더 보여주고 싶었는데.

책이 발매된 첫날엔 몰랐지만 일주일 정도가 지났을 때 나는 내 눈앞에서 벌어지고 있는 일을 믿을 수가 없었다. 내 책이 소설부문 베스트 10에 들었다는 것이었다. 그건 정말 말도 안 되는 일이었다. 나는 맹세코 내 책이 어떤 성과를 올릴 거라고 예상도 기대도 하지 않았었다. 그저 책이 출판된 것에 대해서 황홀하고 들뜰 뿐이었는데. 이렇게 일이 벌어지자 나는 어쩔 줄을 몰랐다. 그리고 정말 치열하게 글을 썼을 10위 권 밖의 작가들에게도 미안했다. 보는 사람에 따라 다르겠지만 나에겐 정말 기록에 불과한 것이었으니. 한 번 더 미안하지만 나는 그날 쾌재를 부르고 케이크를 사 혼자서 파티를 벌이고 말았다.

일이 그렇게 되자 대표의 태도는 너무나 급작스럽게 변했다. 마치 친자 확인을 해 확실한 핏줄임을 확인한 아버지처럼 나에게 살갑게 대해줬다. 나는 그 태도가 부담스럽긴 했지만 그것을 한껏 즐기고 싶을 따름이었다. 그는 새 노트북이 필요하면 언제든지 말하라고 했고 보고 싶은 책이 있다면 역시 언제든지 목록을 만들어 적어 달라고 했다. 그리고 질문을 했다.

"형은 요새 어떻게 지낸대요?"

그것은 내가 그에게 묻고 싶은 질문이었다. 형은 어떻게 지낸대요? 그랬다. 나는 형이 어떻게 지내는지 전혀 알지 못했다. 형은 무엇을 하고 있을까. 왜인지는 모르겠지만 마지막으로 형을 마주했을 때가 떠올랐다. 공연이 끝난 뒤 분장실에서 피아노 주자와 함께였을 때. 나는 그때 형에게 할 말이 많았다. 이제와 생각해보니 차라리 말을 하지 못한 게 다행이라는 생각이 들었다. 그것은 실로 다행스러웠다.

대표는 얼마 뒤 순위가 5위까지 올랐다면서 자신의 출판 경력을 바꿨다고 나를 붙잡고 환호성을 내질렀다. 나는 그 앞에서 그저 흐릿하게 웃어줄 뿐이었지만 사실 속으로 그보다 더한 환호를 지르고 있었다. 그것은 기적에 가까운 일이었다. 하지만 그 환호도 그날 밤 인터넷을 하면서 한 번에 푹 꺼지고 말았다. 책과 관련된 기사에 딸린 댓글 때문이었다. 사람들, 특히 형의 연주회에 참석했던 사람들을 중심으로 그들은 내가 쓴 글이 실제 한 달 전에 있었던 첼리스트의 살인사건을 그대로 소설화시킨 것이라고 떠벌리고 있었다. 그리고 어떻게 신상정보를 캐냈는지 소설에 등장하는 그 첼리스트의 동생이 무명의 작가라는 것을 알아냈고 그 작가가 이번에 자신의 이야기를 쓴 것이 확실하다는 게 주된 화젯거리였다. 날짜를 보니 그것은 이미 일주일 전부터 떠돌고 있는 소리였다.

덕분에 나는 곧 서점에서 가장 잘 팔리는 책을 쓴 작가가 되었지만 썩 유쾌한 기분이 드는 것은 아니었다. 역시나 그것은 내가 우려한 부분이었지만 따지고 보면 전연 나의 잘못이었다. 아무리 마케팅을 하지 않고 글 속에서 형의 이름을 밝히지 않았다 하더라도 형이 연주회를 열었던 장소와 연주한 곡을 그대로 실었으니, 또 엄마의 작품을 그대로 언급했으니 인터넷을 조금만 뒤져봐도 모든 것을 알아낼 수 있을 터였다. 다시 사람들이 이 사건에 관심을 가지는 것이 너무나도 불편하고 불쾌했다. 책을 출판한 것이 조금씩 후회가 되기 시작했다. 하지만 상황을 바꿀 수 있는 건 하나도 없어 보였다.

지방 신문이 아닌 중앙 일간지에서 인터뷰 요청이 쇄도해 왔다. 그들이 내게 묻고 싶은 것은 대체적으로 거의 비슷했다. 미리 보내준 질문지에는 모두 '복현동 살인사건'이 중심이 되어 있었다. 나는 모든 요청을 거절해 버릴 수밖에 없었다.

대표는 인터뷰와 상관없이 고마움 때문이라며 연락을 해왔지만 나는 그와의 연락마저 끊으며 완전히 혼자만의 시간을 보냈다. 그러자 며칠 후 그는 어디 가서 푹 쉬고 다음 책에 관한 구상도 좀 하고 오라는 메시지를 돈과 함께 보내왔다. 눈물이 날 만큼 고마운 것은 아니었다. 그 돈과 상관없이 내 통장엔 하루가 다르게 많은 돈이 쌓여가고 있었기 때문이었다. 나는 굴레의 시간을 끝내고 궁리 끝에 두 가지 결정을 내릴 수 있게 되었다.

먼저 하나는 상황을 바꾸려는 것보다 내가 먼저 바뀌어 보자는 것이었다. 그렇게 생각하니 불쾌했던 마음들이 차츰 잦아들었고 그 어떤 상황도 나를 건드릴 수 없다는 태도를 견지할 수 있었다.

일단 나는 조금 늦긴 했지만 대표에게 걸었던 두 번째 조건을 거두기로 했다. 새롭게 찍혀 나올 책에는 어떤 마케팅이든 문구든 그가 내키는 대로, 사실대로 넣자고 할 참이었다. 그 정도면 될까. 나는 그것도 부족한 것 같아 아예 첫 페이지에 내가 직접 하나의 문구를 넣기로 했다.

'이 글은 저의 이야기를 바탕으로 한 소설이 아니라 저의 이야기입니다.'

너무 있는 그대로의 사실적인 문장이긴 하나 그럴수록 나는 흡족했다. 그뿐만이 아니었다. 나는 책을 처음 출판했을 때 넣지 못한 뒷부분을 모두 넣기로 했다. 그러니깐 개정판에는 개인적인 기록으로 둔, 대표에게 두 번째 조건을 거는 부분부터 이 모든 기록이 끝나는 데까지를 과감 없이 모두 넣자고 할 것이었다. 즉, 지금 이렇게 한 자 한 자 써 나가는 것마다 여러분이 모두 보게 될 것이란 이야기가 된다.

그리고 다른 하나의 결정은 첫 번째 결정의 연장선상으로 여행을 떠나는 것이었다. 그것은 현재의 내가 가장 극단적으로 바뀔 수 있는 사항 중 하나였다. 통장에 쌓인 돈이라면 5년 정도는 세계 어느 곳에서든 여행할 수 있기에 충분했다. 그것도 아끼지 않고 내키는 대로 쓸 만큼 여유가 있었다. 물론 돈은 계속해서 들어올 것이었다.

나는 가고자 하는 곳이 있었다. 준비는 3일이면 충분했다.

15

지금 엎드려 글을 쓰고 있는 곳은 별 네 개짜리의 적당한 호텔, 적당한 침대 위다. 한참을 걸었더니 피로와 노곤함이 몰려온다. 이곳은 티브이로 보던 것보다 훨씬 서늘하다. 그래서 걷기가 더없이 좋았다. 오늘은 이곳의 랜드마크인 거대한 예수상을 보고 왔다. 그 높은 언덕까지 올라가는 에스컬레이터가 자꾸 삐거덕거려 정신이 없었지만 정상에 도착한 순간, 너무도 청량해 그 대기를 힘껏 빨아들였다. 물론 바람은 이내 거세졌지만. 예수상은 생각대로 거대했다. 뷰파인더 안에 전부를 담아내기가 불가능할 정도였다. 찍은 사진을 다시 확인해보니 모두 관광객들의 머리가 걸려 있다. 그나마 그 언덕에서 찍은 도시와 해안의 전면이 편안한 색감으로 나와 다행이다.

원래 리우데자네이루에 오면 삼바 축제에 가고 싶었는데 그건 2월에나 열린다고 한다. 그것도 오늘에서야 알게 되었다. 삼바 축제, 카니발을 떠올리니 문득 롯데월드에서 봤던 얼룩말 탈을 쓴 흑인이 떠오른다. 다시 그 앞에서 흔들라면 그때보단 잘 출 수 있을 것 같다.

오후엔 잠깐 콜라를 마시면서 대표에게 전화를 걸었다. 그는 막 잠들 참이 었는데 전화가 왔다며 반가워했다. 그리고 발신번호를 본 듯 언제 나갔느냐고 물었다. 나는 그런 말들은 대충 설명해주며 한동안은 한국에 갈 일이 없을 것이라고 단언을 했다. 그리고 내가 지었던 결정에 대해 자세히 말해 주었다. 역시나 그는 내 결정에 반색하며 진작 그래야 할 것이었지만 지금도 늦지 않았다며 나의 용기를 높게 산다고 했다. 하지만 새롭게 들어갈 뒷부분에 대해선 조금 부정적인 견해를 보였다. 아직 글을 보진 못했지만 자신이 너무 돈에 눈이 먼 사람처럼 묘사될까 두렵다는 것이었다. 나는 웃으며 그런 건 전혀 걱정하지 않아도 된다고 그를 안심시켰고 지금 통화하는 것도 어쩌면 내 대학노트에 아무렇지도 않게 들어갈 수도 있다면서 농담조로 협박했다. 그는 알겠다며 결국 내 의견에 수긍했다. 나는 다시 한 번 더 그에게 강조했다. 이번에 보내는 글 역시 한 자도 수정을 해서는 안 된다고. 그는 그 말은 여태 내가 가장 많이 한 말이라며 이제는 질릴 정도니 그런 건 자신만 믿으라고 했다.

그리고 그는 나에게 건강을, 나는 그에게 부를 기원하고 전화를 끊었다.

내일은 이 도시에서 가장 큰 축구장에 갈 것이다. 내일도 오늘처럼 보다 예쁜 미인들에게 길을 묻고 있을 것 같다. 치안이 썩 좋지 않은 이곳에서 다들 나의 안전을 기원해 주었으면 좋겠다. 아마도 여러분이 이 글을 읽고 있을 때쯤이면 난 부에노스아이레스에 있지 않을까 생각한다.

　나는 이제 잠을 청해야 할 것 같다. 그리고 한동안 일기는 쓰지 않을 예정
이다. 어쩌면 이 글이 마지막이 될지도 모르겠다.

　그동안 나의 글을 읽어주어서 크나큰 고마움을 느낀다.

　정말이다.

　그 고마움에 내가 이곳에 오기 전에 받은 편지를 하나 소개시켜주려고
한다.

16

그날, 나는 여권의 유효기관이 만료된 것을 확인하고 새로운 여권을 발급받기 위해 아침부터 일찍 집을 나섰다. 깊이 있게 잠을 못 자 눈을 끔뻑거리며 천천히 차를 뺀 뒤 아파트 입구로 나가려는 찰나였다.

그때, 경비아저씨가 손을 흔들며 날 불러 세웠다. 나는 속력을 줄이고 그의 근처로 가 창문을 내렸다.

그는 웃으며 말했다.

"작가님, 뭐가 그리 급한교? 내가 하나 줄 게 있는데."

사실 거기에 별로 관심이 없었다. 휴가철이라 여권 발급을 받으려면 한 시라도 일찍 출발해야 했다. 그는 우편물 하나를 건네며 말했다.

"거 아침부터 반가운 편지가 왔네요. 천천히 함 봐봐요. 아까 사장님은 하도 빨리 나가셔 갖고 내가 주지를 못했는데, 이래 먼저 받은 걸 행운이라 생각하이소."

나는 떨떠름하게 우편물을 확인했다.

형의 편지였다. 나는 한동안 겉봉을 쳐다보다 천천히 모서리부터 찢었다. 그리고 편지를 처음부터 천천히 읽어 나갔다.

재현아. 나다. 잘 지내니? 너에게 이렇게 편지를 써보는 게 참으로 오랜만인 것 같구나. 아니 어쩌면 처음인 것 같기도 해. 작가에게 편지를 쓴다고 생각하니 괜히 부담도 되고 걱정도 된단다. 너에게 분명 할 말이 많아 이렇게 용기를 내 펜을 들었는데 무슨 말부터 해야 할지 잘 모르겠구나. 여긴 밥도 잘 나오고 크게 불편한 것도 없어. 악한 사람들도 없고. 악하다면 내가 제일 악하겠지. 그렇다고 내가 여기서 별나게 튀거나 한다는 뜻은 절대 아니다. 나는 규율에 맞춰서 시키는 대로 잘 따르고 있어. 그러면서 사실 매일매일 하나씩이라도 배우고 있는 것 같아. 이곳에서도 배움이 있을 줄 누가 알았겠니. 가끔 사람들끼리 다투기도 하고 삐치기도 하고 그러지만 나와는 전혀 상관이 없어. 왜냐하면 나는 거의 말을 안 하니깐. 어떻게 들릴지 모르겠지만 그건 정말 사실이야. 너도 알다시피 원래 내가 말이 없잖아. 니가 쓴 걸 읽어보니 너도 예전부터 그렇게 생각했던걸 뭐. 그런데 어떻게 내가 네 책을 볼 수 있게 됐냐고? 니가 쓴 책 지금 엄청나게 인기 있잖아. 여기도 예외가 아니란다. 원래라면 내 입장에서 그렇게 새롭게 나온 책을 보기가 쉽진 않은 게 사실이야. 그렇다고 내가 가만히 앉아 있을 수 있겠니. 하나밖에 없는 동생이 처음 출판한 단행본인데. 그래서 내가 부탁을 했지. 정말 다행히 이쪽에서는 내가 들어온 지 얼마 되지도 않았는데 모범적으로 생활을 한다느니 귀감이 된다느니 하면서 나에게 선뜻 책을 볼 수 있게 해줬어. 물론 그것보다 내 이야기가 소설에 담겨져 있는 이유가 가장 컸겠지. 처음이자 마지막인 호의 같은 거라고 해야 할까.

다시 돌아가서, 그래 네가 써놨듯이 내 말 수가 적어진 건 중학교 때였던 것 같아. 그전까진 나도 쾌활한 장난꾸러기 소년이었지. 동네 대장질도 도맡아 하고. 그런데 그런 건 큰 의미가 없다는 걸 깨달았어. 내가 막 중학교에 올라왔을 땐가 그랬는데 우리 담임은 학교에서 가장 무서운 과학 선생님이었단다. 우리 학년에겐 물상을 가르쳐 줬었어. 하루는 점심시간에 옆 고등학교에서 포카리스웨트 시음회를 하고 있다기에, 이게 웬 떡이냐 싶어서 늘 우르르 몰려다니던 패거리들이랑 같이 거길 갔지. 몇 번이나 줄을 다시 서며 공짜 이온을 마시면서 키득키득 대고 그러고 놀고 있었어. 그러다 문득 내가 시계를 봤는데 정말 심장이 떨어지는 기분이 드는 거야. 왜 꼭 바이킹이 높은 데서 낮은 데로 내려올 때 드는 느낌 있잖아. 아, 작가의 형이란 사람이 이렇게밖에 표현을 못해서 미안하구나. 어쨌든 시간을 확인해보니 수업이 시작되고 벌써 10분이나 흘러 있었어. 하필이면 그 수업이 물상 수업이었거든. 그래서 우리는 웃음을 멈춘 채 정말 미친 듯이 달려갔는데 선생님이 수업을 안 하고 우릴 기다리고 있지 뭐야. 나는 속으로 조졌다 하고 두 손 두 발을 다 들었지. 선생님은 교실 옆쪽에 붙은 사물함에 우릴 일렬로 세우더라고. 내가 가장 제일 뒤에 있었고 앞에서부터 선생님이 귀싸대기를 때리기 시작했어. 그 파워는 정말 장난이 아니었어. 그건

정말 선생이 아니었지. 차라리 먼저 맞았으면 심리적으로라도 괜찮았을 텐
데 앞에 맞는 애들을 보면서 기다리니깐 정말 미칠 노릇이더라구. 그러다
내 차례가 왔지. 내 생각일지도 모르지만 정말 앞에 맞은 애들보다 훨씬 세
게 날 내려치는 거야. 그건 손으로 친다기보다도 손이라는 몽둥이를 들고
무지막지하게 때린다는 느낌이었어. 중요한 건 맞는 순간이었지. 그 순간
정규 방송의 화면 조정 시간에서나 들을 수 있는 삐, 하는 신호음 같은 것만
아주 약하게 들려왔던 것을 제외하면 아무것도 들리지 않았어. 그런데 더
중요한 건 기분이 별로 나쁘지 않았다는 거야. 정말 신기하게도 통증만 조
금 있었지 그 순간이 불쾌하거나 그렇지가 않더라구. 그건 처음 느껴보는
침묵의 세계였는데 적요한 그 순간이 그토록 신비할 수가 없는 거야. 뭐 이
런 기분이 다 있나 싶었어. 단순히 편안하고 침착해지기만 하는 게 아냐. 내
가 나로서 좀 더 온전히 존재한다는 기분이랄까. 그 진공의 공간에서 나는
미친 듯이 뛰어다닐 수도 있고 잠들어 버릴 수도 있었어. 또 마치 세계가 안
경을 쓰고 보는 것처럼 보다 선명하게 보이기도 하고. 뿐만 아니라 에너지
소비도 적게 되고. 무엇보다도 그건 나 자신을 좀 더 영위할 수 있게 만들어
주었어. 아마 우리가 죽어서 천국엘 가면 소리가 자동으로 뮤트가 되어 있
을 거라고 나는 확신해. 그래서 그날 이후, 나는 말을 아끼게 되었어. 물론
나중에야 음악을 하면서 마음에 들지 않을 때 간혹 소리를 지르긴 했지만
그건 정말 예외 중의 예외였지. 살아가면서 생각보다 그렇게 많은 말이 필
요하진 않더라고. 그때부터 사람들이 날 소극적인 인간, 사춘기를 겪고 있
는 샌님처럼 쳐다보는 게 좀 기분이 별로였지만 그래도 나는 그 즐거움을

포기할 수 없었어.

그러다 나는 첼로라는 악기에 관심을 갖게 되었단다. 명덕의 어느 악기사 앞을 지나가고 있을 때였는데 그때 나오던 음악이 바흐의 무반주 첼로 조곡이었어. 나는 그 음악을 듣는 순간 그 자리에 멈춰서 버렸단다. 그건 음악이라기보다는 하나의 말 같았지. 꼭 사람의 입에서 나오는 말 같았어. 정말 나한테 말을 거는 것 같아서 흠칫 놀라기도 했단다. 물론 첼로가 인간의 목소리와 가장 비슷하다고들 하는데 그런 과학적인 말로 그 기분을 대체할 순 없을 거다. 내가 지금 하는 말은 거짓말이 아냐. 나는 그날 결심했어. 내가 해야 할 건 바로 이 첼로구나. 말을 아끼는 대신에 말 같은 소리를 대신 내는 게 내가 할 일이었단다. 그래서 다음날부터 첼로를 배우게 됐는데, 이거 참 너무 재밌는 거야. 왜 진작 이걸 배우지 못했나 싶을 정도로 나는 거기에 몰입해 가게 되었어. 그래서 사람들이 보통 첼로를 배우는 것보다 훨씬 빠른 속도로 진도를 나갈 수 있었는데 조금 깊이 있게 들어가려고 하니깐 문제가 생긴 거야. 바로 내 귀였어. 사실 그때 선생님에게 침묵의 터널을 선물 받고 나서 귀 한쪽이 먹먹해졌거든. 그게 시간이 지나면 괜찮을 줄 알고 가만히 내버려 뒀는데 결국 그쪽 귀는 아예 못 쓰게 되어버렸어. 그래서 지금까지 한쪽으로만 살아왔던 셈이지. 엄마에겐 너무 또 걱정할까 봐 도저히 말할 엄두가 안 나지 뭐야. 지금 너에게라도 이렇게 말하게 되어 다행이다. 하지만 나는 선생님을 원망하지 않았단다. 왜냐하면 침묵에 대해 새로이 알게 해준데다가 한쪽 귀가 안 들리니 첼로를 배우는데도 더 악착같이 배우려는 태도가 생기게 해주었어. 만약 두 귀가 다

멀쩡했다면 나는 이 정도까지도 오지 못했을 거야.

그리고 내 마지막 원이 마지막 연주회에서 일말의 후회도 하지 않을 그런 연주를 하고 경찰에 잡혀가는 것이었는데 그날 내 원을 모두 이룬 거 같아 너무 만족스러웠단다. 정말 난 이제 어떠한 원도 없을 정도야. 오랜 시간 함께 연습한 다희가 없어 못내 아쉬웠지만 내가 가졌던 초심을 가지고 마지막 연주에 모든 걸 쏟아 부을 수 있게 되어서 정말로 후회되는 것이 없단다. 정말 단 하나의 후회도. 이곳엔 첼로가 없어서 가끔 불안해지기도 한다만 요즘엔 니가 쓴 연주회 장면을 보면서 내 마음을 위로하고 있단다. 요즘엔 정말 그 낙으로 살고 있어. 물론 그 장면만 계속해서 읽는 건 아냐. 당연히 처음부터 끝까지 몇 번이나 읽었지. 책을 보니 이런 나에게 현재의 네가 관심이 없다는 걸 보고 사실 조금 섭섭하긴 했지만 그건 아주 잠깐이었고 나는 금방 너를 이해할 수 있게 되었어. 나는 널 충분히 이해해.

그리고 네가 쓴 글은 소설이라기보다는 하나의 수필 같았어. 진실성이 느껴졌지. 거짓말은 하나도 안 했다는 사실을 난 알아차릴 수 있었어. 이 녀석. 다만 네가 다희를 죽였다는 사실은 말하지 않았더구나. 그것도 하나의 침묵이면 침묵일 테지. 난 너의 침묵에 경탄을 했다! 거짓된, 조작된 것을 말하는 것이 거짓말이지 말을 안 하는 것은 거짓말이 아니잖니. 특히 넌 농담 수준의 능청스런 구라는 좋아해도 '진짜' 거짓말을 할 인간은 못 되잖아. 내가 그건 잘 알지. 책의 제일 앞부분에서 형사가 집에 들어왔잖아? 사실 그때 난 막 잠에서 깨어나 모든 대화를 엿듣고 있었단다. 네가 무슨 말을 하는지 토씨 하나까지 다 들을 수 있었지. 역시나 넌 거짓말은 안 하더구나.

형사가 너에게 다희의 집에 갔을 때 다희가 없었느냐고 묻자 니가 네라고 했잖아. 난 처음 그게 거짓말인 줄 알았는데 뒤늦게서야 네가 먼저 다희 집에 들어가 있었다는 사실이 떠올랐지 뭐야. 무엇보다도 형사가 아무도 없는 집에서 뭘 했냐고 물었을 때, 네가 인터뷰 때문에 엘피를 가지고 왔다고 하고 그다음 말을 하려는데 다행히 그때 전화가 왔잖아. 이때 내가 얼마나 조마조마했는지 아니? 그뿐이 아니지. 전화가 끝나고 돌아오는 형사에게 오히려 니가 먼저 당당하게 말을 이으려고 하는데, 정말로 내 피가 솟구치는 줄 알았다. 형사가 말을 잘라 다행이지 아니었으면 정말 큰 일 날 뻔했어. 넌 정말 있는 그대로 말을 했을지도 모르는 녀석이잖아. 나는 널 잘 알고 있단다. 여태껏 내가 무뚝뚝하게 그래도 너 하나는 내가 잘 알고 있지.

네가 다희를 죽였던 날 아침, 나는 스카치테이프가 필요해 네 방엘 들어갔단다. 들어가자 너의 오래된 노트북이 보이더구나. 접힌 채로 말이야. 그래서 나는 그걸 한 번 열어봤어. 니가 내 방에 와서 몰래 음악을 들은 것처럼 사실 나도 니 방에 들어가면 니가 쓴 글을 가끔 엿보곤 했단다. 노트북을 열자 어떤 포털사이트가 열려 있었어. 자세히 보니 니가 하나의 문장을 검색창에다 입력해 놓았더구나. '사람을 쉽게 죽이는 방법.' 나는 그것을 보고 어떻게 해야 할지를 몰랐어. 그때 넌 다희랑 헤어져 있던 상태였고 아주 꼴 보기 싫은 우울한 인간일 따름이었으니깐. 무슨 일인지 밥도 안 먹고 증오가 활활 불타오르고 있었잖아. 니가 검색을 한 목적, 대상은 너무나도 분명했어. 나는 어떻게든 널 막아야 된다고 생각했단다. 넌 그때 출판사에 간다고 나갔고 다희는 저녁 일곱 시 좀 전까지 나와 연습을 하기로 되어 있었으니깐 분명 다희가 돌아가는 시간인 일곱 시부터 나는 너를 어떻게든 막아야 된다고 생각했어. 한밤중에 오더라도 그때부터 대비를 하는 게 맞다고 생각했지. 생각보다 시간은 빨리도 가더구나. 나는 다희에게 양해를 구하고 여섯 시쯤 미리 나왔어. 혹시나 네가 기다리고 있을까봐. 다행히 그때까진 넌 안 보이더라. 매일 다희와 연습을 마치던 시간이 일곱 시였기 때문에 그날도 나는 다희가 그때쯤 올 거라 생각하며 기다렸지. 이제는 너와 다희 누가 먼저 들어 가냐 하는 문제였어. 그런데 진짜 문제는 나에게 있었지 뭐냐. 그 당시 하루에 세 시간밖에 잠을 못 자 엄청난 졸음이 몰려왔거든. 그래 핑계라고 해도 나는 할 말이 없다. 그런데 너무나 졸음이 몰려온 나머지 결국 아주 잠깐이지만 졸고 말았어. 내 느낌으론 15분 정도 된 것 같았는데 시계를 보니깐 일곱 시가 좀 지났더구나. 눈앞에 아무도 안 나타나는 걸 보니 아직까지 아무도 안 왔다고 생각했는데 그때 네가 그 집에서 나오고 있는 게 아니겠니. 나는 속으로 망했다고 되뇌었어. 난 뭘 한 것일까. 정말 스스로를 원망했어. 역시나 니가 빠져나가고 내가 얼른 다희 집으로 달려가니 다희는 쓰러져 있더구나. 숨이 끊긴 상태였어. 아까 한 표현처럼 바이킹이 낙하할 때의 그 기분이 또 들었지. 나도 그땐 정말 겁이라는 게 나더구나. 나는 천천히 시체를 바라봤어. 목에 있는 상처와 쓰러진 방향을 보니깐 분명 안에서 누군가가 기다렸다가 타격을 가한 것이었지. 그러니깐 내가 잠깐, 정말 잠깐 졸고 있을 때 넌 이 집에 와서 기다린 거고, 그 사이 다희도 온 것이었어. 그래, 내가 죽일 놈이야. 난 어떻게 해야 될지 망설이다가 아주 현명한 판단을 하게 되었어. 그건 내가 생각해도 나 스스로가 너무 대견스러운 것 같애. 난 먼저 시신 옆에 떡하니 떨어져 있는 네 라이터를 주어 주머니에 넣었어. 넌 정말 바보처럼 시체 옆에 라이터를 떨어뜨리고 갔더라. 그리고 나는 온 방에 내 지문을 남기기 시작했어. 온 방뿐만 아니라 다희의 몸에도 말이야. 온기가 꺼져가는 몸을 더듬는 것이 얼마나 끔찍한 일인지 너는 모를 거다. 마지막 순간의 다희가 얼마나 그렇게 불쌍하던지. 결국 나는 그렇게 마무리를 지어 얼른 나왔고 하루 이틀이 지났을까, 최초신고자인 오수훈이란 자가 용의자로 몰리고 있는 상황이 되었어. 그건 사실 뜻밖의 일이라서 일이 그렇게만 흘러간다면 더할 나위 없이 좋겠다고 생각했지만 만약 그렇지 않더라도 나는 충분히 준비가 되어 있었기 때문에 어떤 상황을 바라거나 기원하지 않고 그저 지켜보기만 했단다. 단지 마지막으로 연주회를 끝나고 모든 일이 끝나버렸으면 한 게 바람이라면 바람이었지.

내가 그러한 현명한 판단을 한 이유를 너는 잘 알 거다. 먼저 나는 너에게 빚을 갚고 싶었단다. 상부리 냇가에서 진 빚 말이다. 당시 니가 구해주지 않았다면 난 정말 죽었을지도 몰랐어. 거의 숨이 조금씩 말라가고 있는데 니가 다가와서 나를 밖으로 던져냈잖아. 어떻게 너에게 그런 힘이 있는지 참 깜짝 놀랐어. 그때 생각했지. 죽어도 여한이 없겠구나. 나는 지금의 삶이 하나의 보너스라고 생각하고 있어. 물론 그 보너스를 준 니가 너무 고마웠고. 내가 표현력이 없어서 제대로 표현을 못했을 뿐이지 사실 마음속으로는 항상 잊지 않고 살아왔단다. 어떤 식으로 너에게 빚을 갚아야 될지 늘 고민이었는데 마침 그런 일이 터졌지. 나에게 미안해할 필요도 없고 고마워할 필요도 없다. 나는 내가 하고 싶었던 일을 했을 뿐이니깐.

그리고 또 한 가지. 오수훈이 얘기한대로 엄마를 죽음으로 몰고 간 건 바로 나였어. 그 사람 말이 맞아. 나는 그때 엄마에게 괴물같이 소리를 지르고 그날 밤 일기를 적었어. 니가 대학노트에 적듯이 나도 일기를 쓴 거야. 뭐 나야 대단한 문장은 아니지만 그냥 마음에 있는 분노를 그대로 휘갈겨 썼지. 나도 그렇게나 엄마에게 불만이 많았던 것인지 쓰면서 알게 되었단다. 쓰면서도 이건 좀 너무하다 싶은 것도 있었는데 그걸 갑자기 멈출 수는 없는 노릇이었어. 또한 다시 그날 저녁 엄마가 한 얘기를 생각하니 다시 열의가 생기더구나. 너무 기분이 나빠서 미칠 지경이 다 되었지. 정말 잠시지만 엄마가 죽었으면 좋겠다고도 생각했어. 나도 왜 그런 말을 적었는지 참. 글에는 주술성이 있다고 하잖아. 정말 엄마를 저주하고 갉아먹으니 일주일도 안 되어서 엄마는 다른 세상으로 가버리더구나. 처음 엄마가 뛰어내렸다는 소식을 들었을 때 나는 정말 깜짝 놀랐어. 너도 생각했다시피 그럴 이유가 없었거든. 이게 무슨 소린가 싶어 달려가 보니 엄마는 정말 죽어 있었지. 끔찍하게. 그리고 유서가 있다기에 보니 '글을 버려라.' 이렇게만 쓰여 있는 게 아니겠니. 그걸 다른 사람들은 모두 엄마 본인의 시를 말했지만 나는 그것이 어떤 걸 의미하는지 혼자만 알고 있었던 거야. 그리고 당장 집으로 달려가 엄마를 저주했던 내 일기를 꺼내봤지. 역시나 누군가 그것을 본 흔적이 있더군. 구겨진 것도 구겨진 것이지만 검정 글씨 몇 개가 번져 있는 것을 보고 나는 정말 미쳐버리는 줄 알았어. 엄마의 마지막 눈물을 그따위 글 위에서 보다니. 그때부터 나는 스스로를 위로하고 합리화하기 시작했어.

엄마가 그날 나에게 했던 말들을 떠올리면서. 너무나 감정이 격해지던 그 순간을 또렷이 떠올리면서. 그러니 좀 나아지더라고. 하지만 그건 오래가지 못했어. 얼마 안 가 나는 더 큰 상실감에 뿌리가 뽑혀 나가버렸지. 상실감뿐만 아니라 갚을 수 없는 미안함에 나는 주저앉아 버릴 수밖에 없었어. 그때가 아마 내 인생에서 가장 힘든 때였던 것 같아. 손가락을 다쳤을 때? 그건 영원한 우울에 비한다면 순간적인 통증에 불과한 거였지. 어쨌든 나는 엄마에게도 빚을 갚고 싶었어. 물론 빚을 갚는다고 끝날 문제는 아니지. 그에 합당한 벌도 받아야겠지. 그게 다름 아닌 너를 통해 충족할 수 있어 매우 기쁘구나. 원주의 강당에서도 너를 만나 네가 다희를 죽였다는 사실을 아는 척하지 않은 것도 다 이해가 되지? 엄마도 아마 그걸 바라셨을 거야. 네가 더 훌륭한 작가가 돼서 세상을 바꾸는 걸 원하셨을 거다. 내가 이렇게 형을 받고 이곳에서 평생을 숨 쉰다 해도 엄마는 날 형답다고 칭찬했을 것 같아. 그러니 너도 여기에 있는 날 신경 쓰지 말고 편하게 살아가렴.

무엇보다도 너에게 하고 싶은 말은 너도 얼른 다희를 용서하고 네 잘못을 스스로나마 인정하라는 거야. 그렇다고 자수를 하라는 말은 아니고. 너 대신 내가 여기 있으니깐.

내가 그 우울에서 벗어날 수 있게 되었던 건 엄마를 용서하면서였어. 그 당시 너무 지쳐있다 늦은 밤에 겨우 잠이 들어 어떤 꿈을 꾸게 되었지. 꿈속이라 그런지 거긴 아무것도 없었어. 물론 소리도 없었지. 그런데 그때 누군가 나타났어. 하지만 그가 나타나도 눈앞에 보이지가 않는 거야. 물론 그가 말을 하는데도 소리 역시 들리지 않았어. 하지만 분명 그 실체는 확실히 느낄 수 있었어. 왜 차가움이나 뜨거움이 눈에 보이거나 소리로 들을 순 없지만 우리가 몸으로 느낄 수 있는 것처럼 말이야. 그가 전해 주는 메시지는 분명했어. 엄마가 죽었지만 그래도 늦지 않았다고. 엄마를 용서하리고. 그리고 자꾸만 죄어드는 죄책감에 이제는 그만 머리를 싸매고 인정하라고.

그건 너무나 정직한 꿈이었어. 그게 전부였거든. 그런데 눈을 떴는데 좋은 꿈을 꿨을 때의 느낌이 가득한데 아련한 서글픔 같은 게 없는 거 아니겠니. 그건 정말로 포만한 감정을 주었어. 가득 차서 뒤뚱뒤뚱 걸어도 기분이 좋을 만큼. 더는 부러울 것도, 나를 갉아먹을 필요도 없었어. 그리고 나는 그때서야 하나 깨닫게 되었어. 그날 엄마가 했던 말이 전부 맞았다는 걸. 나는 어쩌면 최고가 될 자격이 없었는지도 몰라. 아니 없었어. 확실해 그건. 나는 사실 손가락을 다쳤을 때 그 중국인들을 죽이고 싶다는 생각까지 했었어. 어디 있는지도 모르면서 어디든 뒤져서 그냥 죽여버리겠다고 몇 번씩이나 다짐을 했지. 내가 여태 쌓아온 걸 한순간에 앗아갔으니깐. 그건 그래도 조금 이해가 되지? 그런데 생각을 해보니 그건 나의 과실이기도 했어. 그들만을 비난할 순 없었던 거야. 내가 좀 더 서두르고 주의를 했다면 그런 일은 벌어지지 않았겠지. 미끄러졌을 때도 마찬가지고. 내가 좀 더 잘 피했다면 어떻게든 변을 피할 수 있었을 거야.

난 그때부터 엄마를 용서하고 또 엄마에게 저지른 내 죄를 인정했어. 그리고 잘못했다고, 정말 하루 종일 눈물로써 용서를 빌었지. 그게 하루 만에 해결될 문제는 아니었지만 그날부터 그렇게 마음을 먹자 정말 어떤 기분이 들었던 줄 아니? 정말 세상 모든 게 내 편이 되는 느낌이랄까. 무슨 누구나 다

아는 소릴 하느냐, 무슨 종교지도자라도 되었느냐고 비웃을지도 모르겠지만 이건 정말 내가 겪고 깨달은 점이라는 걸 잊지 말길 바란다. 정말 그 순간부터 나는 환희로 가득 찬 삶을 살고 있어. 더부룩하지도 않고 거북하지도 않은 이 기분을 어떻게 글로는 다 설명을 할 수가 없구나. 이 짜릿한 기쁨을 너도 얼른 알았으면 좋겠어. 여기 사람들은 내가 늘 허허 웃고 있으니 살짝 정신이 나간 것처럼 취급하지만 나는 그 반응 또한 크게 신경 쓰이지 않는단다.

아, 그리고 너의 소설을 여전히 재미있게 보고 있는데 자세를 바꾸어 볼 때마다 그 재미가 달라지더구나. 그러니깐 아무것도 모르는 대중의 입장에서 읽었을 때의 느낌과 니가 다희를 죽였다는 관점에서 다시 읽었을 때의 느낌이 확연히 다르다는 걸 느낄 수 있어. 다시 읽을 때는 처음 이해가 되지 않았던 부분이 고개를 끄덕이면서 쉽게 수긍을 하게 되고 말야. 아마도 평생 나는 이 책을 보며 하루를 시작하는 여생을 살지 않을까 싶구나.

하루하루가 기쁨인 내 삶이 너로 인해 더 큰 기쁨이 될 것 같아 더욱 흐뭇하다. 고맙다 재현아. 너에게 여전히 큰 고마움을 느낀다. 아까도 말했듯이 너도 얼른 다희를 용서하길 바란다. 내가 아는 다희는 그렇게 나쁜 애는 아닌 것 같더구나. 분명 넌 그럴 수 있는 훌륭한 사람이란 걸 내 잘 알고 있지. 그럴 때에 비로소 너의 삶이 삶다워질 것이다. 내가 남겨둔 첼로뿐 아니라 내 모든 걸 걸어 확신하지. 이게 나의 마지막 말이자 바람이다.

보고싶다. 그리고 사랑한다.

형이.

나는 편지를 읽고서 시청으로 향했다. 운전을 하면서 나는 한동안 이상한 소리를 냈는데 한참 후에야 그것이 웃음소리였다는 것을 알게 되었다.

당신만 모르는 이야기, 끝

작가의 말

KTX 안이었습니다.

더 정확히 하자면 KTX-산천 안이었습니다. 어느 때보다 좌석의 공간이 넓었고, 건너편엔 외국인 커플이 앉아있어 꼭 다른 나라 대도시의 공항 철도를 탄 기분이었습니다. 하지만 그것도 잠시였고, 저는 이내 가라앉았습니다. 모든 일들이 하나같이 뜻대로 되지 않아 갈피를 못 잡고 있던 때였기 때문입니다.

그때, 이상하게도 하고 싶었지만, 풀리지 않고 어렴풋하기만 했던 긴 이야기의 큼직한 전개가 머릿속에서 그려졌습니다. 저는 자신 있게 소설을 써봐야겠다고 결심할 수 있었습니다. 어쩌면 평생에 마지막 기회가 될 수도 있을 거라는 마음으로 말입니다. 만약 그때 뜻하던 바가 어느 하나라도 이루어졌다면 저는 결코 한 자도 쓸 수 없었을 것입니다. 그러한 상황을 허락하신 것에 깊은 감사를 드립니다.

소설을 쓰면서 평소 시도해보고 싶었던 것을 마음껏 해볼 수 있었습니다. 그래서 여한이 없습니다. 물론 여한이 없다면 거짓말일 것입니다. 책을 덮고도 아쉬움에 불안해하는 절 보면 더욱 그럴 것입니다.

그럼에도 내 하찮은 인물을 통해 글을 읽다 한 번이라도 고개를 끄덕거리신다면 저는 참으로 만족할 것입니다.

나는 거울 속에서 내 아비를 봅니다.
유전자 감식 따위는 하지 않아도 될 만큼 닮은 내 아비를 봅니다.
이제는 거울 속에서 당신을, 수많은 당신들을 봅니다.
그래서 이제는 당신만 '아는' 이야기를 쓸 것입니다.

감사합니다.